칼라판
어느 소방관의 이야기

전세중

 출판

그대, 불은

그대, 처음 만났을 땐 온통 그리움이었다
불이야 불러보면 언 가슴 풀어주고
모든 것 다 내어준다, 아낌없이 그대로

그대, 나중 만났을 땐 온통 두려움이었다
불이야 소리치면 심장이 내려앉고
모든 것 빼앗아 간다, 까마득한 절망감

먼 옛날 야누스의 얼굴을 가진 그대여
부드러움 속 감추어진 칼날 같은 혓바닥에
말없는 프로메테우스 신화 곁에 잠든다

모든 일에는 안전이 확보되어야

모든 일에는 안전이 우선이다.

30여년 소방관 생활 중 즐거운 일과 괴로운 일들도 많았지만 소중한 사연들은 한 장의 추억으로 남게 되었다. 정년을 1년 앞두고 무언가 기록으로 남겨야 될 것 같아서 소방관의 삶을 썼다. 출동대원과 수혜를 입은 시민들과 대화를 나누며 119출동 현장을 그대로 옮겨 적었다. 이런 과정을 통하여 내가 몰랐던 대원들의 마음도 읽게 되었다.

나의 일생을 바쳐온 119구조의 삶을 반추해 보면 수많은 재난이 일어났다. 세계 최악의 호텔화재로 기록된 대연각호텔 화재는 생각만 해도 끔찍하다. 그 뿐인가, 사고 현장의 증인이 된 성수대교붕괴, 삼풍백화점붕괴 참사를 보면서 문명은 무조건 신뢰할 수 있는 것이 아님을 알게 되었다. 그 이후로도 대구지하철화재가 일어났고 국보1호인 숭례문이 방화로 소실되는 아픔을 겪었다.

경제 발전을 이루며 시민의 안전은 성장成長의 시녀侍女에 불과했다. 대형사고 뉴스를 접할 때마다 소방관들의 손발은 바빠졌다.

사람들은 실수를 하며 산다.
그래서 사고가 전혀 일어나지 않을 수는 없지만, 우리나라는 경제성장과는 달리 안전지표는 OECD국가 중 최하위에 머무르고 있다. 안전 분야는 전형적인 후진국형이다. 사람들의 의식은 이익만을 추구한 나머지 당장 효과가 보이지 않는 안전은 뒷전이다. 대형사고가 발생할 때마다 조금만 더 주의를 했더라면 사고를 막을 수 있었을 텐데, 라는 자성의 목소리가 높다. 그때마다 예고된 인재였다는 말이 우리의 안전의식에 불을 붙였다. 아무리 강조해도 지나치지 않은 것이 생명존중이다.

국민의 안전이 확보 되지 않은 경제성장은 의미가 없다.
우리도 국격國格에 걸맞는 안전을 이루어야 할 때가 아닐까. 안전을 위한 투자가 경제적 손해나 지출이 아니라는 의식이 선진국으로 가는 지름길일지도 모른다.

재난 현장에서 순직한 소방공무원의 숭고한 정신에 삼가 이 책을 바친다.

2013년 3월 13일
전 세 중

[추천사]

다양한 소방업무를 인식하는 계기

소방방재청장 이 기 환

'살아서 천 년, 죽어서 천 년'이라는 주목나무는 백 년이 되기 전까지는 10m 내외의 높이로 자라다가 100년이 되는 시점에서 다른 나무들이 늙어 힘을 못 쓸 때부터 성장이 빨라진다고 한다.

주목나무가 무엇인지 다시 한번 생각해 보게 한 책이 바로 이 책이 아닌가 생각해 본다.

서울 강동소방서 전세중 예방과장. 그가 30여 년 간 각종 크고 작은 재난 현장에서 활동하면서 보고, 듣고, 느꼈던 이야기를 담아 『어느 소방관의 이야기』란 책으로 엮었다. 평소 수필, 동시, 칼럼을 통해 문학적 재능을 발휘했던 그가 정년을 맞이하면서 펴낸 에세이집이라 그 의미가 더욱 각별하다.

8부로 구성된 그의 이야기를 통해 재난 현장에서 느낀 생생한 경험과 조언들을 들려주고 생명의 소중함을 일깨워 주고 있다.

그는 성실한 소방관이며 고민하고 행동하는 자, 바로 '주목나무' 같은 사람이다. 이 책은 자신이 택한 소방관으로서의 직업 인생에 대한 마지막 현장 보고서라고 할 수 있다. 베껴온 것도 아니고, 들은 이야기도 아니고, 소설화된 가상의 스토리도 아니다. 직접 겪고, 배우고, 생각하면서 정리한 그의 인생 철학이야기이다. 그러므로 진실이 담겨있다.

각종 재난현장의 바닥부터 맛을 본 사람이고 그 치열한 현장에서 비티고 버텨 정년퇴직을 눈앞에 둔 백전노장의 이야기니만큼 그의 조언과 지혜를 나누어 가지길 권해 드린다.

아무쪼록 이 한 권의 책이 국민들에게 유용한 안전정보의 길라잡이가 됨은 물론 그동안 알지 못했던 소방관들의 노고와 다양한 소방업무를 새롭게 인식하는 '비상등' 같은 존재가 되길 기대한다.

2013년 2월 15일

Contents

제1부 생명존중

제4부 미로迷路에서 길을 잃다

제5부 구조의 손길

제6부 골든타임 4분

제7부 선택選擇

제8부 삶이 눈물이라지만

소방혼消防魂을 위한 수필적 스토리텔링
- 전세중의 "어느 소방관의 이야기"를 읽고

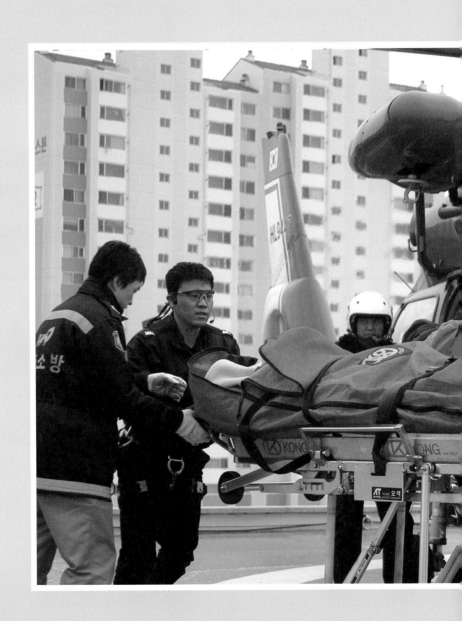

제1부 생명존중

생명존중生命尊重

　날씨가 후덥지근하다. 오랜만에 소방관서에 근무를 하면서 소화기와 단독경보형감지기 현장실태를 둘러보러 나섰다. 단독경보형 감지기는 미세한 연기를 미리 인지하여 음향으로 화재사실을 전파함으로써 잠을 자다가도 소리를 듣고 비상탈출을 할 수 있게 해주는 기구다. 소방서에서 홀로 사는 노인이나 장애인, 기초생활수급자들에게 무료로 설치해주고 있다.

　낮에는 빈 집일 것이라 생각하고 미리 전화로 확인하였다. 오후 4시경 성내동 박씨 할머니 집을 방문했는데 71세 노인이 오르내리기에는 너무 가파른 2층집이었다. "강동소방서에서 감지기 사용실태를 둘러보러 왔습니다."라고 인사를 하자 할머니는 현관문을 열고 반갑게 맞아 주셨다.

　"소방서에서 감지기를 달아주어 얼마나 고마운지 몰라요. 감지기를 설치한 후 요리를 하다가 태우는 실수는 하지 않게 되었어요. 아들들도 감지기가 설치된 뒤 안심이 되는지 수시로 드나들던 발걸음이 뜸해졌습니다."라고 말하며 환하게 웃었다. 소외계층에 대한 작은 배려가 사회의 행복지수를 높여주는 데 많은 영향을 미친다는 생각이 들었다.

다시 지도를 보고 70세의 오씨 할아버지의 집으로 향했다. 그는 옥탑방에 살고 있는데, 젊어서부터 몸이 아파 결혼을 하지 못했다고 했다. 기초수급대상자로 월 36만 원을 받아 35만 원을 하숙비로 내고 아침저녁을 먹는다고 하였다. 점심은 생활복지관에서 무료급식을 이용한다는 그의 눈빛에서 생의 의욕이 가득했다. 다행스럽게도 올 1월부터 오류교회에서 월 5만 원을 지원받아 생활비로 요긴하게 쓴다고 했다. 허리디스크로 고생을 하는데 웬만큼 몸이 아파도 참는다고 했다. 정부의 지원 덕에 근근히 살아가는데 천호119안전센터에서 감지기까지 달아줘 더욱 마음이 안정된다고 했다.

할아버지는 안전요원의 방문에 대해 고맙다는 말을 몇 번이고 되풀이 했다. 찾아오는 사람이 별로 없는 모양이다. 마음을 열고 세상을 바라보면 우리 주위에는 불행한 사람들이 참 많다. 무엇보다 몸이 불편한 사람들의 삶을 보면 건강은 건강할 때 챙겨야 한다는 말이 진리로 다가온다.

며칠 전 영등포 타임스퀘어 쇼핑몰 에어컨 실외기에서 화재가 발생했다. 불은 10분 만에 꺼졌으나 전기시설이 타면서 연기가 발생하여 아수라장이 되었다. 통로를 타고 건물 전체로 연기가 번지면서 사람들이 호흡곤란으로 두통을 호소했다.

불이나면 당연히 울려야할 경보기가 작동하지 않았던 것이다. 관리업체는 건물 내부 리모델링 공사 중이라 "오작동을 할 수 있어 경보 기능을 꺼뒀다."고 했다. 어처구니없는 일이다. 진짜 큰 불이 났다면 그것은 당연이 인재다.

오작동이 염려되어 경보 기능을 잠깐 꺼둔 사이 무슨 큰일이 있을까 하는 안일한 생각이 사고를 부른다. 이런 보도를 접할 때마다 안전 불감증에 노출되어 있는 우리 의식을 어떻게 깨울 것인가 고민하게 된다.

집은 우리 삶 중에서 가장 많은 시간을 보내는 곳이다. 또한 사람이 안락하게 살기 위하여 전기, 가스 같은 에너지가 필요하다. 에너지는 필요할 때 사용하고 안전에 주의하면 우리 생활을 편리하게 해준다. 그러나 때로는 생명을 위협할 때도 있다.

야간에 주택에서 불이 나 일가족이 사망하는 일이나 노약자가 혼자 있다가 사고를 당하는 안타까운 경우를 가끔 본다. 그때마다 화재가 난 사실을 미리 알았더라면 탈출할 수 있었을 텐데하는 아쉬움이 남는다.

미국에서는 화재경보기 소리와 같은 앵무새소리를 듣고 생명을 건진 사례가 있다. 인디애나주 먼시에서 아버지와 아들이 함께 영화를 보다 소파에서 잠이 들었다. 새벽 3시경 앵무새의 시끄런 소리에 잠에서 깬 아버지는 자신이 화염에 휩싸인 것을 발견하고 황급히 집 밖으로 대피를 하여 생명을 건졌다. 화재경보 소리를 흉내 낸 '똑똑한 앵무새' 덕분이었다.

실제로 2010년 11월 28일 새벽 2시 40분경, 서울 서초동 산청마을에서 화재가 발생해 판잣집과 비닐하우스 주택 21채가 소실됐으나, 단독경보형 감지기가 작동해 인명피해가 없었다. 2011년 12월 미아동 주택 베란다 보일러에서 화재가 발생했으나, 안방에서 낮잠을 자던 주인이 단독경보형감지기 경보 소리에 깨어 초기에 자체 진화해 인명피해를 면할 수 있었다.

우리나라의 주택은 보편적으로 좁은 골목길을 사이에 두고 있다. 그래서 화재가 발생하면 소방차나 사다리차가 진입하기 어렵다. 화재는 대처할 시간이 매우 짧기 때문에 화재 경보를 울리는 감지기 설치가 필요하다.

서울지역의 소방시설 미설치 대상은 얼마나 될까. 일반주택이 전체 주택의 41%를 차지하고 있는데, 대부분 설치되어있지 않았다. 최근 3년간 화재사망자의 54%가 소방시설이 없는 일반주택에서 발생했다. 지속적인 설치가 요망된다.

건축법상 5층 이상 공동주택은 소화기와 감지기를 설치하도록 규정되어있지만 4층 이하 공동 주택이나 단독주택에는 적용되지 않았다. 다행히도 2012년 2월 5일부터 일반주택 건축허가 시 소방시설 설치가 의무화되었다. 주택에 설치해야 할 소방시설은 소화기와 단독경보형감지기이다.

어떤 사람은 주택 화재로 홀로 계신 노인이 사망했다는 뉴스를 보고 부모님 댁에 소화기와 단독경보형 감지기를 설치해 드려서 마음이 놓인다고 하였다. 우리의 미풍양속인 집들이 선물로 소화기나 감지기는 어떨까.

안전安全나무 한 그루 분양합니다

4월 초순이라 햇살은 따스하지만 아직은 봄바람이 쌀쌀하다. 오후 3시 서울 광나루 안전체험관 앞 푸른 잔디밭에서 유치원 아이들이 올망졸망 모여 간식을 먹고 있다. 바깥놀이에 모두들 즐거운 표정이다.

나는 아이들을 돌보고 있는 유치원 원장에게 다가가 날씨가 쌀쌀한데 지하 '카페테리아'를 이용하는 것이 어떤지 물었더니,

"우리는 점심을 카페테리아에서 먹었어요. 오늘은 편하게 식사를 할 수 있어서 좋았습니다."라고 대답했다. 비가 내리거나 추운 겨울철 식사할 장소가 마땅치 않아 복도를 활용하는 것이 불편했었다. 추운 날씨에도 어린이들이 밖에서 도시락을 해결하는 것을 볼 때 얼마나 마음이 아팠는지 식사 장소를 마련하지 못한 것을 늘 후회했었다.

늦었지만 멀리서 도시락을 가지고 오는 어린이들을 위해 식사 할 수 있는 공간을 꾸몄다. 광나루 안전체험관의 주요 이용객은 어린이들이다. 이들이 휴식하고 즐길 수 있는 공간이 있어야 한다.

"어디서 오셨어요?"

"경기도 안산에서 왔어요."

안산에서 체험관까지는 1시간 30분 정도 걸린다. 작년에도 두 번 다녀갔는데 학부모님들도 좋아하고 아이들도 좋아하는 체험이라 또 왔

다고 하였다. 영어를 가르쳐 주는 것보다 수학을 가르쳐 주는 것보다 자신을 지키는 안전체험이 중요하다는 원장의 교육철학이 남달랐다.

우리는 책을 읽는 것만으로는 현명해질 수 없다. 여러 가지 다양한 경험은 지혜를 더하기 때문에 생각을 유연하게 만든다.

참교육이란 무엇일까. 아무리 하찮은 일이라도 해보지 않으면 능력이 떨어진다. 순간적으로 해결해야 하는 일은 체험하지 않으면 당황하여 일을 그르치기 쉽다. 안전체험은 우리 인생의 기초를 쌓는 것이기 때문에 살아가는데 꼭 필요한 교육이다.

오전에는 어린이대공원을 구경하고 점심을 먹은 후 오후엔 안전체험을 하고 안산으로 돌아갈 예정이라고 하였다. 체험을 마치고 돌아가기 전 원장은 내게 이런 말을 들려줬다.

"일본에 여행을 가서 방재관 체험을 했는데 한국보다 못했어요."

"일본 동경에 방재관이 있는데 어디에서 체험을 하셨어요."

"후쿠오카의 방재관입니다. 체험시설이 소방서 내에 있었는데 규모가 작고요, 여기보다 훨씬 못해요."

일본에 체험시설이 잘되어 있다고 하여 여행도 할 겸 안산시립어린이집 교사들과 함께 안전체험을 다녀왔다고 했다. 일본 방재관이 우리나라 체험관보다 못하다는 말을 듣고 '나무만 보고 숲은 보지 못한다'는 속담이 생각났다.

지진으로 인해 안전에 관심이 많은 일본은 체험관을 우리나라보다 몇 십 년 앞서 운영하고 있다. 170여 개의 방재관이 있는데 한국보다 시설을 잘 갖춘 곳이 많다고 그녀에게 일러주었다.

그녀는 일본 방재관을 가기 전에 서울광나루안전체험관에 다녀갔기 때문에 실망했던 모양이다. 일본은 자연재해가 많아 어려서부터 방재교육을 시켜 안전의식이 투철하다.

　일본학생들이 우리나라 체험관을 찾아와서 행동하는 것을 보면 실전처럼 체험을 한다. 지진을 자주 겪어서 그런지 체험에 임하는 태도가 질서 정연하고 집중도가 높다. 얼마 전 일본학생들이 방문했을 때 눈여겨 보았는데 지진체험 때 안내에 따라 책상 밑으로 피하는 속도가 상당히 빨랐다. 그리고 사뭇 진지했다.

　그에 반하여 우리나라는 안전교육의 역사가 짧다. 실제로 지진을 겪어보지 못해서인지 방문객들은 자유분방한 가운데서 체험을 한다. 심각한 체험을 하는데도 시끌벅적하게 떠든다. 질서가 없다고 할까, 어떻게 보면 재난의 무서움을 덜 느끼는 것 같다.

　우리나라의 성수대교 붕괴, 삼풍백화점 붕괴 사고는 '대충 대충 문화'가 낳은 재해라는 생각이다. 언제 어디서 일어날지 모르는 각종 재해에서 생명을 지켜낼 수 있는 것은 어릴 때부터의 다양한 안전체험으로부터 시작된다고 본다.

광나루안전체험관 ▼

자만自慢의 그루터기

우리가 '큰 일을 할 때 방심은 금물이다.'라는 말을 한다. 이 말은 정신을 집중해서 일을 그르치지 않도록 준비를 철저하게 해야 한다는 뜻이리라. 계획을 세우면 몇 번이고 생각하고 잘못된 점이 무엇인가를 찾아내야 한다. 무엇이든 자신감을 갖는 것은 좋지만 그것이 넘치면 자만이 된다.

방심과 자만은 행동과 생각을 망치는 것이다. 1997년 개봉된 영화 『타이타닉』은 세계 최고의 흥행작으로 세인의 관심을 끌었다. 그 무렵 평소 극장을 잘 찾지 않던 나도 관람하였고 TV로도 몇 번 더 보았다. 안전운항을 하지 않고 방심하면 큰 사고로 이어진다는 교훈을 받았다. 영국 사우샘프턴 항을 출항한 타이타닉 호 침몰의 정확한 원인 규명을 두고 100년이 흐른 지금도 의견이 분분하다.

1912년 4월 10일 오후 12시 15분 타이타닉호는 영국 사우샘프턴 항을 출항해 다음날 아일랜드의 킹스타운에 정박해 승객을 더 태웠다. 대부분 신대륙인 미국으로 가던 가난한 노동자와 농민들이었다. 타이타닉호는 2,206명을 태우고 뉴욕으로 첫 항해를 시작했다. 그때만 해도 그것이 마지막 항해가 되리라고는 그 누구도 상상하지 못했다.

월터 로드가 쓴 타이타닉호의 비극에 따르면 배에 타고 있었던 총

2,206명 중 구조된 사람은 703명 뿐이고 나머지 1,503명이 사망했다. 정말이지 가슴 아픈 세기의 사건이다. 5만 2,000톤의 타이타닉호는 배 길이가 약 268m로 세계에서 가장 큰 선박이었다. 배에는 호화객실과 고급 레스토랑은 물론 수영장, 체육관, 도서관 등 다양한 편의시설을 갖추고 있어 '떠다니는 궁전'이라고 불렸다.

사고가 났던 14일 오전에는 원래 해상사고가 날 것을 대비해 구명보트 타는 훈련을 하도록 되어 있었으나 선장이 승객들의 불편을 이유로 취소시켰다. 타이타닉 호에 준비된 구명보트에는 모두 1,178명이 탈 수 있었다. 하지만 구조된 사람은 703명 뿐이었다. 구명보트는 남아 있었으나 타지 못한 것이다.

선장경력 26년의 에드워드 스미스는 타이타닉호의 첫 향해가 끝나면 은퇴할 계획이었다. 그래서 그는 본래 뉴욕 도착예정일인 17일보다 하루 일찍 도착해 승객들을 놀라게 하고 타이타닉호의 첫 항해를 축하하며 자신의 은퇴도 멋지게 장식할 요량으로 23노트의 빠른 항해를 명령했던 것이다.

출항 당일 북대서양에 빙산이 떠다닌다는 전문을 6통이나 받았지만, 평소 자주 있던 일로 치부해 버렸다. 주위를 지나던 다른 선박들이 보낸 경고무전을 바쁘다는 핑계로 무시해 버렸다. 14일 밤 망루에 있던 두 사람은 큰 빙산을 발견하고 놀랐다. 다급하게 알렸지만 그 거대한 타이타닉호의 속도를 늦추기엔 너무 늦은 때였다. 결국 그날 밤 11시 40분쯤 뉴펀들랜드 해역에서 타이타닉 호는 빙산과 비끼듯 충돌하고 말았다.

6cm 두께의 강판과 300만개의 리벳으로 조립된 튼튼한 몸체는 암

초가 할퀴고 지나가도 끄떡없을 이중바닥이었다.

16개나 되는 방수격실, 일정 수위에 오르면 자동으로 닫히는 문은 그 시대 최첨단 기술이 동원되었다. 갖가지 안전시스템을 갖춰 '불침선不沈船'으로 불릴 정도였다. 타이타닉 호는 배 밑의 수밀격실水密隔室이 4칸까지 물에 차도 침몰하지 않도록 설계됐으나 빙산과 충돌하면서 바닷물이 수밀격실 5칸까지 들이쳐 버렸다. 결코 침몰하지 않을 것이라고 믿었던 타이타닉 호는 충돌 후 2시간 40분 만인 15일 새벽 2시 20분에 선체가 두 동강 나면서 4,000m 깊이의 바다 속으로 가라앉았다. 첫 출항이 마지막 항해가 된 셈이다.

타이타닉호의 침몰 원인을 두고 전문가들은 무수한 가설을 제시하였다. 올슨은 이례적으로 강력했던 밀물과 썰물이 그린란드의 빙하에서 빙산을 떼어ㅂ냈고 이 빙산들은 해류를 타고 남쪽으로 이동해 북미의 래브라도 반도와 뉴펀들랜드 섬 인근에서 머물다가 천천히 남쪽으로 이동, 타이타닉호의 항로에 끼어들었다고 추정했다. 하지만 타이타닉호가 기본적으로 안전 항해 수칙을 지키지 않았기에 사고가 났다는 점은 부인할 수 없다.

세계 최대의 여객선인 타이타닉호는 건조 때부터 영원히 가라앉지 않는 배라는 평판이 자자했다. 보험업계도 꿈에 부풀었다. 보험 가입만 따내면 돈방석에 앉는다는 기대감에 유명 보험사들이 앞을 다투어 수주 경쟁에 뛰어들었다. 유대인 금융 재벌인 로스차일드 가문은 달랐다. 일류 선박 전문가를 동원하여 타이타닉호의 설계와 구조 등을 꼼꼼하게 살폈다. 작업은 극비리에 진행되었고 안전이 취약하다는 결론을 얻었다. 즉시 유럽 각국에 흩어진 형제기업들에게 비밀 전문을 보냈다. 보험 수주에 뛰어들지 않은 로스차일드 가문의 피해는 전무했다.

무엇이든 완벽할 수는 없다. 최첨단 기술로 만들어져 완벽하다는 타이타닉호도 마찬가지다. 안전을 장담 할 수 없는 일이었다. 어쨌든 배가 위험해역에서 너무 빨리 항해했다는 기본적인 사실에는 논란의 여지가 없다. 타이타닉호가 당시 영국 기선 캘리포니안호처럼 야간 운항을 중단했다면 조류나 신기루도 문제가 되지 않았을 것이다.

타이타닉 호는 모든 가능성을 염두에 두고, 최악의 사고를 가정하여 운항을 했어야만 했다. 신도 침몰시킬 수 없다는 자만에 사로잡혀 결국 역사상 돌이킬 수 없는 사고를 낸 것은 빙산이 아닌 바로 사람의 방심이었다.

기업의 몰락 역시 자만에서 시작된다. 코닥은 세계 최초로 디지털 카메라를 만들고도 필름산업이 영원히 지지 않을 것이라는 자만에 빠졌다가 몰락했다. 스마트폰을 가장 먼저 만든 노키아도 폴더 폰에, 안주하다 몰락했다. 위기는 항상 크고, 견고한 것이라고 믿기 마련이다. 그러나 사실은 자만이라는 작은 싹이 자라나기 때문이다.

우리의 삶도 예외가 아니다. 순간의 방심으로 다 된 일을 그르치는 경우가 얼마나 많은가. 때늦게 후회를 한들 돌이킬 수 없다. 100년 전 타이타닉호의 비극과 기업의 몰락을 떠올리며 우리 생활 속에서 자만의 그루터기를 뽑아내야만 삶이 안전하다는 생각을 해본다.

서울 도봉산, "안녕하세요, 어르신 제가 화통이에요" ▼

뜨거운 화열에 굴하지 않고... ▼

제1부 생명존중 **27**

유리함정 琉璃陷窄

사무실 안에서 책을 보고 있는데 뭔가 '쿵' 하는 소리가 들렸다. 지진이 난 것도 아니고 꽤 큰 소리였다. 밖을 바라보니 비둘기 한 마리가 떨어질 듯이 뒤뚱거리다가 비스듬히 날아가는 모습이 보였다. 그런 일이 있고나서 며칠 뒤 또 '쿵' 하는 소리가 들렸다. 그제서야 비둘기가 유리벽에 부딪쳤구나 하는 생각을 했다.

보라매안전체험관은 공원 내에 있기 때문에 나무숲으로 둘러싸여 있다. 그래서 비둘기가 숲 속인 줄 알고 날아가다 유리벽을 분간하지 못하였던 것이다. 비둘기의 안전사고인 셈이다. 심하게 부딪치는 경우 죽을 수도 있다.

비둘기는 시력이 좋은 조류이다. 공원 내에 수많은 비둘기가 날아다니지만 어떤 비둘기는 무사하고, 어떤 비둘기는 사고를 당하는 이유는 무엇일까? 사고가 나는 것을 보면 안전의무를 다하지 못했기 때문으로 생각된다.

투명유리를 잘 보지 못하는 것은 사람도 마찬가지이다. 누구나 문 밖으로 나가려다 한 번쯤은 유리에 이마를 부딪친 경험을 했을 것이다. 광나루체험관을 개관한지 얼마 되지 않아 일어난 사고가 생각난다. 초등학교 4학년 남학생이 안전체험을 하기 위해 설명을 듣고 있는 중에 껌을 씹고 있었다.

선생님이 "껌 씹고 있는 학생, 껌을 뱉고 오세요." 라고 말하였다.

선생님의 지시를 받은 학생이 껌을 뱉으러 냅다 밖으로 뛰어나가는 순간 '쾅' 소리가 났다. 유리가 깨지며 '앗' 하는 학생의 외마디 비명소리가 들렸다. 몸이 유리에 모자이크 식으로 박힌 것이다. 순간적으로 일어난 안전사고였다. 옆에 있는 사람들이 급히 달려들어 유리조각을 뜯어내고 구급차로 병원에 이송하였다. 껌을 버리겠다는 조급한 마음에 학생은 투명유리를 분간하지 못하고 문이 열려있는 것으로 착각한 것이다. 실내에서 왜 급히 뛰었을까. 뛰지만 않았어도 심하게 다치지 않았을텐데.

사고가 일어난 이후 체험관 유리벽에는 어린이 눈높이로 붉은 띠를 둘렀다. 소 잃고 외양간 고치는 격이 되었지만 쉽게 구별하도록 안전띠를 두른 것이다. 띠를 두르고 난 뒤부터 유리 함정에 빠지는 사고가 더 이상 일어나지 않았다.

미리 안전띠를 두르지 않은 것은 건물 관리자의 실수였다. 이렇듯 조그마한 관심으로도 안전사고를 미리 막을 수 있다. 사고는 멀리 있는 것이 아니다. 삼풍백화점 붕괴사고와 같은 대형사고도 사고이지만 개인에게 발생하는 교통사고도 마찬가지이다. 학생들에게 생활 속에서 흔히 발생하는 부상도 안전부주의에서 비롯된다.

내가 결혼하기 직전이었으니 30년 전의 일이다. 여름철이 끝나 갈 무렵 집사람과 경포대 해수욕장을 찾았다. 멀리 지평선이 보이는 울렁이는 푸른 바다 물살을 헤치고 싶었다. 피서객들은 거의 떠나고 파도가 일었으나 그리 높지 않았다. 할 수 있겠다 싶어 어설픈 수영실력으로 뛰어 들었다. 나아갈 때는 쉬웠다. 파도를 타면서 꽤 멀리 나아간 것 같다. 그러나 돌아서 나오려는데 파도에 밀려 제자리였다. 파도는 변변찮은 수영실력에 기진맥진한 나를 물속으로 잡아 당겼다. 한 번씩 덮쳐오는 파도는 뭍으로부터 밀어내었다.

'괜찮겠지'란 생각으로 뛰어든 경포대 앞바다에서 생을 마감할 뻔했다. 겨우 나오긴 했으나 물속에서 얼마나 고생을 했는지, 그때의 일은 생각만 해도 소름이 끼친다. 폐장된 해수욕장이라 안전요원도 없었다. 유리 함정을 잘 빠져나온 셈이다.

우리의 생활주변은 늘 안전하다는 관념으로 가득하다. 그러나 실제로는 그렇지 않다. 인도를 걸어가는데 갑자기 자전거가 나타나 사람을 놀라게 하는 일, 어느 날 갑자기 급발진이라는 이름으로 승용차가 가게를 덮쳐 사람들을 혼비백산케 하는 일, 아무렇지도 않은 듯이 차도를 무단 횡단하는 경우도 있다.

우리는 누구든 유리 함정에 빠질 수 있다. '괜찮겠지'라는 주먹구구식 안전의식이 선입견으로 자리 잡아 우리의 행동을 조종하기 때문이다.

내 생활 곳곳에도 유리 함정이 설치되어 있다.

함정에 빠지지 않으려면 늘 생각을 바로 세워야 한다.

긍정肯定의 뒷자리

2000년 초의 일이다.

내가 강동소방서에서 장비팀장으로 근무할 때이니까 벌써 12년이 나 지났다. 천호119안전센터 건물이 낙후되고 좁아서 새로운 부지를 알아볼 때였다. 부동산 중개업소에 수소문을 해서 알아보니 마침 적 당한 후보지가 있었다. 근처에 대형 관리대상물인 천호시장이 가까워 유사시 대응이 용이하여 소방차량이 출동하기에 적당한 부지였다.

상가건물에는 18개의 점포가 입주해 있었다. 건물 매매에 관한 사 항을 논의하기 위해 건물 주인과 마주앉아 낙후된 안전센터에 근무하 는 소방관들의 애로사항과 새로운 부지의 확보 필요성을 설명했다. 나는 사업진행 전까지 임대점포가 모두 정리될지 우려되어 이런 말을 건넸다.

"상가에는 점포가 많은데, 정리하시는데 무리가 없겠습니까?"

"큰 문제는 없을 것 같아요."

"좋은 방안이라도 있습니까?"

"하나님이 잘 되도록 해 주시겠죠."

그녀는 어떤 확신이 있어서 이런 대답을 했겠지만, 나로서는 대안을 제시받지 못한 것이나 마찬가지여서 답답했다.

"하나님이 어떻게 그 일을 처리합니까?"라고 나는 다시 물었다.

"잘 될 거예요. 하나님이 함께 하시니까요."라고 그녀는 또 아무 거리낌 없이 대답하였다.

구체적인 대안없이 하나님만 찾는 그녀의 대답은 현실성이 없었다. 종교가 무어냐고 물었더니 '크리스찬'이라고 했다. 하나님이 어떻게 건물을 매매하는 데 상관할 것인가 하는 의문이 들었지만, 그녀를 믿고 기다리기로 했다. 매매계약이 끝나고 결국, 임대 점포들이 불만 없이 나가고 건물도 무사히 인수받았다.

지금은 고인이 된 남편이 한때 고위 공직자로 일한 적이 있어서, 개인에게 매매하는 것보다는 소방기관에 넘겨, 국민을 위해 쓰이는 것이 낫다고 생각한 듯하였다. 하나님만 찾는 성격 좋은 사람이 아니라 매사에 긍정적인 사고를 지닌 사람으로 이해되었다.

230평에 해당하는 부지를 매입해서 설계를 맡기고, 개소시키는 데까지 무척 힘이 들었다. 그렇지만 건물주의 긍정적 마인드가 사업을 진행하는데 큰 힘이 되었다. 국가가 발전하는 데는 국민의 조그만 힘이 보태어져서 이루어진다는 것을 새삼 느꼈다.

내 주위에서 이런 사람이 있다. 그의 생각은 늘 불평불만 투성이다. 돈도 잘 벌리지 않고, 어려워서 세상 살아가기가 힘들다, 사는 것이 곤욕이다, 귀에서는 소리가 나고 가슴이 두근거려 병원에서 진찰을 해봐도 뚜렷한 병명이 없단다. 늘 심각한 표정이다. 주위의 사람들에게도 부정적 시각을 심어준다.

처남은 "힘줄이 녹아서 인공으로 해야 될 것 같고 자리에 누워있는

지도 꽤 오래되었는데 얼마 살지 못할 것 같다."라고 얘기하는데, 내가 이 말을 들은 지 7, 8년은 지났다. 아파서 금방 죽을 것 같은 처남은 아직까지 살아 있고, 그 말을 한 당사자도 내가 알기로는 지금까지 잘 살고 있다. 그런 부정적인 이야기 하는 것을 듣고 있노라면 나 자신도 힘이 빠지고 기분이 별로 좋지 않다. 그래서 가급적이면 그의 말을 듣지 않으려고 한다.

이런 좋지 않은 이야기를 들으면 마음이 울적해진다. 내 주위에 긍정적인 마인드를 가지고 있는 사람이 많았으면 좋겠다. 나 또한 주위 사람들에게 긍정적인 이미지를 주고 싶다.

널리 알려진 이야기지만 1950년대 스코틀랜드의 한 항구에서 출발한 포도주 운반선이 포르투갈 리스본으로 항해하고 있었다. 그런데 이 배의 냉동 창고에 선원이 갇혔다. 포도주를 다 내렸는지 확인하는 과정에서 그를 보지 못한 동료가 냉장고 문을 잠그는 바람에 생긴 일이다. 갇힌 선원은 몇 시간 동안 냉동고 안에서 문을 두드렸지만 문은 열리지 않았다.

마침내 배가 리스본에 도착한 후 다른 선원들이 와인을 내리기 위해 냉동 창고를 열었을 때 차갑게 얼어있는 선원을 발견하였다. 그가 남긴 '몸이 점점 얼어붙고 있다. 이제 나는 곧 죽을 것이다.'라고 써 있는 것을 발견한 선장과 선원들은 깜짝 놀랐다. 기록의 내용과는 다르게 냉동 창고 안의 온도를 측정 해본 결과 놀랍게도 영상 19도였고, 충분히 먹을 수 있는 음식도 있었다.

영상 19도의 냉동고에서 얼어 죽은 선원. 그런데 그 선원은 왜 얼어 죽었을까? '곧 얼어 죽을 것이다.'라는 두려움과 공포가 실제로 몸을 얼어붙게 만들었고 죽음으로 몰아간 것이다.

말과 생각에는 엄청난 창조의 힘이 있다. 긍정적인 말을 하느냐 부정적인 말을 하느냐에 따라 결과는 다르다. '아~ 짜증나 신경질 나!' 할수록 더욱 짜증나고 안 좋은 상황이 생긴다. 안 좋은 상황이 나에게 닥치더라도 한번 되돌아보며 긍정적인 말을 할 수 있는 사람이 되어야 한다.

대뇌는 자신이 보고 싶은 것만 보려 하고, 듣고 싶은 것만 들으려하며, 느끼고픈 것만 느끼려 한다. 긍정의 힘은 '착각의 힘'이라고 해도 무방하다. '나는 할 수 있다.'라고 해도 실행할 확률은 정해져 있다. 긍정의 힘이 대뇌에 팽배할 때 뇌의 긴장도가 활성화 되어 가장 좋은 결과를 얻어 내게 된다.

부정적인 것을 두려워하거나 배척하지 않으면서 내가 보고 싶지 않은 것조차 포용할 마음을 지니는 것이 중요하다. 예를 들어 '저것은 매우 두렵다. 그러나 해야 한다. 이런 상황이라면 난 두렵지 않아'가 아니라 '두렵지만 해낼 것이다.'라고 생각해야 한다. '내 단점은 정말 싫다. 하지만 누구나 다 단점이 있으니 나도 할 수 있다.'라고 생각해야 한다.

현실이 힘든 사람, 더 이상 삶의 용기가 나지 않는 사람, 너무 괴로운 사람들에게 삶의 의미와 희망을 줄 수 있는 긍정의 마인드를 권해 드리고 싶다.

운전예절 運轉禮節

　나는 출근할 때 전철을 이용하기도 하지만, 주로 버스를 이용한다. 집에서 버스를 타면 한두 번 더 갈아타야 능동에 있는 체험관에 도착한다. 직업의식이라고 할까 버스를 타고도 안전에 대하여 늘 생각한다. 가끔 운전자가 휴대폰으로 통화하는 것을 본다. 급한 일이 있어 전화를 받겠지만 나의 마음은 불안한 것이 사실이다. 조마조마한 마음에 빨리 끊었으면 하는 바람이지만 통화를 길게 하는 운전자를 보면 승객들의 안전을 책임진 사람의 행동으로 보기 어렵다. 그때마다 사용을 자제해 달라는 말을 하고 싶지만 기사의 자존심의 문제도 있고 해서 덮어두곤 한다.

　어떤 버스는 "우리는 운전 중 휴대폰을 사용하지 않습니다. 불편한 점이 있으면 회사로 연락해 주시기 바랍니다."라는 문구를 붙이기도 한다. 승객의 생명을 최대한 보호해 주겠다는 글귀에 안심이 된다.

　최근 운전자들의 부주의로 인한 대형 사고가 늘고 있다. 가장 큰 사건은 DMB시청을 하다가 상주시청 사이클팀 연습현장을 덮친 것이다. 운전자의 심심풀이 눈요기가 큰 사고를 낸 것이다. 그 사고로 장래가 촉망되는 여자 사이클 선수 세 명이 사망했다. 사고를 낸 운전자는 시속 70km로 달리며 텔레비전을 보다가 2차로를 달리던 선수들을 덮쳐버렸다. 대관절 텔레비전이 무엇이기에 25톤짜리 트럭을 몰면서까지 곁눈질을 한단 말인가. 운전을 하면서 텔레비전을 보는 것은 의사가 수술을 하면서 오락프로그램을 보는 것과 다를 바 없다.

언젠가 내가 고속버스를 타고 지방으로 내려가는 길이었다. 옆에 트럭이 짐을 싣고 가고 있었는데, 창문으로 보니 TV를 시청하면서 운전하고 있는 것이었다. 운전자는 눈 깜짝할 사이에 전쟁터로 변할 수 있는 상황에서 태연하게 눈요기를 하고 있었다. 얼마나 위험한 일인가.

실제로 많은 운전자들이 자신의 운전 실력을 지나치게 믿는 경향이 있다. 그렇지만 방심하면 누구나 대형 사고를 낼 수 있다. 어떤 운전자는 졸음을 참기 위해 DMB로 야구경기를 본다고 한다. 본인은 절대적으로 운전에 집중을 한다고 하지만 예기치 않은 사고는 부주의에서 비롯된다. 이런 운전자는 살인 미수범으로 다스려야 하지 않을까?

차량에 기본으로 장착된 내비게이션은 운전 중에 TV가 나오지 않는다. 하지만 따로 장착하는 내비게이션에는 TV뿐 아니라 많은 기능이 추가되다 보니 눈요기 거리가 더욱 더 많아졌다. 나는 운전을 하면서 TV를 보는 것은 상상도 해본 적이 없다.

미국 사람들의 운전 예절은 어떨까. 휴대용 TV는 커녕 내비게이션조차 없다. TV를 보면서 걷는 것도 다른 보행자나 도시 시설물과 충돌할 위험이 있는데 하물며 TV를 보면서 운전하는 것은 정말 위험한 행동이라고 했다. 넓은 땅을 가지고 있어서 주행속도가 빠를 것이란 생각을 했는데 그렇지 않았다. 일부 구간은 50km 이상 속도를 위반하면 사고가 나지 않았어도 구속이 된다. 벌금형도 무거워서 우리나라보다 몇 배나 높다. 물론 주행 중 TV시청은 물론이고 DMB를 볼 수도 없다.

일본에서는 택시에 내비게이션이 설치돼 있지만, 운전 중 TV를 보는 운전기사는 없다. 2004년 도로교통법이 개정돼 운전 중 휴대전화 사용 및 TV시청을 금지하고 위반시 5만 엔 이하의 벌금을 부과하는 조항이 만들어졌다.

우리나라의 직업운전기사들은 차량에 내비게이션을 2대씩 설치하기도 한다. 내비게이션에 새로운 기능이 추가되면서 심지어 운전하면서 노래방 프로그램을 이용하는 운전자도 있다. 한 자영업자는 새벽에 운전할 때 졸음이 오면 내비게이션 노래방을 틀어놓고 노래를 부르며 운전하는데 가끔 가사가 생각나지 않으면 화면을 보기도 한다고 했다.

국토해양부가 실시한 조사에 따르면, 응답자의 세 명 중 한 명은 실제운전 중 자주 또는 가끔 DMB를 시청한다고 했다. 대부분의 응답자들은 DMB시청은 위험하다고 답했다. 어떤 운전자는 위험하다는 생각은 하지만 내가 좋아하는 프로야구 경기가 나올 때면 놓칠 수 없었다고 말했다.

다양한 정보가 쏟아지는 세상에 하루 24시간으로는 부족하기 때문일까. 우리나라처럼 천지에 텔레비전이 널려 있는 나라도 없다. 집안의 가장 좋은 자리는 텔레비전이 차지하고 있다. 외식을 나와서도 식당 텔레비전을 보면서 밥을 먹는 장면은 너무 흔해서 이야기꺼리도 안 된다.

지하철 밖에도 텔레비전, 지하철 안에도 텔레비전이 있는데 앉거나 선 사람들도 하나같이 손바닥에 텔레비전 한 대씩 올려놓고 마냥 흐뭇해한다. 기괴한 풍경이다. 운전 중 DBM를 시청하는 것은 어떤 금단증상이 아닐까 싶다.

자기 목숨만 걸고 DMB를 시청하면 모르겠지만 남의 목숨을 담보로 시청하고 있는 것은 사회질서 파괴범이다. 늦은 감이 있지만 정부는 내년부터 운전 중 DMB시청 행위에 대해 범칙금을 물리겠다고 한다. 이참에 아예 DMB 설치를 못하게 하는 방안은 어떨까.

앳된 올림픽 꿈나무들을 떠나보내면서 유족들은 하늘나라에 가서는 부디 자전거를 타지 말라고 울부짖었다.

대한민국 사이클 선수들아, '교통사고 없는 하늘에서라도 마음껏 자전거를 타라'는 말을 전하고 싶다.

어떤 보헤미안

내가 근무하는 보라매안전체험관 주위에는 고층건물들과 아파트 사이로 커다란 공원이 잘 조성되어 있다. 아침 일찍 출근 할 때 늘 벤치에 앉아있는 한 남자를 만난다. 창가에 서서 물 한 컵을 마시며 확 트인 공원을 바라보고 있노라면 50대 초반쯤 되어 보이는 그 남자가 체험관 주위를 청소한다. 처음에는 공원을 산책하고 지역사회의 환경을 위하여 청소를 하고 쉬나보다 생각했다.

시간이 지남에 따라 똑같은 시간과 장소에서 만나는 그는 무엇을 하는 사람일까 궁금하였다. 일찍 출근한 직원이 "저 사람은 노숙자인데 체험관 주위에서 자고 매일 저렇게 주변을 청소해요. 여기에 온 지는 한 보름이 되었어요." 라고 말하였다. 그는 내 눈 앞에서 연신 담배꽁초, 휴지조각을 찾아내어 줍고 있다. 노숙자 치고는 후리후리한 키에 얼굴이 곱상하고 깨끗한 편이었다.

그는 왜 노숙자가 되었을까. 그에게 가까이 다가가 보았다. 흰 피부에 용모가 준수한 그의 몸에서는 오랫동안 씻지 않아 시큼한 냄새가 났다. 눈동자는 흐릿하게 풀려있어 삶의 희망이 없는 것처럼 보였다. 멍하니 앉아있는 그에게 다가가 물었다.

"일은 안 나가세요?."

"노숙자에요."

"동사무소에서 보조금은 안줍니까?"

"노숙자라니까요." 귀찮은 듯이 대답한다.

"나는 여기 체험관에서 근무하는 사람입니다."

그는 약간의 미소를 띄우면서 물었다.

"관장이세요?"

"네."

나의 신분을 확인한 때문인지 마음을 조금 여는 표정이다. 귀찮게 자꾸 묻는 사람들이 있어서 퉁명스럽게 대답했노라고 사과하는 것으로 보아 정신은 멀쩡했다. 그는 아침에는 여기서 청소를 하고, 낮에는 공원 저쪽 편을 청소를 한다고 했다.

"언제부터 이런 노숙자 생활을 했어요?"

"꽤 오래되었지요."

그는 주위에서 주는 것을 얻어먹고, 절 집에 찾아오는 사람들이 주는 돈을 받기도 하고, 휴일에는 쓰레기통을 뒤지면 먹을 것이 있지만 가끔씩 굶기도 한단다. 가족관계를 물었더니 여러 가족이 있다면서 말끝을 흐린다.

"왜 직장을 그만두셨어요?"

"세상에 물어봐야지요."

그의 건조한 목소리에는 세상을 원망하는 감정이 배어 있었다. 그가 원하는 세상은 어떤 세상일까. 인간의 헛된 욕심으로 세상은 한없이 어지럽고 위태롭다. 아마도 범죄와 질투, 시기가 없는 평화로운 세상일지도 모른다. 그의 가슴속에는 따스한 봄날에 피는 진달래꽃

같은 소박한 꿈을 지니고 있는 지도 모른다. 부천시청에 공무원으로 7년간 몸담았다는 그는 공무원 조직에 대해서 잘 안다고 하더니 다시 입을 굳게 닫고 쓰레기 줍기에 몰두했다.

한 때는 일에 미쳐 하루해가 아쉬웠을 텐데, 남아도는 시간을 어떻게 적용하는지 묻고 싶었지만 그의 쓸쓸함이 읽혀져 포기하였다. 사랑이란 이름의 피붙이들로부터 어떻게 떠나 왔을까. 모든 것을 버리고 인생의 골목길을 방황하는 그의 마음이 되어 본다. 사람들은 누구나 마음속에 하나씩은 사연을 가지고 있다. 노숙자들도 자신만의 사연을 가지고 있을 것이다. 사업의 실패, 도박 빚 때문에 그가 무너진 것은 아닐까. 그는 갱생의 의지마저 잃어버린 듯했다.

점심 때, 어디서 얻었는지 빵 조각을 먹고 있었다. 끼니를 겨우 때운 후에는 그늘에서 누웠다 앉았다를 반복하면서 하늘을 쳐다본다. 나는 그에게 필요할 때 쓰라고 수건 두 장을 건네주었다. 퇴근 무렵, 그는 벤치에 앉아 먼 허공을 응시하고 있었다. 둥지를 잃은 집시에게 찾아오는 밤이 얼마나 두려울까. 남들이 보는 석양의 아름다움도 그들에게는 두려움의 그림자일 뿐일 것이다.

다음날도 마찬가지였다. 아침 6시부터 2시간 동안 청소를 하고, 벤치에 앉아 허공을 바라본다. 점심은 과자부스러기로 때우는 듯하였다.

비가 오는 날이면 다리 밑이나 화장실에서 잠을 잔다고 했다. 그는 가지고 있는 것도 많지 않았다. 자리 하나와 밤에 덮고 잘 윗옷 하나. 물병, 그것이 그가 가진 전부였다.

언제까지 이런 생활을 하느냐고 물었더니, "만날 사람이 있는데 찾게 되면 일할 예정이다."고 하였다. 꼭 만나야 할 사람이 그를 수렁에서 구해 줄 수 있을까.

직원들은 일을 준다 해도 하기가 쉽지 않을 것이라며 걱정을 했다. 누구나 살아가는 방법을 잃어버린 상황에서 새로 시작하기란 쉽지 않을 것이다. 마음도 황폐해져 있을 것이고, 의욕도 빈약할 것이다. 그를 보면서 인생에는 형식도 징답도 없다는 말이 떠올랐다. 우리의 삶은 정형화된 모범답안이 없는 것인지도 모른다.

찾는 사람이 원수인지 사랑하는 사람인지 모르지만 그가 하루빨리 사람을 만날 수 있기를 바란다. 그리고 원만한 가정을 이루어 옹달샘처럼 맑은 희망이 솟아나기를 기원해 본다. 오늘도 그는 자신이 하룻밤 잠을 청할 벤치 주위를 청소한다.

1998년 사업이 망해 노숙자가 된 장금씨가 쓴 '집시의 기도'가 생각났다. 충정로 사랑방에 기거하면서 썼다던 시이다. 그는 이듬해 병원에서 숨을 거뒀으나 무연고 시신으로 처리되어 벽제화장터에서 한 많은 세상을 마감하였다.

노숙인들은 밥을 먹을 때마다 이 글을 쳐다보며 이를 악물고 악착같이 살아야겠다고 다짐을 한단다.

밤이 두려운 것은 어린아이만이 아니다.
50평생의 끝자리에서
잠자리를 걱정하며
석촌공원 긴 의자에 맥없이 앉으니
만감의 상념이 눈앞에서 춤을 춘다.

뒤엉킨 실타래처럼
난마의 세월들……

깡소주를 벗 삼아 물마시 듯 벌컥대고
수치심 잃어버린 육신을
아무데나 눕힌다.
빨랫줄 서너 발 철물점에 사서
청계산 소나무에 걸고
비겁의 생을 마감하자니
눈물을 찍어내는 지어미와
두 아이가 "안 돼, 안 돼" 한다.

그래, 이제 다시 시작해야지.
교만도 없고, 자랑도 없고
그저 주어진 생을 걸어가야지.
내달리다 넘어지지 말고
편하다고 주저앉지 말고
천천히 그리고 꾸준히
그날의 아름다움을 위해

걸어가야지……
걸어가야지……

- 「집시의 기도」에서

보라매안전체험관 ▲

생각의 경제經濟

인간은 만물을 지배한다. 그러나 인간은 언제나 위험에 노출되어 있다. 내 몸을 지키는 안전체험은 삶의 가장 필요한 경험이라고 생각한다.

요즘 안전 체험에 대한 관심이 높아지고 있다. 국민소득 2만 달러 시대에 접어들면서 생명에 대한 안전의 욕구가 점점 부각되고 있다. 각 지방자치단체마다 안전체험관을 건립하고자 하는 문의가 잇따르고 있다. 전북 임실군과 충남 천안시에서는 이미 진행중이다.

우리는 1970년대부터 경제성장에 중점을 두었던 탓에 안전문제는 뒷전으로 밀렸다. 성수대교나 삼풍백화점의 붕괴는 관리 소홀과 부실시공이 원인이었다. 1999년 모기향불로 발생한 화성 씨랜드 화재와 수리공의 불장난으로 발생한 인천호프집 화재는 귀중한 목숨들을 앗아갔다. 크고 작은 재난들이 줄을 잇자 서울시는 안전불감증에 빠진 시민들을 위한 체험관 건립의 필요성을 제기 하였다.

2003년 3월 6일 광나루 안전체험관을 개관하였고, 이어 2009년 대구시민안전테마파크, 2010년 보라매 안전체험관을 개관했다. 광나루 안전체험관은 2003년 개관 이후 2011년까지 140만여 명이 방문했다. 1일 평균 510명이 방문한 셈이다.

시민들의 관심이 집중되고 있는 안전체험을 경제적 가치로 환산한다면 과연 얼마나 될까? 먼저 생명의 가치를 따져볼 필요가 있다는 생각이 들었다. 물론 생명의 가치는 그 무엇과도 바꿀 수 없지만, 굳이 화폐가치로 환산한다면 얼마나 될까. 광나루 안전체험관을 방문한 체험객 412명을 대상으로 설문조사를 통해서 알아보았다.

첫 번째로 한 사람의 생명의 가치는 금액으로 환산하여 얼마인지 물었더니, 응답자 53.7%가 30억 이상이라 응답하였다. 두 번째로 지진이나 화재가 일어나 집 전체가 파손되었을 때, 재산의 가치는 3억~5억 미만이라고 응답한 사람이 16.9%로 가장 많게 나타났다. 세 번째로 안전을 위해 현재 지불하고 있는 가치를 파악하기 위해 화재보험 납입액을 조사한 결과 1인당 평균 11만 6천원 수준이었다.

생명의 가치, 재산의 가치, 안전의 가치를 지불하고 있는 시민 1인이 안전에 대해서 생각하고 있는 가치를 도출해 보았다. 그 결과 1인이 안전에 대해 평가하고 있는 가치는 약 31억으로 나타났다. 개인의 안전에 대한 가치는 2010년 서울 광나루안전체험관 연간 방문자 16만 1,821명을 곱하여 계산한 값으로, 경제 가치로 따져 본다면 약 510조 8천억 가량의 경제효과를 냈다고 추산할 수 있다. 아울러 광나루 안전체험관 개관 이후 2011년 까지 140만 2천여 명이 다녀간 것을 따져 볼 때 무려 4,427조 1천억 원의 경제 효과를 낸 것으로 파악된다.

체험교육이 삼풍백화점 붕괴나 대구지하철 참사와 같은 재난 발생 시 대형 인명피해 예방에 도움이 되느냐는 질문에 그렇다는 응답이 80.1%로 나타났다. 안전체험 교육을 하기에 직당한 시기는 76.7%가 유치원생 및 초등학생 시기라고 응답하였다. 늦어도 초등학생까지는 안전체험이 충분히 이루어져야 함을 시사하고 있다. 어릴 때의 안전체험교육은 성인이 됐을 때 스스로 안전을 지킬 수 있는 버팀목이 된다.

현재 서울지역에는 23개 소방서 중 18개 소방서에 간이체험시설이 설치되어 있다. 없는 곳은 연차적으로 추진할 계획을 갖고 있다. 전국 192개 소방서에 간이체험시설을 갖춘다면 방문객이 소방차만 구경하고 가는 것보다 실제 체험을 해 볼 수 있어 그만큼 안전의식이 높아질 것이다.

소화기도 쏘아보고 연기피난체험도 해보는 것이 위험에 처했을 때 자신의 안전을 지킬 수 있는 지혜가 되지 않을까. 안전 체험은 생명보험과 같다는 생각을 해본다.

화염 속으로 사라진 소방 혼

　또 한 명의 구급대원이 화염 속으로 사라진 것은 순간이었다. 새벽 시간 경기도 포천의 플라스틱 공장에서 시뻘건 불길이 치솟았다. 그는 사람을 구하기 위해 몸 사리지 않고 수색에 동참했다가 변을 당했다.

　현장의 불길이 어느 정도 잡히고 난 뒤, 34살 윤 소방관은 혹시 공장 안에 대피하지 못한 사람이 있는지 확인하기 위해 수색에 나섰다. 그때 불에 타버린 창고건물 외벽이 무너지면서 윤 소방관을 덮쳤다. 그는 화재현장에서 부상자를 응급처치하는 일이 주 임무였지만, 불을 끌 인력이 부족하자 진화작업과 인명구조에 투입되었던 것이다.

　소방관들이 기억 속에서 지워지지 않는 홍제동 화재가 생각난다. 불이 난 주택은 벽돌로 지은 오래된 2층 건물이었다. 새벽 3시 거주자가 노트에 불을 붙여 안방 이불에 던져 화재가 번졌다. 빽빽하게 주차된 차량 때문에 소방차가 진입하는데 9분이나 걸렸다. 대원들이 도착했을 때 불길은 작은방과 거실을 집어 삼키고 안방으로 번지고 있었다.

　그때 이웃 사람들이 집안에 사람이 있다고 했다. 한 아주머니가 아들이 대피하지 못했다고 울부짖었다. 어머니의 간절함에 대원들은 몸 사리지 않고 건물 속으로 진입했다. 그때 물과 불을 먹은 건물이 무너지면서 순식간에 소방관 6명이 하늘로 사라졌다. 현장에서 9명이 크고 작은 부상을 입었다.

생사가 엇갈리는 현장에서 이문형 대원은 건물 우측 담벼락위에서 안방 방범창을 뜯어내고 소방호스로 방수를 하고 있었다. 순간 건물이 무너지는 것을 본능적으로 느꼈지만 정신을 잃었다. 가슴까지 벽돌 밑에 깔렸으나 대원들의 소리를 듣고 탈출하였다. 정신적인 충격을 극복하고 다행히 그는 정상적인 근무를 하고 있다.

건물 더미에 깔려 있다가 기적적으로 구조된 또 한 사람의 소방대원이 있다. 이 대원은 오래도록 병원 신세를 져야만 했다. 처음에는 의식 불명으로 중상이었다. 의식이 돌아오고 사람을 알아보기까지는 오랜 시간이 걸렸다. 지금도 왼쪽 발목이 굳어있어 다리가 온전치 못하다. 가끔 병원에 다니는데 별 차도가 없다고 한다. 병원에 안 가는 것 보다는 가는 것이 나을 것 같아서란다.

다른 사람의 생명을 구하기 위해 출동한 대원들의 목숨은 사라지고 건물 안에 있다고 했던 사람의 흔적은 없었다. 유족들의 슬픔이야 말할 것도 없지만 함께 출동한 대원들도 오래도록 우울증에 시달려야 했다. 현장의 악몽, 귓전에서 "살려달라"는 비명소리가 윙윙대는 환청幻聽, 구하지 못했다는 죄책감, 불안, 우울증과 불면증은 공격성과 같은 증세로 나타난다.

그런 일을 잊으려고 부산으로 자리를 옮긴 대원도 있고 밤마다 잠을 못 이루는 한 대원은 경기도로 자리를 옮겼다. 현장의 삶을 받아들이기 어려워하던 한 대원도 정든 직장을 그만 두었다.

또 하나의 아픔인 은평나이트클럽 화재도 기억난다. 샌드위치 패널 구조물이 무너져 내리면서 소방관 3명이 순직하고 4명이 부상을 입었다. 우레탄 패널로 건축된 영업장 내부는 높고 2, 3층이 개방된 무창층無窓層이었다. 고온의 가스층이 형성되어 있는 상태에서 출입문으로 공기가 유입되어 화재가 급속히 확산되었다. 화염과 유독가스로 한 치 앞도 내다볼 수 없었다.

소방관 3명이 2층 주출입구를 통해 내부로 먼저 진입하였고 나머지 2명은 뒤따라 진입했다. 홀 우측 통로를 통해 무대 불길을 잡으려던 순간 '우두둑' 하는 소리와 함께 천장 내장재와 조명기기가 떨어지며 퇴로를 막았다. 뒤따라가던 2명은 어렵게 장애물을 넘어 밖으로 탈출하였으나 먼저 진입한 3명은 탈출하지 못하고 건물 더미에 깔려 끝내 화를 입었다.

'생명을 구하는 일에 자신을 바치는 소방관이 있어 세상은 빛난다.'라는 말을 생각을 해본다. 인천 부평 소방서 김 소방위는 2012년 11월 2일 발생한 인천물류창고 화재 현장에 투입됐다가 이튿날 새벽 지하 2층에서 숨진 채 발견됐다. 김 소방위는 50대에 늦깎이 결혼을 한 가장이었다.

김 소방위는 남아 있는 사람이 있는지 끝까지 확인하려고 의류 상자들이 쌓여 미로같은 지하 2층 창고로 내려갔다. 공기호흡기로 작업할 수 있는 시간은 40분, 시간이 다가도록 출입구를 찾지 못해 유독 가스에 질식한 것으로 보였다. 공기호흡기를 착용했을 때 유독가스 속에서는 한 치 앞도 보이지 않는다. 소방 호스를 놓치거나 벽에서 멀어졌을 때 암흑 속을 헤매게 된다.

소방관 순직 사고가 날 때마다 열악한 업무 환경이 단골로 지적됐지만, 현실은 조금도 나아지지 않았다. 소방관 순직이 알려질 때마다 요란했다가 금세 사그라지는 화제話題가 아니던가.

소방관이 위험을 무릅쓰고 들어가는 것은 사명감이다.

'9·11테러'가 났을 때 무너지는 빌딩에서 내려오는 사람들을 뚫고 안으로 들어가는 소방관들이 있었다. 사람들이 '왜 올라가느냐'고 물었을 때 '내가 아니면 누가 사람을 살리겠느냐'고 대답했다. 그 구조대원들의 말이 내 가슴 속에 비수처럼 박혀있다. 남들이 보면 무모한 짓이라고 할 수 있지만 이것이 우리 소방관들의 사명이다.

2011년 기준 우리나라 소방관 수는 3만 7,826명으로 일본의 4분의 1에 불과하지만 순직률은 두 배가 넘는다. 2007년부터 2011년까지 한국의 재난현장에서 순직한 소방관은 35명으로 한 해 평균 7명이 순직했다. 같은 기간 일본은 56명이 순직하여 한 해 평균 11.2명이 사망했다. 수치상으로는 우리나라 소방관 순직자가 적다. 하지만 1만 명당 순직자를 나타내는 순직률을 살펴보면 일본은 0.70명에 불과하지만 우리나라는 1.85명으로 2.6배이다.

미국도 순직률이 우리나라의 절반 수준이다. 미국은 2007~2011년까지 한 해 평균 35명의 소방관이 순직했다. 2011년 기준 미국의 소방관 수가 34만 4,050명임을 감안할 때 1만 명당 순직자 수는 1.01명에 불과하다.

우리나라 소방대원 한 명이 담당하는 국민은 1,208명이다. 미국 1,075명, 일본 820명, 홍콩 816명보다 많다. 주당 근무시간도 미국은 48시간, 일본은 42시간, 우리는 56시간이다.

우리나라 직업선호도에서 소방관은 위험하다고 기피하는 경향이 있다. 선진국은 소방관을 어떻게 인식할까? 미국에서는 소방관이라는 직업이 인기 직종이다. 미국 시카고대의 조사에 따르면 직업만족도와 삶의 행복지수에서 성직자에 이어 2위로 나타났다.

소방관의 삶에서 자신의 생명을 담보로 화재를 진압하는 것은 전쟁터로 나가는 것이나 다름없다. 그들이 다른 사람들의 생명을 구하기 위해 몸을 내 놓을 때 소방관의 안전 확보를 위한 장비들은 현대화되어야 한다.

소방관의 안전 확보를 위해 위치정보를 모니터링할 수 있는 위치추적시스템을 개발하는 것은 어떨까? 소방관 자신의 생명은 물론 모두의 생명을 살리기 위한 눈은 멀리 바라보아야만 한다.

서울 천호동 주민들과 함께 ▼

서울 홍제동 화재 붕괴사고(위), 서울 대조동 화재 붕괴사고(아래) ▼

제2부 물 위에 서 있는 사람들

소방消防의 역사歷史

요즘 들어 세월이 참 빠르다는 것을 새삼 느낀다.

내가 1984년 1월 서울 강남소방서에 첫 출근을 하였으니, 어언 30년이 다 되어 간다. 소방관은 화재를 진압하는 일만 하는 것이 아니라 국민의 생명과 재산을 보호하고 안전을 도모하는 모든 일을 한다. 나도 그 일원의 한 사람으로 살고 있다는 것에 대한 자부심을 느낀다.

퇴임을 1년여 앞둔 시점에서 짧지 않은 지난 시간을 되돌아보며 우리나라 소방발전상을 더듬어 본다.

소방의 역사는 불의 역사와 같이 발전하였다고 볼 수 있다. 불을 사용하면서 소방 활동도 자연스럽게 존재하였기 때문이다. 역사에 기록된 최초의 소방대는 고대 이집트에서 찾아볼 수 있다. 로마에서는 노예와 시민의 감시대로 구성되는 최초의 '공설소방서'가 있었다. 최초의 소방조직이라 할 수 있는 시민감시대는 수동펌프를 화재현장에 사용하였다.

우리나라의 화재에 대한 기록은 언제부터일까?

역사서에 기록된 대형 화재는 삼국시대까지 올라간다. 삼국사기에 따르면 "신라 13대 왕인 미추왕(서기 262년) 때 금성 서문에 화재가 발생해 민가 100여 동이 소실됐다"는 기록이 있다. 서기 596년인 진평왕

18년에도 영홍사에 불이 나 왕이 친히 이재민을 위문하고 구제했다는 내용이 있다.

이는 삼국시대에는 화재가 사회적 재앙으로 인식돼 국가적 관심사였다는 반증이기도 하다. 삼국사기에 의하면 통일신라 헌강왕(서기 880년)의 기록에는 당시 사람들의 방화의식을 알려주는 구절이 있다. "그 시절에는 사회가 안정되고 도성 경주가 번창하였다. 초가를 기와로 교체하고 나무를 사용하지 않고 숯을 사용하여 밥을 지었다." 학자들은 이 내용을 당시 주민들의 방화의식이 높았기 때문으로 여긴다. 특히 가옥을 초가에서 기와로 덮은 것은 밀집돼 있는 민가의 대형 화재를 예방하기 위한 것으로 추정된다.

소방서에 관한 직접적인 언급은 없으나, 고려 때의 기록에 소방훈련에 관한 것이 있다. "1145년 고려 인종 23년 2월에 서경의 대동문에 큰 불이 났고 그해 5월 임금이 동석한 가운데 궁궐 내 수문전에서 소재도장이라고 하는 궁중소방 훈련을 실시했다"는 내용이다. 그러나 소재도장은 공공 소방기관이라고 할 수는 없다. 궁궐 내 화재만을 대상으로 설치한 것이기 때문이다.

우리나라 최초의 공공 소방기관은 조선시대 세종대왕(1426년) 때 설치한 금화도감禁火都監이다. 세종실록에 따르면 당시 한성에 큰 화재가 두 번이나 발생해 민가 200여 호가 불에 타고 남자 9명과 여자 23명이 목숨을 잃었다.

그때 세종대왕이 내놓은 종합화재방지 대책이 금화도감의 설치였다. 화재와 재난을 막고 불이 났을 때 빠르게 끄도록 하기 위해 설치한 소방기관인 것이다. 금화도감에 소속돼 불을 끄는 일을 하던 이들은 '금화군'이라 불렀다. 금화군은 군인이나 공노비로 구성됐고 우물에서 물을 긷고 나르던 노비로 구성되었다. 금화군은 세조 때 '멸화군滅火軍'으로 이름이 바뀌었다.

금화군은 도성 곳곳을 다니며 불이 났는지를 감시했다. 밤낮으로 화재를 감시하다가 불이 나면 종을 쳐서 사람들을 대피시키고 다른 금화군들에게 불이 났다는 것을 알리는 역할을 했다.

방화범을 잡을 수 있는 권한도 주어졌다. 그러나 세조 1460년 관원 수를 줄이는 구조 조정 바람이 불면서 한성부로 흡수되었다. 지금도 큰 불이 나면 예방을 소홀히 했다는 이유를 들어 책임자가 소방법에 따라 문책을 받는다. 예전에도 소방법이 있었던 것으로 추정되는데, 조선 세종 때 편찬된 '고려사'에 보면 화재에 대한 책임을 물어 책임자의 벼슬을 빼앗은 사례가 있다.

고려시대 1051년 문종 5년 2월에 백령진에 대화재가 발생했다. 백령진의 성곽 28칸과 민가 78호가 소실돼 백령진장 최성도, 부장 최숭음을 관직에서 삭탈했다. 우리 역사에 기록된 최초의 화재와 관련된 처벌이다. 당시 2월 1일부터 10월 3일 사이에 실화로 전야를 소실한 자는 태笞(회초리) 50대, 재물을 연소한 경우는 장杖(곤장) 80대의 형벌을 받았다. 관부나 묘사, 사가, 사택, 재물에 방화한 자는 가옥의 칸 수와 재물 피해를 구분하지 않고 도徒(징역) 3년형을 주었다.

소방법은 조선시대로 오면서 경국대전의 편찬으로 골격을 갖추게 된다. 1417년 태종 17년에는 명나라의 법률을 사용해 실화자와 방화자에 대한 형벌을 정하고 시행했다. 실화로 자기 집을 태운 자는 곤장 50대, 방화로 자기 집을 태운 자는 곤장 100대를 맞았다. 또 인명에 해를 입힌 자는 곤장 100대를, 관·민가를 태운 자는 곤장 100대에 3년간 추방하도록 했다.

1922년의 경우, 전국에 소방차 20대밖에 없었다. 소방조원들의 전문성도 떨어졌다.

최초의 근대식 소방서는 일제강점기인 1925년 4월 서울 중구 남창동에 들어섰던 경성소방서다. 그 전까지는 민간에서 자발적으로 의용소방대를 만들어 불을 껐지만 경성소방서가 들어서면서 관官 주도로 체계화된 것이다. 조직은 단촐해서, 소방서장 아래 펌프반, 수관반, 파괴반, 사다리반을 두었다.

불이 나면 펌프반은 장정 6~9명이 한조로 완용腕用 펌프를 앞뒤에서 끌고 밀면서 현장으로 달려갔다. 펌프 앞머리에는 지금의 사이렌 같은 쇠종이 불차의 출동을 알렸다. 파괴반은 갈고리로 재를 긁으며 마지막 불씨까지 정리를 했다. 사다리반은 높은 건물에 올라 인명을 구했다. 수직으로 세운 사다리 꼭대기까지 타고 올라가는 연습을 하기도 했다. 당시도 지금처럼 소방 헬멧을 쓰고 방화복을 입었다. 방화복에는 소속을 알리는 '경성'이라는 문자도 찍혀 있었다.

1935년 1월 27일 종로 2가 화신백화점에서 큰 불이 났다. 500여 명의 점원과 수천 명의 고객이 아비규환을 이루며 피신했다. 정전까지 일어나 도심은 한 시간 동안 암흑천지가 되었다. 화재원인은 어처구니없게도 백화점 옆 과일노점상이 켜놓은 촛불이 옮겨 붙은 것이었다. 대형건물 2동을 통째로 태워버린 초유의 화재가 안긴 충격은 컸다. 엉성한 소방시스템이 도마에 올랐다. 이 화재로 소방행정이 달라졌다. 시내의 모든 극장과 백화점마다 소방관 1명씩 배치시켰다.

'화재신고전화 119' 번호도 그해 10월 1일 경성중앙전화국에서 '전화번호안내 114'와 함께 도입되었다. 경성소방서는 1937년 태평통으로 이전하고 해방 이후에는 서울소방서로 명칭을 바꾸었다. 1945년 해방될 당시 서울에는 경성, 성동, 용산, 영등포 등 4개 소방서가 있었다.

구급, 구조업무는 어떻게 발전되었을까. 1979년 대한의학협회는 서울시 행정지원을 받아 야간구급환자 신고센터를 운영하기 시작했다. 그러던 것이 소방에서는 1981년에는 부산에서, 1982년에는 서울에서 시행되고, 1984년부터 전국의 모든 소방관서에 119구급대가 설치되었다. 이송 대상자는 사망자와 행려병자를 제외한 응급환자 중 보호자가 있는 경우로 한정했다. 지금은 보호자가 없이도 이송하고 있다. 구조대는 1988년 8월1일 올림픽을 앞두고 발대식을 가졌다. 서울, 부산, 대구 등 7개 도시 9개 소방서에 "119특별구조대"를 설치하여 인명구조를 전담하였다. 119구조대는 삼풍백화점 붕괴, 대구지하철 화재 시에 빛을 발하였다. 불속이나 물속에서, 산악에서, 교통사고 현장에서 인명을 구조하고, 승강기에 갇힌 사람도 구조한다. 또 벌떼나 산짐승, 뱀이 나타났을 때에도 출동한다.

한국은 1960년대부터 경제발전을 시작하여 30여 년 간 경제성장에 힘써왔다. 고속성장에 몰두하다보니 안전은 뒷전이었다. 청주 우암 아파트 붕괴, 성수대교 붕괴, 서울 아현동 가스폭발, 서해 페리호 침몰, 충주호 유람선 화재, 화성 씨랜드 화재, 인천 호프집 화재 등 사고 공화국이라는 오명을 얻게 되었다. 소 잃고 외양간 고치는 격이지만 사고가 날 때마다 문제점에 대한 개선이 이루어졌다.

2003년 대구지하철 방화사건은 많은 문제점이 있었다. 훈련부족으로 초기대응에 실패했을 뿐만 아니라 불에 잘 타는 구조로 된 객차는 많은 인명피해를 야기했기에 그 후 많은 부분이 개선되었다. 지하철 객차 내부가 불연 재료로 교체되고 피난유동선을 개선하여 역 자체적으로 인명구조장비를 비치하게 되었다. 불확실성의 시대에는 시행착오를 통하여 새로운 경험을 쌓을 수밖에 없다. 사회적인 변화로 인하여 최근에는 화재발생률이 확연히 줄었다는 것을 느낀다.

근무 여건은 3교대 근무로 전환되고 있다. 이전에는 24시간 근무하고 다음 날은 쉬는 격일제 근무였다. 소방서 직할 대기실은 대부분 2층 철제 침대였고 파출소 대기실은 온돌식 구들장이었다. 지금은 환경이 많이 좋아져 직원 대기실이 2인 1실로 나누어져 있고 근무환경뿐만 아니라 장비도 많이 개선되었다.

필자는 강남소방서 구조팀장으로 근무할 당시 구조에 필요한 장비를 많이 구매한 기억이 난다. 나는 미국이나 일본 등 외국에 나가서 선진 소방과 비교 행정을 경험하지는 못했으나, 외국의 소방 문물을 보고 온 사람들은 말한다. "서울의 소방장비는 선진국의 첨단장비와 비교해서 손색이 없습니다."

소방 예방업무도 많이 변화되었다. 건물주가 건물을 완공하면 현장에 나가 소방시설 검사를 하였으나 현재는 서류로 확인하고 있다. 이 제도가 시행되기 전 후배가 나에게 전화를 했다. "선배님, 완공도면을 소방서에 가지고 갔는데 설치하지 않아도 될 시설을 설치하라는 지도를 받았습니다. 법적으로 문제가 되지 않는 시설인데 도면을 확인한 소방관은 소방시설 설치를 요구합니다. 어떻게 해야 하나요?" 민원인 입장에서 본다면 소방시설 과다적용 사례이다.

소방시설 과다적용 논란을 피하고 민원인과 접촉을 최대한 억제하고 민원인 편의를 위해서 감리 업체에서 현장 확인 및 지도를 한다. 민원인들은 바뀐 제도에 대해 상대적으로 만족을 하는 것으로 보인다.

종전에 비해서 민원처리 기간도 단축되었다. 지방마다 약간의 차이는 있지만 서울시는 진정민원 법정기일 7일에서 4일로, 소방시설 완공검사 신청서 법정기일 3일에서 2일로, 안전시설 등 설치(완공)신고서 처리를 법정기일 3일에서 2일로 단축했다. 민원업무 스피드지수를 시행하여 1초라도 빨리 결재하고 있다.

직원이 "이 서류는 스피드입니다."라고 말하면 나는 즉시 결재한다. 민원인의 편의를 위해서이다. 직원들의 좌석배치는 칸막이를 없애 공개행정을 하고 있다. 예방업무의 획기적인 변화이기도 하다. 예방업무도 선진국형 행정으로 가고 있다.

2012년 기준으로 전국 193개의 소방관서가 설치되어 소방공무원 3만 5천여 명이 근무하고 있다. 서울은 현재 23개의 소방서에 소방공무원 6천여 명이 근무하고 있다. 업무에 있어서도 화재, 구조, 구급, 안전체험에 이르기까지 영역이 확대 되었다. 현장에서 한사람이라도 더 살리기 위해 '5분 이내 도착'이란 슬로우건을 내걸고 국민의 손과 발이 되고자 오늘도 밤을 지새우고 있다.

내가 보라매안전체험관에서 근무할 때 매일 아침회의를 마치고 난 뒤 직원들이 외치는 구호가 있었다. "오늘도 힘차게, 오늘도 즐겁게, 오늘도 좋은 하루 되세요." 그 구호 덕분인지 직원들 표정이 밝다. 그때 함께 근무하던 18명의 얼굴이 보름달처럼 환하게 내 마음 속을 비춘다.

서울 대연각호텔 화재 ▼

부산 대아호텔 화재 ▼

서울 대왕코너 화재 ▲

서울 삼풍백화점 붕괴 ▲

물 위에 서 있는 사람들

청계천이 관광명소로 태어났다.

머리도 식힐 겸 집사람과 같이 청계천 나들이를 간 적이 있다. 시냇물에서 뛰노는 물고기와 갈대숲은 도심 속의 또 다른 정취를 느끼게 한다. 졸졸졸 흐르는 시냇물소리를 들으며 걷다보면 수많은 도자기벽화를 만난다. '소망의 벽'에는 2만여 명의 시민이 참여하였는데 가로, 세로 10cm의 타일도자기에 그림이나 글씨로 소박한 꿈과 소망을 담았다. 벽화에는 나의 손길도 닿아있는데 '행복한 가정을 위해'란 글귀가 남아 있다.

시민들 휴식처가 되어가고 있는 청계천을 걷다보면 때로 홍수가나면 위험하다는 생각이 들 때가 있다. 청계천은 외국 관광객들도 즐겨 찾는 명소이기 때문에 안전에 대한 대비가 필요하다.

청계천에서 산책 중에 비를 만나면 안내방송에 귀를 기울여야 한다. 며칠 전 신문기사에서 낮에 내린 폭우로 청계천에 고립된 시민이 흙탕물이 쏟아져 나오는 수문 옆에서 바지를 걷고 어쩔 줄 모르고 있는 사진이 실렸다. 갑자기 밀어 닥치는 물길을 보고 탈출하기 위해 제방 벽을 기어오르려는 사람도 있었다. 관계 공무원은 이날 비가 내리기 시작하자 스피커를 통해 대피 안내 방송을 했다. 안전요원들도 호루라기를 불면서 안내했다.

그 시간 청계천 다리 밑에는 비를 피하고 있는 사람들이 있었지만 대피 안내 방송은 아랑곳하지 않았다. 오히려 안전요원에게 "이렇게 비가 오는데, 당신 같으면 다리 밖으로 나가겠어요"라고 짜증을 내는 사람도 있었다.

그때 청계천 수문 249개가 열리면서 순식간에 물이 불어났다. 뒤늦게 불어나는 물을 보고 시민들의 대피 소동이 벌어졌다. 수문에서 쏟아져 나오는 물길에 갇혀 오도 가도 못하는 10여 명을 119소방대가 구조했다.

청계천에서 대피 안내방송에 귀 기울이지 않는 시민들의 안전의식은 한국 사회의 안전 불감증을 보여줬다. '나 하나 이래도 괜찮겠지' 하는 잘못된 안전의식이 문제다. 우리의 생명을 보호하려면 국가도 임무를 다해야 하지만 개개인도 시민 안전규범을 잘 지켜야 한다. 야영하지 말라고 정해놓은 곳에서 야영을 하다 변을 당하거나 수심이 깊으니 수영하지 말라는 경고판을 무시하는 것은 생명을 내던지는 일이다.

우리나라는 1인당 국민소득 2만 달러 인구 5,000만 명을 갖춘 '20-50클럽'에 가입하게 되었다. 일본, 미국, 프랑스, 이탈리아, 독일, 영국에 이은 7번째 국가이다. 그럼에도 우리나라가 살기 좋은 나라인가에 대해서는 의견이 분분하다. 우리나라의 안전의식은 부끄럽게도 OECD 국가 중 최하위에 머물러 있다.

미국의 철강회사인 'US스틸'의 사내 슬로건은 '안전제일, 품질제이, 생산제삼'이었다. 모든 것이 안전에서 출발해야 된다는 뜻이다.

선진국으로 분류하는 기준은 시민 안전의식이다. 선진국은 질서와 안전의식이 몸에 배어 있다. 대한민국이 안전 선진국이 되려면 국가와 시민이 상식과 규범을 소중하게 지켜나갈 때 이루어질 것이다.

서울 천호동 수해 ▼

서울 성수대교 붕괴 ▼

교육教育의 진화進化

시대가 변할수록 높아가는 교육열 때문에 아이들은 휴일도 없이 월화수목금금금의 학창 시절을 보내고 있다. 나의 어린 시절과 비교해 보면 '노는 방법도 모르는' 아이들이 딱하다. 그런 아이들의 중압감을 덜어주기 위함인지 올해부터 토요일이 공휴일로 지정되었다. 조금이나마 과열된 학업의 지옥을 벗어날 것으로 기대된다.

나에게는 두 아들이 있다.

20년 전 내가 아들들을 키우던 때에도 교육열은 마찬가지였던 것 같다. 우리 아이들도 다른 집 아이들에게 기죽지 않도록 피아노학원, 속셈학원을 보낸 것이 생각난다. 그 때 한 선배는 "어린 나이에 공부에 지나치게 얽매이게 하는 것 보다는 더 뛰어놀게 하는 것이 좋지 않겠느냐"고 했다. 학원을 보내는 것이 아들의 장래를 위한 일이라는 생각이 들어 선배의 말은 귓등으로 흘려보냈다. 지금 돌이켜보니 그의 말에 수긍이 간다.

요즘처럼 맞벌이 부부가 많아지는 사회적 분위기에, 아이들끼리 토요일에 놀게 놔둔다는 것은 걱정거리일 수밖에 없다. 공원에 가려고 해도 위험하고, 집에서 할 마땅한 놀이가 없기 때문에 컴퓨터 게임에 빠지기 쉽다.

아이들이 즐길만한 놀이가 부족하니 아이들도, 부모들도, 걱정이 되지 않을 수가 없다. 공부를 하는 것도 중요하지만 그에 못지않게 아이들에게는 긴장을 풀 시간이 필요하다. 주말은 숨통을 틔워주는 날로 정하는 것은 어떨까. 그래야 좀 더 학업에 매진할 수 있고 효과적이라는 생각이다. 그러나 아이들이 마땅히 놀만한 공간을 마련해 주지 못하는 것이 현실이다.

유명한 학원가는 놀토에 맞추어 교육 프로그램을 짜 학부모를 끌어 모으고 있다. 일부 학원에서는 아예 금요일 밤에 학생들을 오게 하여 일요일 밤에 집에 보내는 경우도 있다. 학교도 토요일 프로그램을 개설하고 있지만 질적 수준이 높다고는 할 수 없다. 자라나는 아이들을 위해 다양한 교육프로그램을 개발하는 것이 정부의 몫이라는 생각이다.

아이들에겐 학업을 위한 공부도 중요하다. 그러나 그보다 중요한 것은 마음의 양식을 쌓는 것과 스스로 문제 해결 능력을 키우는 것 아닐까. 그러기 위해서는 다양한 경험이 필요한데 안전체험교육관의 프로그램은 그 중 효과적일 듯 싶다. 정부 프로그램의 일환으로 소방서도 유기적으로 연계하여 안전체험교실을 운영하고 있다. 아이들은 지진 · 풍수해 · 연기피난 · 소화기 · 응급구조 체험 등을 놀이하는 느낌으로 배워갈 수 있다.

2012년 3월 10일 박원순 서울시장이 광나루 안전체험관을 방문하였다. 그는 서울시민의 한 사람으로써 방문객들과 함께 안전에 관한 체험을 했다. 나는 관장으로서 시장님을 맞이하였다. 주5일제 수업의 시작과 함께 다양한 토요일 프로그램이 필요해진 만큼 시장님의 관심도 많은 것 같았다. 시장님의 첫인상은 무척 소탈하고 서민적이었다.

나는 동대문 청소년 수련관에서 방문한 초등학생 30명과 함께 시장님을 안내하면서 질문에 대한 답변형식으로 대화를 나누었다.

"체험관은 언제 지었어요?"

"2002년도에 준공하여 2003년 3월 6일 개관하였습니다. 개관 후 2011년말까지 140만 명이 다녀갔습니다."

"외국인 관광객들도 많이 온다고 들었는데, 어떻습니까?"

"2008년도부터 오기 시작하여 지난해에는 8,500여 명의 외국관광객이 다녀갔는데, 중국 관광객이 95%를 차지합니다. 올해도 만여 명의 외국 관광객이 다녀갈 것으로 예상됩니다."

"각 체험시설에 중국어 표지판은 설치되어 있습니까?"

"모든 체험장에 한국어와 함께 중국어 표지판이 설치되어 있습니다."

"외국 관광객이 오면 의사소통은 어떻게 합니까?"

"외국어 회화(영어·중국어·일어) 가능한 직원을 배치해 두고 있습니다. 영상물은 외국어로 번역이 되어있습니다."

"체험관을 소방에서 관리하고 있다지요?"

"서울소방재난본부에서 운영하고 있습니다."

이야기를 나누며 3층으로 올라가는 도중, 시장님은 오리엔테이션 장소에 전시된 헬리콥터를 가리키며 물었다.

"진짜 헬리콥터입니까?"

"그렇습니다. 현장에서 활동했던 헬리콥터로써 내구연한이 지나 폐기처분된 것을 전시하고 있습니다."

"다른 곳에서 헬리콥터 전시한 것을 보았는데 알고 보니 모형물이어서 실망스러웠어요. 그런데, 여긴 진짜 헬리콥터라니 좋네요."

"어린이들이 쳐다 보고 매우 좋아하고 있습니다."

시장님은 3층 회의실에서 5분 동안의 간단한 업무현황을 들어본 후 어린이들과 함께 몇 가지 안전체험을 했다. 연기피난체험, 심폐소생술, 소화기체험 순으로 진행되었다. 연기체험장에서 손수건으로 입을 막고 나오면서 시장님은 연기가 진짜인지 궁금했던 모양이다.

"연기가 화재시 발생되는 것과 같은 진짜 연기인가요?"

"인공적으로 만든 인체에 무해한 연기입니다."

시장님은 고개를 끄덕이며 몇 가지 질문을 더 하였고, 마네킹으로 심폐소생술을 실습하고 소화기 사용 체험도 하였다. 모든 체험을 어린이들과 마치고 난 뒤 시장님은 웃으면서 어린이들을 향해 물었다.

"여기 소방관 하고 싶은 사람 있나요?"

"네! 저는 소방관이 되고 싶습니다!" 한 어린이가 오른손을 번쩍 들며 답했다.

"왜 소방관이 되고 싶나요?"

"남을 도와주는 일을 하니까요."

시장님은 아이의 대답이 마음에 들었는지 흡족한 미소를 지으며 말했다.

"그래요, 소방관들이 하는 일이 많지요."

대화를 끝내고 기념촬영을 했다. 시장님과 잊지 못할 시간을 가진 어린이들은 얼굴이 붉게 상기되어 있었다. 아이들은 오늘 체험에 만족한 듯하다.

불이 났을 때는 누구나 당황한다. 소화기의 사용법을 알아도 반복 체험을 하지 않고서는 옆에 소화기가 있어도 불을 끄지 못한다. 불은 훨훨 타오르고 마음은 조급해서 도망가기 바쁠 것이다. 다 큰 어른도 사용 방법을 몰라 불 난 곳에 소화기를 집어던지는 웃지 못할 사례도 있었다.

오늘 체험한 아이들은 소화기의 안전핀을 뽑고 불이 난 곳을 향해 자신 있게 사용할 수 있을 것이다. 또한 캄캄한 미로에서 연기가 차 있을 때는 바닥에 납작 엎드려 오리걸음으로 피난구유도등을 보고 비상구로 대피할 수 있을 것이다. 비상구의 중요성을 알았을 것이고, 무엇보다도 안전이 모든 일에 우선되어야 한다는 것을 깨달았을 것이다.

박원순 서울시장 안전 체험 방문 ▼

광나루 안전체험관 ▼

몰래카메라

나는 오늘도 감시를 받으며 하루를 시작한다. 집을 나서는 순간부터 퇴근할 때까지 우리의 행동이 나도 모르는 사이에 수없이 감시당하고 있다.

나는 몰래카메라의 위력을 실감한 적이 있다. 광나루 안전체험관에는 도서실이 있다. 도서실은 체험관을 찾은 사람들에게 체험도 하면서 독서의 분위기를 조성하기 위해 마련되었다. 매년 신간서적을 구입하여 방문객들에게 제공하고 있다. 그런데 얼마 안 있어 새로 산 책이 없어지는 것을 알았다. 조그만 도서실에 직원을 배치할 수도 없고, 생각 끝에 CCTV를 설치하였다. 그리고 안내 표지판도 설치하였다. '책을 가져가지 마세요, CCTV가 설치되어 있습니다.' 그런 다음부터는 책이 없어지지 않았다. 멍텅구리 CCTV의 덕을 본 셈이다.

어느 날 퇴근하려는데 친구로부터 전화가 왔다. 친척 되는 사람이 경기도 김포에서 수영장을 운영하는데 모르는 사람이 와서 건물 내부 사진을 찍어 갔고 잠시 후 소방서에서도 직원이 다녀갔는데 한 번 알아봐 달라는 것이다.

요사이 사회 문제가 되고 있는 비파라치 활동에 대한 내용인 것 같았다. "내가 알아본들 뾰족한 수도 없고 뭐가 잘못 되었는지 본인이 직접 알아보는 것이 좋을 것이네."라고 했다. 왜냐하면 경기도 관내 일을 서울에 있는 내가 전화할 수도 없었기 때문이다. 친구는 내말을 듣더니 "미안하네, 내가 잘못 전화한 것 같네."라고 하면서 전화를 끊었다. 섭섭하고 기분 나쁜 그의 감정이 확연히 느껴졌다.

나는 마음에 걸려 집에 들어가 다시 친구에게 전화를 걸었다. "내가 요즘 바쁜 일도 있고 여러 가지 경황이 없어서 자세히 얘기하지 못했는데 오해는 하지 말게. 내가 알아보기 싫어서 그런 것이 아니고 당사자가 직접 상황을 알아보는 것이 낫다는 뜻이었네."라고 친구를 위로하였다. 내말을 들은 친구도 오해가 좀 풀린 듯하였다.

비파라치란 비상구와 파파라치를 합성한 신조어다. 비상구 또는 방화문을 폐쇄하거나 복도, 계단, 출입구 등 피난시설을 훼손하는 행위를 사진으로 찍어 관계당국에 신고해 포상금을 받는 사람을 일컫는다.

최근 강남 일대에 비파라치가 급증하고 있다. 강남지역에 고층 빌딩이 밀집되어 있어 비파라치들이 몰리는 것이다. 이 때문에 강남지역 아파트 관리인들의 항의가 이어지고 있고, 아파트 관리 사무소와 빌딩 관리인들 사이에 비상이 걸린 상태다. 강남뿐만이 아니라 대전지역에서 활동하는 전문적인 비파라치는 월간, 연간 포상금 한도가 정해지자 아예 주소지를 옮겨 전국을 돌며 비파라치 활동을 하고 있다. 이들이 한 해 동안 비파라치 활동을 통해 얻은 수익은 수백여 만원에 달한다고 한다.

비상구 폐쇄 신고제도는 비상구 폐쇄를 방지하여 화재가 났을 때 인명피해를 최소화하기 위해 시행되고 있다. 비상구 문을 잠가 놓거나 문 앞에 짐을 쌓아두어 비상시에 이용할 수 없게 만든 경우 법의 저촉을 받는다. 시민들이 안전에 대한 의식이 부족하다는 것은 알려진 사실이다. 안전 불감증에 걸린 건물 관리인들에게 경종을 울릴 수 있다는 점에서 참 좋은 제도이다.

돈으로 따지고 보면 비파라치의 신고 포상금은 건물 업주가 내는 과태료에 비하면 턱없이 적은 편이다. 위반 행위를 사진으로 찍어 신고하면 포상금 5만 원을 받을 수 있으나 신고당한 업소는 50만 원의 과태료를 내야한다. 전문 비파라치들이 1년에 많은 건물을 신고한다 해도 받을 수 있는 포상금은 일반적인 중소기업 직장에서 근무하는 신입 평사원의 1년 봉급에 미치지 못한다. 비파라치들이 사회적으로 문제가 되고, 그들을 향한 비난의 목소리가 끊이지 않는 것은 특별한 직업도 없이 포상금을 받아 생계수단으로 삼는 경우가 있기 때문이다.

얼마 전 부산노래방 화재는 비상구를 노래방 룸으로 사용하여 화재 시 대피 하지 못해 사망자가 많이 발생했다. 상당수의 유흥업소에서 화재가 났을 때 비상문을 폐쇄하여 피해자가 많다는 점을 생각해 볼 때 비파라치 제도는 필요하다.

우리나라 국민의 안전 불감증은 생각보다 심각하다. 상당수의 국민이 '나에게는 별다른 사고가 일어나지 않을 것이다.'라는 안일한 생각으로 살아간다. 업주는 비파라치의 신고로 몇 십만 원의 과태료를 물어서 억울해할지도 모르나, 그보다 수많은 사람들의 생명이 존중되어야 한다.

전문 비파라치는 분명 일반적인 도덕 기준으로 보아서 권장할 만한 행위는 되지 못한다. 남을 몰래 훔쳐보는 행위로 밥벌이를 하기보다는, 차라리 취직해서 성실하게 일하는 편이 낫다. 그리고 비파라치를 비난하기보다 영업주들이 고객의 안전을 먼저 생각하는 도덕정신이 필요하다.

무절제한 전문 비파라치와 영업주들의 갈등 구조를 보면서 한국의 선비정신을 생각해 본다. 선비정신은 도덕의 기준에 있다. 인간으로서 떳떳한 도리와 신념을 흔들림 없이 지켜내는 지조를 우선하였다.

우리 마음의 향기같은 선비정신은 사라지고 감시를 하고 당하면서 살아야하는 현실이 안타깝다. 서로가 서로를 믿지 못하고 감시를 해야만 하는 사회의 정체성에 대해 생각해 본다. 건물주와 영업주들이 더 많은 소득을 올리기 위해 다른 사람의 생명을 담보로 하고 있다는 생각을 하면 세상이 모두 수렁 같다. 그러나 우리가 발을 헛디디면 빠져 죽을 수 있다고 해도 전문 비파라치는 없어져야 한다.

우리의 행동은 언제나 감시를 당하고 있다. 누군가 나를 도덕의 잣대로 수색하고 있다. '털어서 먼지 안 나는 사람 없다.'라는 속담이 '찍으면 들통 나지 않을 사람 없다.'로 바뀌어야 하지 않을까.

타인을 먼저 배려하는 마음이 있다면 감시의 눈은 사라질지도 모른다.

비상구 신고 포상제도란?

　비상구 신고 포상제도는 비상구를 항시 개방하여 유사시 피난이 용이하도록 관리되어야 하나 불법으로 비상구를 폐쇄하는 행위가 잦아 시행하게 되었다. 하지만 포상금을 받을 목적으로 상습적으로 위반행위를 신고함에 따라 많은 부작용이 초래되었다.

　서울시는 2012년 7월 30일 비상구 신고포상제 조례를 폐지하였다. 2010년 7월 15일부터 2012년 7월 30일까지 신고건수는 11,393건이며 과태료 부과는 6,950건으로 신고포상금 금액은 무려 3억 1천만 원이나 된다. 조례가 폐지되자 그 날부터 신고건수는 현저하게 줄었다.

　이 법이 시행되는 동안 비상구 불법행위에 대한 신고는 미비된 비상구에 대한 진정한 신고라기보다는 포상금을 타기 위한 생계형 신고가 많았다.

　비상구 신고포상제 조례가 폐지됨에 따라 이를 대체할 제도가 도입되었다. 비상구 폐쇄 등 불법 위반행위 안전책임제를 도입하였는데, 피난ㆍ방화시설 3회 적발 시 관계인을 의법조치 하는 것이다. 위반시 과태료는 50만 원~200만 원이 부과된다.

　위반사항은 도어체크 미설치, 말발굽door stop 설치, 비상구 앞 장애물 적치 등이 포함된다.

흡연자吸煙者는 외롭다

어느 탈북자의 이야기다.

북한을 탈출하여 중국에 왔을 때, 첫 번째로 크게 놀란 것 중 하나가 중국 거리가 북한에 비해 몇 배는 깨끗한 것이었다. 한국에 와서 보니, 중국과 비교하여 훨씬 깨끗하게 보였다. 세상에 이렇게 깨끗한 나라도 있다는 것을 알고 별천지에 와 있는 느낌이었다고 했다.

우리나라는 그 동안 86아시안게임, 88올림픽, 2002월드컵을 거치며 거리가 상당히 깨끗해 졌다. 월드컵이 개최되기 전까지만 해도, 거리는 담배꽁초로 지저분하여 눈살을 찌푸리게 했다. 그 나라의 질서는 문화라고 생각한다. 2001년 8월 10일자 조선일보에 '남몰래 버린 양심' 이란 제목으로 투고를 한 적이 있다. 함부로 길에 버려지는 담배꽁초에 관한 것이었다. 지금 읽어보면 당시 우리나라 거리의 모습이 그려진다.

— 며칠 전 서울 가락시장 앞에서 버스를 기다리고 있을 때 목격한 일이다. 택시 한 대가 손님을 태우려고 섰다. 손님이 차에 타자 택시는 출발했는데, 운전사가 왼손을 창밖으로 내밀었다. 조금 지난 뒤 뭔가 손에서 슬며시 떨어졌다. 금방 피우려다 버린 불붙은 담배 한 개비였다.

나는 쭉 지켜보았는데 담배꽁초 버리는 방법이 누가 볼세라 아주 교묘했다. 담배버리는 방법이 하도 능란해서, 나는 지금도 그때의 일을 생각하면 웃음이 절로 난다. 그래도 자기 차에 탄 손님에게 만큼은 피해를 주지 않으려는 기본양심은 있는 모양이다.

택시운전사가 운전 중 담배를 피우는 것 자체도 문제지만, 깨끗한 도로 위에 덩그렇게 하늘 보고 누워있는 담배 한 개비는 정말 꼴불견이다. 버려진 담배꽁초를 보고 얼마나 많은 사람들이 눈살을 찌푸려야 하는지, 또 이런 쓰레기를 치우는 데 환경미화원이 얼마나 많은 땀을 흘려야 하는지…. 어제 오늘의 일만은 아니다.

내년 월드컵 기간 중 우리나라를 찾을 외국 손님들은 택시도 이용할 것이다. 우리는 그 사람들에게 무엇을 보여줄 것인가. 담배꽁초 한 개비라도 함부로 버리는 일이 없도록 국민 한 사람 한 사람이 양심을 가꾸어야 할 것 같다. —

지금 서울거리는 그때보다 깨끗해졌다. 곳곳에 쓰레기통이 비치되어 있고, 길바닥에 쓰레기가 눈에 띄지 않는다. 10년 동안 계몽이 이루어진 결과이다. 깨끗하기로 소문난 싱가포르나 일본같이 우리나라도 깨끗한 거리를 만들기 위해 정부차원의 노력을 하고 있다.

깨끗한 환경을 만들기 위하여 우리나라도 길에서 담배를 피우면 과태료를 부과한다. 강남역 거리는 금연거리로 시범 운영되고 있다. 길거리에서 흡연시 과태료를 부과한다는 스티커가 여기저기 붙어있다. 예전에는 강남역 주변을 다닐 때 흡연자들의 담배연기에 인상을 잔뜩 쓰고 있는 아이 엄마들의 모습을 많이 볼 수 있었다.

흡연자들이 한손에 담배를 끼우고 휘적휘적 활보하면 불꽃이 춤을 춘다. 바람이 불면 담배 불꽃이 바람에 날려 행인의 눈으로 들어가기도 하고 옷이나 피부에 접촉되기도 한다. 옆 사람에게 연기피해를 주는데 담배연기는 어떤 냄새 보다 역겹다.

이럴 때는 담뱃불은 흉기나 다름없다. 나는 담배를 꼬나물고 오는 사람을 보면 멀찌감치 옆으로 비켜선다. 때로 앞서 가는 사람에게서 담배 연기가 나면 그 사람 보다 앞질러 간다. 그래야만 냄새를 피할 수 있다.

담뱃불에 실명할 수도 있다. 일본에서 길 가던 남자의 담뱃불에 어린이가 실명한 적이 있다. 그 후 거리엔 담배 쥔 손은 어린이 얼굴높이라는 팻말이 붙었다. 노상금연, 보행금연은 일본 대도시로 확산됐다.

나는 담배를 피우지 않는다. 아예 담배를 배우지 않았다. 동생들도 담배 피우는 것을 보지 못했다. 담배를 피우는 사람들을 보면 건강에도 나쁜 담배를 왜 피우는지 의심스러울 때가 많다.

내가 어릴 때만 해도 방안에서 담배를 피우는 일은 예삿일이었다. 아이가 방안에 있어도 어른들은 피워댔다. 어릴 적 문중회의를 우리 집에서 자주 했는데 방안은 담배연기로 꽉 차 있어 굴뚝을 연상시킬 정도였다. 여러 사람들이 모이는 장소라고 예외는 아니다. 극장, 항공기, 고속버스, 시내버스, 화장실에서 까지 아무렇지도 않게 담배를 피워 댔다.

며칠 전 내가 사는 문정동 아파트 엘리베이터에 호소문이 붙었다. "○층에 사는 애 엄마입니다. 베란다와 계단에서 담배 피우시는 분 자제해 주십시오. 아이에게 해롭습니다." 요즘 아파트 이웃 사이에 소음 못지않게 다툼이 잦은 것이 담배 연기다. 베란다·복도·계단에서 피운 담배 연기가 주변과 윗집으로 번지기 때문이다. 주민들이 '금연 아파트'를 만들자며 서명운동을 벌이기도 한다.

코티닌은 니코틴이 몸 안에서 분해되면서 쌓이는 대사물질이다. 미국 로체스터 의대 팀이 공동주택에 사는 어린이의 혈중 코티닌 농도를 측정해 간접흡연에 얼마나 노출돼 있는지 조사했다. 그랬더니 집안에 흡연자가 없어도 단독주택 어린이보다 45%나 높게 나왔다. 이웃집 담배 연기가 바람을 타고 오는데다 환기시스템을 공동으로 쓰기 때문이다.

담배를 피우는 애호가들은 누구나 피울 수 있는 기호식품이라고 말한다. 세금 꼬박꼬박 내면서 스트레스도 해결할 겸 담배를 피울 권리가 있다고 항변한다.

그렇지만 언젠가는 안방도 흡연자의 안식처가 되지 못할 것이다. 음식점과 공공장소, 거리의 금연은 일반화 되어 가고 있다. 버스와 지하철 교통수단은 물론이고 공원, 등산로도 금연구역으로 지정이 되고 있다. 금연 바람이 우리 마을에도 불었다. 우리집 바로 옆 송파 두멍이 공원에도 개농 공원에도 금연 플래카드가 붙어있다. 공공시설에서 담배를 피운다는 것은 상상도 할 수 없는 일이 되어 버렸다.

길을 걸어가면서 담배를 피우면 제 정신이 아니라는 소리를 들을 날도 멀지 않을 듯하다.

불멸不滅의 사랑

개는 사람을 잘 따른다. 그래서 사람들은 개를 사랑하고 좋아하는지도 모른다.

요즘 애완견들을 보면 신발도 신겨주고 대변도 닦아주고 목욕도 시켜준다. 아프면 병원에 데려가 치료해주고 죽으면 무덤을 만들어 주기도 한다. 자식보다 더 애지중지 하는 것 아닌가 싶을 정도로 사랑을 주며 기른다.

애완견은 외출하고 돌아오면 꼬리치고 반겨주는 맛에 기른다고들 한다. 사람은 주인을 배신하기도 하지만 개는 한결같이 주인에게 충성을 다하기 때문에 사랑을 받지 않을까. 애완견을 기르는 사람들을 보면 사람과 동물과 경계가 없는 듯하다.

개를 방안에서 키우는 것이 좋지 않다는 사람들도 있다. 나도 그렇게 생각하는 사람 중의 하나이다. 개털이 사람 코나 입으로 들어가 폐와 혈관에 박혀 건강을 위협하기도 하고, 아무데나 배변을 하는 동물습관은 미간을 찌푸리게 한다.

경제가 성장하고 집집마다 반려 동물을 기르는 것도 유행처럼 번졌다. 그러나 사람들의 애정은 변화무쌍하다. 버려지는 애완견들로 인하여 재난상황이라는 말을 한다. 전국 350만여 가구가 개를 키우고 있지만 버려지는 애완동물도 많기 때문이다. 아파트단지에 돌아다니는 유기견들은 주민들에게 공포를 주기도 한다. 이제는 감당할 수 없는 숫자만큼 개체수가 늘어났다. 전국에 보호소로 신고된 유기견 숫자만 한 해 10만 마리나 된다. 신고가 안 된 동물들을 감안하면 전체 개체 수는 이보다 훨씬 많을 것이다.

우리나라 사람들의 동물에 대한 사랑지수는 생각보다 낮다. 재개발 지역에서는 개만 남겨두고 떠나 유기견이 되는 일도 다반사다. 공동주택에서 이웃의 시선이나 간섭을 받을 때 포기하는 경우도 많다고 한다. 개 짖는 소리가 층간 소음분쟁을 일으켜 개 주인이 법정에 서는 일도 있지만 안락사를 시키거나 버리는 원인이 되기도 한다. 때로는 고속도로에 버려지는 개들을 119구조대가 출동하여 구조하는 것을 보면서 이 세상 구조가 미로 같다는 생각을 해 본다 .

그러나 개와 사람이 함께 호흡하며 사는 데에는 이유가 있다. 요즘은 시각 장애인을 위하여 봉사하는 개를 볼 때면 동물이 사람보다 낫다는 생각을 한다. 몸을 자유롭게 쓰지 못하는 장애인 곁에서 손발이 되어주는 안내견이 전화기를 물어다 주고, 문을 열어 주고 그리고 세탁기에서 세탁물을 꺼내 주기도 한다. 이처럼 소소한 일에서부터 크고 작은 일들을 해내는 보조견들은 반쯤 사람 취급되는 세상이다.

119 인명구조견의 활약도 대단하다. 건물이 붕괴된 현장에서 사람을 찾아낸 경우도 있지만 경기도 안산의 한 야산에서 실종 된지 4일 된 60대 노인을 인명구조견이 찾아냈다. 며칠 전에는 남양주의 한 야산에서 실종된 치매 노인을 구하기도 했다.

반면 애완견을 불속에서 구하려다 함께 죽은 안타까운 일이 있었다. 지난 2012년 4월 새벽 5시경 옥탑방에서 불이 났다. 소방차가 출동하여 불은 9분 만에 꺼졌다. 구조대가 도착했을 때 방문은 열려 있었고 공기의 유입으로 시뻘건 불길은 방 전체를 휘감았다. 30세 미혼 여성이 화장실에서 죽은 채 발견되었는데 곁에는 애완견 한 마리가 죽어 있었다. 그녀가 애완견을 구출하려다 변을 당한 것으로 추정되었다.

그녀는 6년 전 어머니가 돌아가시자 슬픔에 젖어 방황했는데 언제부턴가 애완견에 정을 붙이면서 서로 의지하면서 살았다고 한다. 방문 바로 앞 주방에 철재로 된 개집을 마련하여 애완견 2마리를 키우고 있었다. 개집 냄새로 주방에서 밖으로 나가는 문을 항시 열어놓고 있었다. 불은 방 안 주방 출입구 쪽 쓰레기통에서 발생했다. 평소 담배를 자주 피우던 그녀가 무심코 버린 담배꽁초로 쓰레기에 불이 붙은 것이다.

불이 나자 그녀는 주방에 있는 개집 애완견 2마리가 생각나 방문을 열고 나가 개집 문을 열어주었다. 애완견 한 마리는 밖으로 달아나 목숨을 건졌지만, 한 마리는 당황한 나머지 불이 난 방안 화장실로 들어갔다. 그녀가 애완견을 구출하러 화장실로 따라 들어갔다. 그 사이 열린 문으로 공기가 유입되면서 옷걸이에 빼곡이 걸어두었던 의류에 불이 붙어 화재가 급격하게 확대되었다. 애완견을 구출하려다 함께 죽은 것이다.

개는 다정다감하고 깊은 충성심을 겉으로 표현할 줄 알기 때문에 사람에게 사랑을 받는지도 모르겠다. 무기력한 우울증이나 대인기피

중 같은 것을 앓는 인간에게도 큰 도움을 준다는 학계의 보고가 있기도 하다. 사람들에게 안정감을 주어 즐겁게 일 할 수 있도록 돕고 쓸데없는 고민을 멈추게 한다는 것이다.

자살충동을 느끼는 사람들에게 애완견 효과를 적용해 보는 것은 어떨까.

간접공격으로 화재를 진압하

아빠 방에 불이 났어요

유치원생에게 안전교육의 효과가 얼마나 있을까?

4살 된 아이가 불장난을 하다가 불을 내고 침착하게 119에 신고를 했다. 2012년 12월 25일 오후 5시경 서울 강남구 다가구주택 지하 1층에서 불이 났다. 크리스마스 날 가족들은 선물을 사러 집을 나섰다. 아이는 장난감을 가지고 놀겠다며 따라 나서지 않았다.

혼자 남겨진 4살 남자아이는 책상에 앉아 장난감을 가지고 놀다가 방 안에 있는 라이터로 종이에 불을 붙였다. 활활 타는 불을 끄려고 하였으나 다른 종이에 옮겨 붙으면서 불이 커졌다. 혼자 힘으로는 불을 끌 수 없음을 알고 불이 난 방문을 닫고 옆방으로 가서 119 다이얼을 돌렸다. 울먹이는 목소리로 "아빠 방에 불이 났어요"라고 신고하고 전화를 끊었다. 그리고 불이 밖으로 나오지 말라고 현관문을 닫고 옆집으로 대피했다.

119로 화재신고 전화를 하면 소방방재센터에서는 불난 위치를 확인할 수 있다. 수서119안전센터에서 출동하여 화재를 진압했다. 책상, 컴퓨터, 의자, 에어컨이 소실되어 130여만 원의 재산피해를 냈다.

나는 4살 된 아이의 침착한 화재신고에 대해 아버지에게 전화로 물어보았다. '왜 불장난을 하게 되었는가' 하는 질문에 며칠 전에 제사를 지냈는데 지방문을 소지燒紙하는 것을 보고 아이가 따라한 것 같다고 했다.

아이는 2008년 4월에 태어났다. 4살 된 아이가 불을 보고 침착하게 방문을 닫고 나와서 119로 다이얼을 돌린 것에 대해 교육을 시킨 적이 있느냐고 물었더니 한두 번 이야기한 적이 있다고 했다. 아이가 유치원에 다니기 때문에 배울 수도 있고, 어린이 프로그램의 영향도 있을 것 같다고 말했다. 5년 전 음식물을 조리하다 불을 내 소방차가 출동한 적이 있어 화재 예방에 대한 경계심을 갖고 있다고 했다.

불꽃은 집기류와 벽을 태우면서 천천히 진행되었다. 급박한 상황에도 아이가 방문과 현관문을 닫고 나왔기 때문에 원활한 산소 공급이 되지 않아 가재도구 일부만 연소되었다. 훈소燻燒 상태로 진행되어 옆에 있던 침대는 연소되지 않았다.

내가 광나루체험관에 근무할 때, 체험교육을 받으러 유치원생들이 많이 왔다. 유치원생들의 안전체험교육 효과가 얼마나 있는가에 대해 궁금해 했다. 아이들이 잘 할 수 있을까? 4살 된 아이에게 소화기 사용법을 알려주고 난 뒤, 직접 해보라고 하면 대부분의 아이들이 소화기를 다룰 줄 안다. 불이 난 곳을 향해 호스를 잡고, 안전핀을 뽑고, 손잡이를 누른다는 순서를 쉽게 익힌다. 만 4세부터는 안전체험교육에 대한 효과가 나타나기 시작한다.

4살 아이가 체험을 마치고 나서 4년 후 재방문했을 때 지진발생시 대피 요령에 대해 묻자 먼저 가스밸브를 잠그고, 문을 열어 대피로를 확보하고, 책상 밑에 숨는다고 말했다. 만 4세부터 초등학교 저학년까지는 안전체험교육의 적령기라고 할 수 있다.

이건, 내꺼야

가족은 생존의 원천이다.

가족은 새 역사를 만드는 힘이다.

1973년 영국 서머랜드호텔 화재 발생으로 61명이 목숨을 잃었다. 가장 무사한 그룹은 가족끼리 온 사람들이었다. 불이 나자 가족의 67%가 함께 움직였지만 친구들은 75%가 뿔뿔이 흩어졌다. 떨어져 있던 가족도 아수라장에서 서로를 찾아 빠져나왔다. 친구가 친구를 찾아 헤맨 경우는 없었다. 가족은 서로 헌신할 수 있다는 믿음으로 침착할 수 있었다.

어느 일간신문 신년 특집 '다시, 가족이다'에 정읍에 사는 오형제 이야기가 실렸다. 큰아들은 17년 전 홀어머니가 치매에 걸리자 네 동생에게 도움을 청했다. 어머니는 아들을 알아보기는 커녕 대소변도 가리지 못했다. 서울·광주·경기도에 흩어져 살던 동생들은 "함께 모시자"며 고향으로 돌아왔다. 오형제는 힘을 합쳐 떡집을 열고 한두 해씩 돌아가며 어머니를 모셨다. 형제들의 일과는 하루가 끝날 무렵 가게를 마치면 어머니가 있는 집으로 모이는 것이다. 지금 오형제는 동네에서 '떡수리 오형제'라고 불린다. 어머니를 모시면서 큰 다툼 한 번 없었다고 한다. 이럴 때 가족은 아늑한 울타리라 할 수 있다.

돈 앞에 장사가 없다는 말이 있다. 금전이 개입될 때 생기는 욕망은 가족 간 불화를 일으키기도 한다.

2012년 9월 17일 새벽 폭행사건 신고가 들어왔다. 구급대가 현장에 도착했을 때 집안은 아수라장이었다. 56세의 여성이 상의가 흠뻑 젖을 정도의 과도한 출혈을 보이고 있었다. 미간 부분과 머리 부분이 찢어져 있었다.

돌아가신 어머니 보험금 수령 문제로 4남매가 모였다. 가족회의 중에 말다툼이 오고 갔고 그 와중에 막내 남동생이 무차별 폭행을 가하고 쓰러져있는 누나를 화분으로 때렸다. 지혈이 끝나고 거즈와 붕대로 손상부위 처치를 마쳐갈 즈음 환자는 '내가 널 어떻게 키웠는데, 내게 이럴 수가 있니'를 반복하며 하염없이 흐느끼고 있었다. 이마를 타고 흐르는 피보다 더 많은 눈물을 쏟아내고 있었다.

병원 응급실에 환자를 인계하자 미간 부위에 상처가 커서 치료 후에도 큰 흉터가 남을 것 같다는 의사 소견을 들을 수 있었다. 이마의 상처보다 더 큰 흉이 가슴에 남을 사건이었다. 지나친 재물 욕망은 사람의 마음을 피폐하게 하므로 경계해야 할 일이다.

돈은 언제나 사람들의 양심을 자극한다. 가족은 피로 뭉쳐진 가장 끈끈한 관계라고 할 수 있지만 돈 앞에서는 인간성을 상실하는 경우가 많다.

빨간 경광등이 켜진 맨몸 구조작업

지하탱크와 맨홀에서 맨몸으로 작업하다가 가스에 질식되는 사고가 많다. 맨홀 속에서 쓰러진 사람을 구하러 내려갔다가 함께 변을 당하기도 한다. 질식사窒息死하는 현장에 장비도 없이 내려갔다가 질식사하는 일이 반복되고 있다. 똑같은 방법으로 되풀이 되는 죽음, 생명을 구하기 위한 다짐 속에 어디에도 안전지대는 없다.

2년 전이다. 용산구 남영동에서 상수도관로 위치를 탐사하다가 3m 깊이 맨홀 안에서 3명이 질식하는 사고가 있었다. 먼저 사다리를 타고 내려간 최씨가 2분 만에 쓰러지자, 다른 2명이 구하러 들어갔다가 함께 변을 당했다. 울산에서도 똑같은 일이 발생했다. 한 아파트 지하 3m 정화조에서 작업 중이던 인부 2명이 질식하자 이를 구하려 내려간 동료 3명이 유독가스로 모두 숨졌다.

2013년 1월 24일 오전 10시 33분경 제주시 감귤가공 공장에서 청소 용역업체 직원 3명이 감귤처리탱크 내부에서 작업을 하다가 잔류가스로 인해 2명이 숨지고 1명이 병원으로 옮겨졌다.

가스 속에서 쓰러져가는 생명을 구하기는 어려운 것인가. 차량을 운전한 강씨는 창고 속 찌꺼기를 배수관을 통해 차량으로 옮겨 실었다. 양씨가 사다리를 이용해 7m 깊이의 저장창고 밑으로 내려갔다.

양씨가 갑자기 의식을 잃고 쓰러졌다. 감귤 껍질이 자연발화되면서 유독가스가 발생한 것이다. 강씨가 서둘러 그를 구하기 위해 밑으로 내려갔으나 함께 변을 당하고 말았다. 작업장 내에는 환기구가 1개뿐이었고, 사고자들은 안전모와 마스크 등을 착용하지 않았다.

같은 날 오전 10시 10분, 서울 영등포구 양평동 통신맨홀 내에서 배관을 점검하던 중 도시가스가 누출되어 2명이 질식했다. 맨홀의 직경은 80cm 정도로 한사람이 겨우 내려갈 수 있었다. 구조대는 공기호흡기를 쓰고 내려갈 수 없어 마스크에 의존해서 먼저 내려가고 공기호흡기는 나중에 내려 보냈다. 지상으로 구조하여 심폐소생술을 실시하였다. 한 명은 의식이 회복되었지만 나머지 한 명은 사망했다.

1월 23일 경남 고성군 동해면 한 조선소에서 건조 중인 5만 톤급 탱크선 내부 용접작업 중 가스누출 사고가 났다. 이 사고로 선미부 탱크 내에서 용접작업을 하던 김씨가 가스에 중독돼 숨졌다. 숨진 김씨를 찾기 위해 선미부 탱크 진입을 시도하던 동료도 가스에 질식됐지만 생명에는 지장이 없었다.

2013년 1월 31일 오후 3시 서울 영등포구 당산동 동양웨딩홀 앞 맨홀 내부에서 밸브가 파손되면서 도시가스가 누출됐다. 맨홀 내부에서 보수작업중이던 밸브 전문수리업체 직원 황씨와 이씨가 산소결핍으로 질식했다.

이처럼 똑같은 사고가 발생하는 이유는 대부분 산소와 일산화탄소 농도측정을 하지 않고 기본적인 안전작업수칙을 이행하지 않기 때문이다.

땅 속에는 상수도, 하수도, 도시가스, 통신 케이블, 정화조 같은 매

요구 구조자 발견 ▲

주택 화재

설물이 있다. 재해를 당한 동료 작업자를 구조하기 위해 안전장비도 없이 구조작업에 나서는 행위는 죽음을 부른다. 작업장마다 안전규칙이 있는데, 사고가 반복되는 걸 보면 안전의식이 의심된다.

날마다 산업현장에선 하루 평균 6명이 목숨을 잃고 290여 명이 부상을 당한다. 우리나라 산재율은 0.65%로, 평균 0.5%대인 선진국에 비해 상당히 높다. 안전에 관한 우리의 의식은 아직도 전형적인 후진국형이다. 언제쯤 의식의 선진화가 이루어질 수 있을까.

 맨홀질식 사고를 예방하기 위해서는 어떻게 해야 할까?

질식 사고를 예방하기 위해서는 먼저 작업 전 관리감독자가 근로자를 대상으로 질식재해 예방교육을 실시해야 한다.

작업장으로 들어가기 전에 항시 산소와 일산화탄소 농도를 측정하고, 작업 중에도 수시로 환기를 실시해야 한다. 출입 시에는 공기호흡기와 같은 보호 장구를 착용토록 해야 한다.

재해자를 구조할 때는 꼭 안전장비를 착용해야 한다. 장비가 없을 경우에는 상황이 위급해도 성급히 나서지 말고 구조대원이 오기를 기다려야 한다.

원자력 발전原子力 發電, 그 안과 밖

일본 후쿠시마 원자력발전소 사고를 지켜보면서 "우리나라 원전은 안전한가" 의구심이 든다.

후쿠시마 원전 사고는 평화롭던 공간을 지옥으로 만들었다. 가축들은 물 한 모금을 먹기 위해 메마른 구덩이로 투신하여 허우적댔고, 방사선에 피폭된 동물들은 사람들이 모두 떠난 후쿠시마를 어슬렁대며 먹이를 찾았다. 거리에 늘어져 있는 가축들의 사체가 끔찍한 상황을 말해주었다.

국제원자력기구 IAEA는 후쿠시마 사태가 더 이상 벌어지지 않을 것이라는 확신을 줄 수 있을까. 체르노빌 사고에 이은 후쿠시마 사고의 충격으로 독일, 스위스는 원전을 모두 폐쇄하겠다고 선언했다.

원전을 대체할 수 있는 새 에너지 개발을 위해 세계가 머리를 맞대야 될지도 모른다. 일본은 보유한 원전 54기 중 52기가 가동정지에 들어갔으나 최근에 전력 수급 문제로 재개 움직임을 보이고 있다.

우리나라도 원전 21기에 대한 점검에 들어갔다. 고리원전의 해안 방호벽을 높이고, 지진이 나면 원자로가 자동으로 정지되는 시스템을 설치하기 위해 대책을 세우고 있다.

원자력발전소가 들어선다는 말만 들리면 지역단체들의 반발이 만

만치 않다. 정부는 전력의 원전 의존율을 기존의 31%에서, 2030년에는 59%까지 끌어올린다는 계획에 따라 2011년 말 강원도 삼척, 경북 영덕 두 곳에 원전을 4기씩 세우겠다고 밝혔다. 그렇게 되면 미국, 프랑스와 함께 세계 3대 원자력 강국이 된다.

원자력 분야 기술자들은 원전에서 발생할 수 있는 중대사고 발생률은 10만분의 1도 되지 않는다고 주장한다. 이는 모든 부품이 완벽한 상태에서 정상적으로 가동될 경우에만 해당된다. 그러나 원자력발전소를 구성하고 있는 수십만 개의 부품 중 하나라도 완벽하지 못할 경우 사고는 언제든 일어날 수 있다.

언제부터인가 우리나라 원전에도 작은 사고가 잦다. 2012년 2월 고리원전 1호기가 정지되었다. 문제가 된 것은 고리원전 1호기의 비상발전기였다. 비상발전기는 원전에 공급되는 전력이 끊겼을 때 비상전력을 보내주는 중요한 장비이다. 비상발전기 두 대 중 한 대를 분해하여 정비 중이었고 나머지 한대는 작동이 되지 않아 전원 중단 사고가 발생한 것이다. 정전이 더 길어졌다면 냉각수가 증발하면서 핵 연료봉이 녹아내려 대형 사고로 이어질 수도 있었다.

1979년 3월 28일, 미국 펜실베니아주 스리마일 섬 원자력발전소에서 핵 연료봉이 녹아내리는 사고가 일어났다. 냉각수가 공급되지 않아 생긴 이 사고로 미국은 30년 동안 원전 추가 건설을 중단했다. 원전사고는 대부분 작은 문제와 실수가 겹치면서 재앙 일보직전까지 간다.

체르노빌은 원전 사고가 일어난지 26년이 지난 지금까지도 방사능 피폭으로 출입이 금지되고 있다. 이런 엄청난 사고도 단순한 조작 실수에서 비롯됐다. 실수를 만회하려고 취한 조치들이 꼬리를 물면서 원자로 폭발로 이어졌다. 후쿠시마 원전 사고도 마찬가지다. 쓰나미가 1차 원인이었지만, 도쿄전력과 일본정부가 바닷물을 즉각 투입하지 않아 재앙을 불렀다.

우리나라도 원자력을 새롭게 바라볼 필요가 있다. 발전량의 31%를 원전에 의존하고 있기 때문이다. 끔직한 일본 원전사고를 목전에서 보았지만 다른 나라처럼 당장 모든 원자력발전소를 폐쇄하겠다고 말할 처지가 못 된다.

2011년 국민 1인당 전력 소비량은 9,510kWh로 독일이나 일본에 비교해 높은 편이다. 갑작스레 원전 가동을 중단시키면 전력 수요를 대체할 방법이 없다. 그렇다고 소로우가 월든 호수에 통나무집을 지어 촛불을 켜고 산 것처럼 환경 순결만을 외칠 수는 없다. 자연에서 자급자족하면서 사는 데는 한계가 있다.

요즘 계절 수요에 따른 전력 비상이 우리들의 가슴을 철렁하게 만든다. 최대 발전설비용량이 8,200KW인데 전력소비량은 그 턱밑까지 차오르고 있다. 겨울철 난방기구 사용으로 전력소비가 늘었기 때문이다. 손님을 맞이하기 위해 난방을 켠 상태에서 문을 열어 놓고 영업하거나 비닐하우스에 전기히터를 켜놓고 농사를 짓는 일은 자제해야 한다.

체온은 내복만 입어도 몇도 올라간다. 필자도 내복을 입고 출근한다. 사무실 난방온도를 18도 이하로 절전 캠페인을 벌이고 있지만 아직 시민의식이 부족하다.

세상에 공짜는 없다. 에너지는 거저 얻을 수 없다. 위험 부담이 있다고 가장 싼 값의 전력을 공급할 수 있는 원전을 포기하면 매년 전력 대란이 되풀이 될 것이고 전기요금도 크게 오를 수밖에 없다.

　해마다 전력수요가 늘어나지만 30년 설계수명이 끝난 원전수명연장은 갈수록 어려워지고 있다. 우리나라 원전의 안전도는 세계적 수준이라고 한다. 연간 고장률은 원전 선진국이라는 프랑스가 3.36건이지만 우리는 0.39건이다.

　통계자료에 의하면 전력 1kwh의 생산원가는 원자력 39원, 태양광 566원, 석유 184원, 수력 133원, 가스 126원, 석탄 61원 등으로 원자력이 가장 싸다.

　후쿠시마 사고가 언제 일어날지 모른다는 것을 염두에 두어야 한다. 그러나 값싼 대체에너지가 없는 상태에서 원전을 포기할 수 없다면 우리는 완벽한 안전대책을 강구하고 실천해야 할 것이다.

하늘도 먹어버릴듯 솟아오르는 검은 연기

시동켜고 자다 날벼락

밤늦은 술자리 뒤 그 차 안에서 잠을 자는 사람들이 있다. 춥다고 시동을 걸어둔 채 잠들었다가 차에 불이 나는 날벼락을 맞을 수도 있다.

2013년 2월 2일 새벽 5시경, 서울 잠실운동장 옆 도로에 세워둔 차 엔진에서 불이나 승용차 앞부분이 시커멓게 그을렸고 엔진은 완전히 타 버렸다. 출고된 차는 2003년식이다. 신고를 받고 소방차가 도착했을 때 차 안에서 자던 남자는 만취상태였다. 시동을 켜고 히터를 켠 상태에서 2시간 전에 운전석에 앉아 잠을 잤다. 시동을 켠 상태에서 히터를 오래 틀어놔 엔진이 과열된 것이다. 특히 겨울철엔 히터를 오래 켜놓는 경우가 많아 사고가 자주 일어난다.

운전석에서 시동을 걸어둔 채 잠을 자다가 가속페달을 밟아 엔진 과열로 불이 난 경우도 있다. 운전자가 술이 취해서, 자신도 모르게 액셀레이터를 밟고 있었다. 고음의 엔진 소리를 듣고 너무 시끄러워서 길가던 사람들이 119에 신고를 한 것이다. 운전석에서 자다가 다리를 뻗을 경우, 왼쪽에는 아무 것도 없기 때문에 괜찮지만 오른쪽 발이 닿는 곳에 가속 페달이 있어 문제가 된다.

가속 페달을 오랫동안 밟으면 얼마나 위험한 지 실험해봤다. 페달을 최대한 밟자, 10분도 안 돼 곳곳에서 연기가 새어 나오고, 20분이 되자 냉각수 탱크가 터져 냉각수가 차 밖으로 흘러나왔다. 30분이 지나자 그을음이 뿜어져 나오더니, 결국 차량 앞부분이 불길에 휩싸였다. 가속페달을 최대한 밟을 경우 엔진의 열기는 600도까지 치솟는다. 달리는 차는 냉각팬과 바람으로 열기를 식히지만 서있는 차는 달아오른 엔진을 식힐 방법이 없다.

혹시 차에서 잠을 자는 경우에는 시동을 끄고 조수석에 잠깐 쉬는 것이 좋다. 오일이 새는지 또 전기장치가 지저분해서 합선이 됐는지 점검을 잘 안하다 보니 겨울이 되면 배선들이 딱딱해지고 배선끼리 합선이 되기도 한다.

과열로 인한 차량 화재를 막으려면, 엔진에 무리가 가지 않도록 급출발과 급가속을 삼가야하고, 엔진에 기름때가 묻지 않도록 청소를 주기적으로 해야 한다.

또 겨울철엔 엔진오일이나 냉각수가 충분히 채워졌는지 수시로 꼼꼼히 확인해야 한다.

서울 암사동 차량 화재 ▲

제3부 불꽃과 생명 사이

한편의 드라마

　우리는 어떤 문제에 대해 완벽하게 준비를 했을 때 큰일을 당하더라도 효과적으로 대처할 수 있다. 화재 발생시 소방관들의 현장 대응도 마찬가지이다.

　강남소방서에서 구조계장으로 근무할 때이다.

　1996년 1월 10일 오전 8시 50분, 서장 주관 하에 간부회의를 하고 있었다. 왕십리종합시장, 광명시장에서 연이어 불이 나 소방관들을 긴장시키고 있었다. 회의 주제는 화재 절대 방지와 인명구조 최우선에 관한 내용이었다.

　회의를 진행한지 5분이 지났을 무렵 "여보세요. 거기 119죠?", "예 강남소방서입니다.", "불이 났어요. 불, 불, 불이요.", "어디십니까?", "신사동 ○○빌딩이요. 빨리 오세요." 신고자의 떨리는 음성으로 보아 긴박한 상황인 듯했다.

　상황실에서 "화재출동, 화재출동, 신사동 ○○빌딩 출동하세요." 출동지령 소리와 동시에 모두들 문을 박차고 출동차량에 탑승하였다.

　지휘차가 맨 앞에 서고 뒤따라 펌프차, 탱크차, 16m굴절차, 46m고가사다리차, 화학차, 구조차, 구급차등 20여대의 차량이 꼬리를 물었다.

당일 출동당직관은 Y진압계장이었다. 사태의 심각성을 직감한 진압계장은 지휘차 안에서 무선으로 출동 각대에 활동 요령을 전달하였다.

도착 즉시 상황 보고하라, 인명구조 우선하라, 연소방지 주력하라, 소화전을 점유하여 중단 없이 방수하라, 특수차 부서 위치를 확보하라, 관계기관에 통보하라.

사이렌을 울리며 테헤란로를 지나, 지하철 공사장 두세 곳을 통과하고 몇 개의 교차로를 지났다. 출근 시간대라 차량정체가 극심하였다. 할 수 없이 중앙선을 넘어 반대 차선을 역주행하여 내달렸다.

순간 그의 뇌리 속에는 작전 개념과 수십년간의 이 한 건의 화재에 운명이 걸렸구나 하는 긴박한 상황이었다. 지령실과 1착대인 영동대와의 무선 교신내용이 청취되었다. "지금 2층에서 20여 명, 아니 30여 명 사다리로 구조 중, 연소우려 있음."

화재 상황에 비하여 소방력이 열세라 판단한 그는 "인접 서에 지원 요청하고 강남소방서 전 차량 출동"이라고 명령했다.

지휘부서가 현장에 도착 했을 때는 검은 연기가 건물을 휘감았고 거센 바람을 탄 연기 기둥은 강남대로로 흩어지고 있었다. 각 층에서 대피하지 못하고 검은 연기에 놀란 사람들은 긴장과 동요, 공포 속에서 떨고 있었다. 영동대와 역삼대가 미리 도착하여 복식 사다리를 통해 사람들을 2층에서 대피시키고 있었다.

화재는 1층 영화사의 시사실과 영사실 쪽에서 발생했다. 인화성 가연물에 바람까지 거세 불길이 2층으로 확대될 듯 싶었다. 검은 연기가 2, 3층으로 올라가면서 피난로를 막아버렸다. 상층에 있는 사람들이 피난층인 1층으로 내려 올 수가 없었다.

2층 이상층에 있던 사람들은 밀폐된 유리창을 깨고 얼굴을 내밀고 손수건을 흔들며 괴성을 질렀다. 진압계장은 무전으로 "화재 2호, 구조 2호"를 외쳤다. 그리고 고가사다리차 5대를 함께 요청했다.

구조대는 인명을 대피시키기 위해 곧바로 옥내로 진입하였다. Y진압계장은 건물주위를 돌며 휴대용 핸드마이크로 시민들을 안심시켰다. "화재는 곧 진화됩니다. 뛰어 내리지 말고 구조대의 지시에 따르십시오. 자세를 낮추십시오."라고 외쳤다.

무전기를 들고 화재현장 주위를 돌며 인명구조 상황을 살펴보았다. 건물은 지하 2층 지상 6층 사옥으로 대원들 모두가 부여된 매뉴얼대로 구조에 임했다. 직원들 모두가 일사불란하게 현장 활동을 하여 막상 내가 할 일은 크게 없었다.

고가사다리차 2대는 옥상으로 연결하였다. 옥상으로 대피한 사람들이 펼쳐진 고가사다리차로 질서정연하게 내려오는 모습이 보였다. 주변에서 이 광경을 지켜본 사람들은 고가사다리를 타고 한 사람씩 안전하게 내려올 때마다 박수를 보냈다.

진압대원의 화점에 대한 집중방수로 맹렬한 불길이 진정되었다. 화재는 영화사 영사실 100여 평만 태운 뒤 30분 만에 끝이 났다. 단순 찰과상, 연기 흡입자 3명이 병원으로 후송되었을 뿐, 단 1명의 사망자도 없었다. 400여 명의 인원을 안전사고 없이 구조하고 대피시킨다는 것은 어려운 일이다 .

그날 화마 속에서 인명구조 장면은 한편의 영화처럼 지금도 뇌리 속에 남아 있다.

서울 송파빌딩 화재 ▲

 화재火災 발생시 어떻게 해야 할까?

· 침착하게 주변 상황을 정확하게 판단한다.
· 갑자기 문을 열면, 공기가 유입되어 불이 확산된다.
· 피난할 때 자세를 낮추고 젖은 수건으로 코와 입을 막는다.
· 엘리베이터 이용은 정전 시 갇히게 되므로 위험하다
· 고립되면 벽을 두드리는 등 자기가 있는 곳을 알려야 한다.

신발과 함께 떠난 삶

　서민들의 애환을 간직하고 있는 재래시장은 불이 날 위험성이 높다. 다닥다닥 붙어 있는 점포, 안전보다는 편리한 전열기구 사용, 거미줄 같은 전선의 난립, 낙후된 시설이 그러하다. 좁은 도로와 불법주차로 인한 소방차량 진입의 어려움도 화마가 춤을 추게 하는 요인이다.

　나는 남대문시장과 후암시장 화재에 출동한 적이 있다. 그때마다 많은 인명과 재산피해가 났다. 재래시장 화재 신고가 들어오면 소방차량을 일시에 출동시킨다. 초기에 불길을 잡아야 확산을 막을 수 있어 소방관들은 있는 힘을 다한다. 화재현장 출동명령은 언제나 나를 긴장하게 만들지만 시장화재 출동은 가슴을 철렁 내려 앉게 한다.

　동장군이 기승을 부리던 2005년 12월 1일 새벽 재래시장에 화재가 발생했다. 신발을 주로 판매하는 시내 중심가 ○○상가는 여느 때와 다름없이 알전구에 희망의 빛을 내걸고 새날을 준비하고 있었다. 지하 1층에서 지상 4층까지 신발가게 80여 개가 붙어있었다. 5층과 6층은 50여 가구 주민들의 생활공간이었다. 건축한지 30년이 지난 노후 건물이지만 상가는 서민들의 삶을 보듬고 있었다.

　5시 50분경 지하 1층에 근무 중인 방화관리자는 4층 상인으로부터

정전되었다는 전화를 받고 변전실에 가 보니 이미 연기로 가득했다. 화재 발생을 직감하고, 건물 옥상에 올라가 전원을 차단하고 내려오는데 4층, 3층, 1층이 연기로 가득했다.

근무자들 2명은 소화기로 진화를 하고, 2명은 2층에 있는 옥내소화전을 활용하여 진화작업을 했다. 자체 소화활동을 하느라 화재신고는 늦어졌다. 지하 1층 기계실 피트에서 발생한 화재는 전선통로를 타고 순식간에 전 층으로 확산되었다.

전력구 피트 전선 아래로 난방용 배관이 지나가면서 열을 방출하여 화재가 발생된 것으로 보였다. 불이 나자 상가 내부에 비상벨이 작동하여 상인들은 대피하였으나, 5~6층 아파트주민들은 비상벨이 작동하지 않아 화재발생을 알지 못하였다. 주민들은 주변에서 화재라는 고함소리를 듣고 어떨 결에 깨어나 잠옷 바람에 지상으로 대피하려 했으나, 시커먼 연기와 불길이 중앙통로를 타고 위로 올라와 옥상으로 대피하였다.

자체 진화로 신고가 20분 이상 늦어졌다. 6시 12분경 소방대 출동이 이루어졌으나 진입로를 가득매운 차량들과 상품적재로 소방차량 진입이 지연되었다. 고가 사다리차를 이용하려 했지만 거미줄처럼 널려있는 전선들이 진화작업을 방해하였다.

선착대가 도착했을 때 창가에 사람들이 매달려 아우성치고 있었다. 염형선 소방관은 "뛰어 내리지 마세요, 뛰어내리면 죽습니다, 우리가 구조하러 올라갑니다"라고 소리치고 중앙계단을 통해 4층으로 올라가 문을 여는 순간 매장 안은 용광로처럼 들끓고 있었다. 집어 삼킬 듯 달려드는 열기 때문에 대원들은 구조를 기다리는 사람들이 있는 반대편으로 진입할 수 없었다.

인명피해를 줄이기 위해 2층과 3층에 잔류한 시민들을 대피시켰다. 4층의 중앙계단을 통해 옥상 진입을 시도하였으나 강한 열기와 농연으로 3층의 옥외계단을 이용하여 5, 6층에 진입하여 인명검색과 구조 활동을 전개하였다.

그때 5~6층 아파트 거주자 9명이 연기를 피해 창문가에 매달려 구조를 기다렸다. 로프를 이용하여 옥상으로 끌어 올린 후 다시 4층으로 내려와 옆 건물에 사다리를 걸쳐놓고 탈출을 시켰다. 이런 인명구조는 20분 이상 계속 되었다. 구급대는 연기를 흡입한 부상자 15명을 응급처치하고 병원으로 이송하였다.

순식간에 점포는 용광로가 되었다. 소방호스로 물을 뿌리는 대원들에게 뒤에서 엄호방수를 해야만 했다. 쉽게 불길이 잡히지 않은 것은 상가 내부를 가득 채운 신발 때문이었다. 시커먼 농연 때문에 가시거리가 30cm도 미치지 못한데다, 고무가 타면서 유독가스를 뿜어내 소방관들의 진압이 늦어졌다.

화재가 발생한지 10시간이 지난 오후 5시가 되어서야 불길이 잡혔다. 점포주인이 나오지 못했다는 가족들의 말을 듣고 자정이 넘도록 수색했지만 찾지 못했다. 다음날 11시경 인명구조견 3마리를 투입시켜 10여분 만에 책상 밑에서 숨진 81살의 어르신을 발견했다.

신발점포를 운영하던 그는 초기에 대피하였으나 소지품을 가지러 4층 상가로 들어갔다가 변을 당했다. 필사의 탈출과 구조로 37명의 목숨을 건졌지만, 새벽잠을 자다 변을 당한 고등학생과 어머니와 함께 탈출하다 연기 속으로 사라진 딸의 사연은 주위를 안타깝게 했다.

목 놓아 울부짖는 어머니의 피눈물은 대원들의 가슴으로 흘렀다.

그들은 건물 안이 미로처럼 생겨서 길을 찾기 힘들었을 것이다. 생존자 중에는 어두워서 아무 것도 보이지 않는 상태였지만 핸드폰 불빛에 의지해서 탈출에 성공한 사람도 있다.

인명은 재천이란 말도 이제는 낡았다는 생각이 든다. 주민 한 사람은 6시 20분에 살려달라는 소리에 놀라 잠에서 깼는데 연기가 심해 나갈 수 없는 상황이었다고 한다. 점차 호흡이 곤란하고 숨이 막혀오자 이대로 죽을 바엔 뛰어 내려야겠다는 생각으로 탈출해 생명을 구했다.

이번 화재도 사람들의 빈틈을 교묘하게 파고들었다. 지하 1층 전선선반에서 발생한 불은 전력구 피트를 통해 전 층으로 확대되었다. 1~3층은 층별과 피트사이 개구부가 견고하고 가연물과의 거리가 멀어 피해가 적었지만, 4층은 전선피트와 가연물과의 기리가 짧아 연소가 빨랐던 것으로 보인다.

사후약방문일지 모르지만 불이 나면 신속한 신고가 무엇보다 중요하다. 그리고 불길의 확산을 막아주는 층별 방화구획放火區劃은 5분 생명선이라는 생각을 해본다.

화재火災라는 말속에는
주의注意가 들어있다

　유독 가스를 품은 검은 연기는 파란 하늘을 질식케 한다.

　검은 연기는 순식간에 서울 한복판을 뒤덮었다. 화재는 2012년 8월 13일 국립현대미술관 공사 현장에서 발생했다. 안타깝게도 4명이 사망하고 25명이 부상을 당했다. 많은 피해를 입히는 화재 발화 지점은 언제나 허술한 관리에서 시작된다. 현장 인부들은 지하 2, 3층 천장에 설치한 가설등의 불꽃이 우레탄에 옮겨 붙었다고 했다.

　감식결과 우레탄폼이 붙지 않도록 전등을 비닐로 덮었는데, 과열로 인하여 전선이 녹아 합선되면서 불꽃이 우레탄폼에 붙은 것으로 추정되었다. 결국 관계자들이 소방안전 수칙을 지키지 않아서 발생한 화재였다.

　현장에는 16개 공사업체에서 482명(지하층 172명, 지상층 310명)이 작업을 하고 있었다. 좁은 공사현장에서 많은 사람들이 작업하고 있었는데 이정도 피해에 그친 것은 천만다행이었다.

　화재 현장에서 인생을 태우다 말고 화마 속으로 사라진 동생을 애타게 부르는 형이 있었다.

"나는 동생과 함께 지하 2층에서 단열 작업을 마무리 하고 있었습니다. 불이 나자 갑자기 동생이 장비를 다 버리고 도망치라고 소리를 쳤는데, 뒤돌아보는 순간 시커먼 연기와 불이 달려들었습니다. 모두 방독면을 쓰고 있었지만 시야가 좁아 출구를 찾기가 어려웠습니다. 동생과 나는 출구 쪽으로 뛰어 나오다가 중앙통로 분리대 앞에서 동생을 잃었습니다. '억' 하는 동생의 비명이 들리고 나서 동생을 아무리 불러도 대답이 없었습니다."

형은 유독가스 때문에 동생을 찾아 화마火魔 속으로 들어갈 수가 없었다. 검은 연기 속에서 동생과 형은 이별을 해야만 했다. 불과 몇 미터 안에 있는 동생을 두고 구하러 가지 못한 형의 통곡은 불길보다 사납게 하늘로 치솟았다.

건설현장에서 발생하는 화재는 대부분 인재다. 미로는 대피를 어렵게 만들어 많은 인명피해를 가져오지만 잘 지켜지지 않는 준수사항이다. 뿐만 아니라 화재 위험에 따라 고려해야 할 우레탄은 가격이 저렴하고 단열과 방음이 뛰어난다는 이유로 대부분 건축현장에서 사용하고 있다. 우레탄은 용접 불티나 전기 스파크에 의해 쉽게 연소된다는 단점이 있다.

화재가 난 건물은 지하 3층~지상 3층 건물로 연면적 52,000㎡(건축면적 11,000㎡)가 되는 큰 규모의 건물이다. 대한민국 역사 문화의 일번지 현대미술관을 짓는데 공기를 서두를 이유가 있겠는가 하는 목소리도 자자하다. 전문가들은 현대미술관을 짓는데 최소한 4년은 필요하다고 하였다. 이번 화재는 20개월 만에 완공을 목표로 공사를 서두른 시행사의 안전 불감증이 원인이었다.

2009년부터 최근 3년 간 서울시 공사장 화재발생은 379건으로 부주의가 80%나 된다. 대부분 작업자의 안전수칙 미준수로 인한 사고였다. 나의 경험에 의하면 공사장 화재는 대부분 용접 작업 중 불씨가 튀거나, 전기합선, 작업자들의 담뱃불로 발생했다.

40명의 목숨을 앗아간 2층 냉동창고 화재와 27명이 숨졌던 여수 외국인보호소 화재 그리고 12명이 질식했던 종로 주상복합 공사장 화재 모두 우레탄으로 인한 유독가스로 인명피해가 컸다.

2008년 1월 발생한 이천 냉동창고 화재도 지하에서는 단열재인 우레탄폼을 도포하는 마무리 작업 중이었다. 우레탄폼은 건물 바닥과 천장은 물론 촘촘히 구획을 나눠놓은 격벽에까지 두께 10㎝ 이상씩 살포됐다. 내부는 인화성 유증기로 가득 차 있었다. 펑하는 소리와 함께 순식간에 화염이 창고 전체로 번져 40명의 사망자를 냈다. 당시 출동한 소방대원들은 불길이 건물 전체로 번지는 데 채 5분도 걸리지 않았을 것이라고 말했다.

우레탄이 타면 염화수소, 시안화수소가 나오는데 이 가스는 나치 독일이 유대인 학살에 사용한 독가스 중 하나이다. 유독가스는 두 세 번의 호흡만으로도 질식할 수 있어서 소방대가 현장에 도착하기 전에 사망자가 발생한다. 화재 초기에 인명을 구조해야 하는데, 빠른 불길은 소방관들의 활동을 어렵게 만든다. 지하층 화재는 고온의 열기와 유독가스로 소방관들도 진입 자체가 어렵다.

우리나라는 초고층 주상복합 건물에도 단열제로 우레탄을 사용하고 있어서 화재가 발생할시 대형 참사가 우려된다. 이번 신축 공사장 화재에서 보듯이 공사 중일 때는 소방의 손길이 잘 닿지 않았다.

서울소방본부에서는 이번 화재를 계기로 공사 단계부터 소방 관련법을 적용할 수 있도록 법 개정을 건의했다. 그리고 서울시 전역 3,460개소 공사장 관계자 간담회를 갖고 가연성 물질을 다룰 때 지켜야할 안전수칙을 주지시켰다.

연면적 5,000㎡ 이상 착공신고 대상에 대하여 소방 공무원이 현장을 방문해 소방안전교육을 실시하고, 연면적 10,000㎡ 이상인 293곳의 대형공사장은 관할소방서 간부가 2주에 1회 이상 현장을 방문하는 간부책임제가 시행된다. 이런 노력은 화재발생과 인명피해를 감소시킬 수 있을 것으로 본다.

불에 잘 타지 않는 방화 우레탄도 개발돼 있다. 가스토치로 불을 붙여도 잘 타지 않고, 연기도 거의 발생하지 않는다. 하지만 모두가 수입산인데다 일반 우레탄에 비해서 3, 4배 이상 비싼 가격 때문에 사용을 꺼린다.

그렇다면 외국은 우레탄을 어떻게 사용할까. 미국과 유럽에선 우레탄을 단열재로 쓸 때에는 유해가스 안전검사를 반드시 받아야 한다. 1층짜리 건물에 한해서만 허용되고 2층 이상 건물은 우레탄을 사용할 수 없다.

우리나라도 지하층과 일정 규모 이상 면적은 우레탄 사용을 규제할 필요가 있다. 생명은 가장 소중하게 다뤄야할 안전수칙이기 때문이다.

국립현대미술관 공사장 화재 ▶

불꽃과 생명生命 사이

40명의 생명을 앗아간 이천 지하 냉동 창고 화재참사는 이렇게 시작되었다.

작업인부 허씨는 13호 냉동실 앞 통로에서 냉동 파이프 보강작업을 하고 있었다. 냉동기 인터쿨러팬 주변으로 파란색 용접 불꽃이 넘실거렸다. 순간 바닥으로 빨려 들어가는 것을 느끼면서 "불이야"하고 외쳤다. 밖으로 뛰어 나오는데 마치 누군가 등 뒤에서 떠미는 듯 강한 힘을 받으며 가까스로 탈출하였다. "쾅"하고 폭발하면서 화염이 분출하였다. 13호 냉동실에서 출구까지는 190m로 화염이 도달하는 데 걸리는 시간은 불과 3분이었다. 검은 연기는 호법면 유산리 일대를 완전히 뒤덮었다.

이천소방서 상황실에 신고된 시간은 2011년 1월 7일 10시 45분이었다.

"119죠? 물류창고에 불이 나서 사람도 불에 타고 난리가 났어요. 하여간 몇 군데에서 불이 났어요."

"네. 코리아2000 지금 출동 중에 있습니다."

6분 만에 선발대가 화재 현장에 도착했다. 현장에는 이미 하역장 캐노피 상판이 무너져 내려 연결송수구 등 소화활동설비가 모두 파손되어 사용할 수 없게 된 상태였다. 시뻘건 화염으로 내부 진입은 불가능했다. 내부에서 뜨거운 열기가 뿜어져 나와 방열복을 입은 소방대원도 가까이 접근할 수 없었다. 간헐적으로 폭발음이 귀를 찢었고, 구급차는 밖으로 튕겨져 나온 부상자 10명을 병원으로 이송 중이었다.

화재가 발생한 지하 냉동창고는 내부 칸막이설치, 냉방공급시설과 조명시설을 설치하기 위해 전기공사를 진행하던 중이였고, 창고 건물은 샌드위치 패널로 바닥과 천장은 물론 구획을 나누는 격벽에 까지 10㎝ 두께로 단열재인 우레탄폼을 도포되어 있었다.

사고당시 내부는 인화성 유증기로 가득 차 있었다. 출입구에서 먼 거리에 있는 13호 냉동실에서 원인을 알 수 없는 불꽃이 유증기에 옮겨 붙으면서 순식간에 확대되었다. 13호실에는 단열재로 도포하고 쓰다 남은 200리터짜리 우래탄 폼 15통이 있었다.

불길이 번지기 시작하자 인부들은 제각기 창고 밖으로 달려 나가기 시작했다. 화재 현장에서 탈출한 박씨는 불과 4~5초 만에 불길이 전체 창고를 뒤덮었다고 했다. 현장에는 냉동설비, 전기설비, 에어컨 설비, 관리자 등 모두 57명이 작업하고 있었다. 화재를 최초 목격한 냉동실 13호실 작업자 일부와 화물하역장 출입구 작업자만이 탈출했다. 대다수의 작업자들은 화재발생 사실을 몰랐다. 전기실과 기계실 인부 40명은 순식간에 퍼진 화염과 유독가스에 질식되어 소방차가 도착하기도 전에 숨졌다.

샌드위치 패널은 가격이 저렴하고 보온성이 뛰어나지만 불에는 쉽게 연소되고 유독가스를 뿜어낸다. 일단 불이 나면 패널이 불쏘시개 역할을 하여 대형 참사로 이어진다. 철판 사이에 스티로폼으로 채워져 있어 물을 뿌려도 불이 잘 꺼지지 않는다. 소방관들은 패널에서 불이 났다고 하면 날밤을 새우기가 일쑤여서 '지저분한 화재'라고 말한다.

화재건물 바닥 면적이 22,000㎡를 넘는 대형 공간인데도 불구하고 방화구획이 없어 삽시간에 전체 공간으로 확산되었다. 30개실로 나누어진 내부는 가로 187m, 세로 121m로 축구장 2개 크기에 해당하는 넓이다. 비상구가 1개 밖에 없어 인명피해가 컸다. 좌우측 통로 끝에 비상구가 더 있었더라면 인명피해를 줄일 수 있었을 것이다.

이번 냉동창고 화재는 "나는 괜찮겠지, 이렇게 해도 별 문제가 없겠지."라는 안전불감증이 원인이었다. 또한 영업 개시일에 맞춰 공사를 서두른 것도 문제였다. 공기가 임박하여 여러 하청업체에서 나온 인부들이 뒤섞여 한꺼번에 위험한 작업을 벌였다. 전기 배선 작업 중에 발생한 스파크나 배관을 자를 때 나는 불티가 발화원이 되었는지도 모른다.

그뿐인가. 대형공사에 안전을 총괄하는 책임자는 한명도 없었다. 그리고 소방시설 오작동을 이유로 기동 스위치를 수동으로 전환해 놓은 것도 상식 밖이었다. 스프링클러 설비가 설치되어 있어 화재를 막을 수 있었고, 화재경보설비나 방화 셔터만 제대로 작동 되었더라도 기계실이나 전기실쪽에서 일하던 작업자의 일부는 대피했을지도 모른다.

공사를 할 때는 혹시 발생할지도 모르는 화재에 대비하여 경보시설 등 소방시설이 작동되는지 확인하고. 유증기가 발생될 수 있는 작업 시에는 환기를 충분히 해야 한다. 작업자를 투입하기 전에 안전교육

을 하고, 라이터, 담배 등 화재 발생의 원인이 될 수 있는 물품 반입을
금지해야 한다. 공사 시에도 소화기는 필수적으로 비치하여야 한다.

　이번 냉동창고 화재는 불에 잘 타는 샌드위치 패널이 화를 키웠다.
값이 싸지만 인명피해를 줄이려면 건축규제를 해야 한다. 불에 타지
않는 난연 건축자재로 대체해야 할 때가 아닌가.

이천 물류창고 화재(로지스올)(위), 이천코리아 2000 냉동창고 화재(아래) ▼

돌발적인 불꽃

건물주는 타인의 안전을 위해 소방시설을 적정하게 유지 관리할 의무가 있다.

2005년으로 기억된다. 서울 고층건물 15층에서 화재가 발생했다. 자정이 넘어 새벽 두 시쯤 대원들이 비상소집됐다. 현장에 도착한 대원들은 65mm 소방호스를 15층까지 연장하여 화재를 진압하느라 정신이 없었다. 유흥주점이었는데 발화 면적이 넓었다.

소방호스를 15층까지 연장하려면 많은 시간이 소요되기 때문에 당직관에게 물었다. 왜 연결 송수관을 활용하지 않았느냐고 했더니 당직관은 연결 송수관에 소방호스를 연결하여 수압을 올렸는데 배관이 터져 버렸다고 했다. 부식된 배관을 그대로 방치해 둔 것이 문제였다. 내부에서 불은 훨훨 치솟고 있는데 소방호스를 연장하느라 시간을 허비하고 있으니 소방관들이 얼마나 속이 타겠는가.

65mm 소방 호스를 15층까지 계단을 타고 끌어 올렸기 때문에 호스의 물 무게는 엄청났다. 무게를 지탱하기 위하여 난간에 로프를 묶었는데, 난간이 물의 무게에 부러지면서 대원의 몸을 쳤다. 아래로 떨어지는 순간 난간 끝을 가까스로 잡아 순직 사고는 면했다. 옆에 있는 대원들이 급히 달려들어 그의 어깨를 잡아끌어 올렸다. 정말 아찔한

순간이었다. 15층에서 바닥으로 떨어지는 불상사를 막은 것이다.

고층건물이라 스프링클러 설비, 옥내소화전도 설치되어 있었으나 전혀 작동하지 않았다. 관계자가 소방시설을 제대로 관리하지 않은 것이다.

연결 송수관은 건물에 화재가 발생했을 때 소방관이 화재진압에 활용하는 설비이다. 비상시에 필요한 옥내소화전이나 연결송수관 설비 관리가 잘 되었더라면 쉽게 화재를 진압할 수 있었을 것이다.

고층건물 소방시설 현실을 보고 내 마음은 불안해졌다.

건물 소유자는 소방시설을 현행법에 맞게 유지 · 관리하여야 한다. 고객들의 안전을 먼저 생각하는 서비스가 아쉽다. 소방시설이 낡았으면 돈을 들여서라도 보수해야 하지 않을까.

 여러분의 가정은 화재에 안전합니까?

· 담배꽁초로 인한 화재가 많습니다. 반드시 지정된 장소에서 흡연하시고 불 꺼진 상태를 다시 한 번 확인해야 합니다.

· 주방에서 음식물 조리시 절대로 자리를 비우지 말아야 합니다. 2011년 화재 중 572건이 음식물 조리로 발생했습니다.

· 유류난로, 전열기구 등 개별난방 기구는 사용 준칙이 관리되어야 합니다. 주변에 소화기를 비치하고 소화기 사용법을 미리 배워두어야 합니다.

· 비상구는 생명의 문입니다, 항상 개방될 수 있도록 관리되어야 합니다.

· 2012년 2월부터 신축 주택에 기초 소방시설의 설치가 의무화 되었습니다. '단독경보형 감지기'와 초기화재를 진압할 수 있는 소화기를 설치하여야 합니다.

불 그림자

1.

시너와 같은 인화성 물질을 취급할 때는 주의하여야 한다.

2012년 6월 10일 새벽 4시경 울산의 가정집에서 화재가 발생했다. 39세의 장씨는 야간 대리운전을 하고 집에 들어와 날이 밝으면 베란다에 페인트를 칠할 계획이었다. 이른 아침 방안에서 페인트와 시너를 배합하려고 시너통 뚜껑을 열었다. 그때 아내가 방문을 열고 들어오면서 시너통을 엎지르면서 넘어졌다. 넘어지면서 공교롭게도 방바닥에 있던 라이터를 밟아 '펑'하는 소리와 함께 방바닥에 쏟아진 시너에 불이 붙었다. 라이터에서 스파크가 발생하면서 시너 유증기에 인화된 것이다. 눈 깜짝할 사이에 시뻘건 화염이 방 전체를 휘감았다.

바로 옆 침대에는 두 아들이 자고 있었다. 순간 장씨는 아이들이 덮고 있는 이불을 걷어서 불길을 덮었다. 불길은 쉽사리 잡히지 않고 꿈틀거렸다. 그는 온 몸에 불이 붙은 것을 생각할 겨를도 없이 몸부림 쳤다. 온 가족이 몰살할 위기에 아내도 함께 불을 끄면서 상체에 화상을 입었다. 불을 거의 다 끄고 난 뒤 소방차가 도착할 무렵에 그는 정신을 잃었다.

구급차로 가까운 동관병원에 이송하여 응급처치를 하고, 다시 부산 하나병원으로 옮겨졌다. 그러나 부산 하나병원에서 치료가 불가능하자 울산소방서는 헬기를 이용하여 환자를 서울 한강성심병원으로 옮기기로 했다.

환자가 2명이라 용산소방서 서빙고구급대와 이촌구급대가 한강 중지도내에 있는 헬기장에 도착하였다. 남편은 전신 55% 2~3도 화상을 입었고 부인은 양측 팔, 다리 15% 가량의 2~3도 화상을 입은 상태였다.

장씨는 의식이 없었다. 부인은 양측 팔다리 전체에 붕대를 감고 다리를 통해 수액을 공급받고 있는 상태였다. 구급대는 안면마스크를 이용하여 산소를 투여하며 이송하였다.

장씨는 중환자실에서 한 달이 지난 뒤 의식이 돌아왔다. 병원생활 2개월 만인 8월 20일경에 퇴원하였다. 인명은 재천이라는 말이 실감나는 사건이었다.

나는 환자의 근황이 궁금하여 전화를 했다. 장씨는 아직까지 얼굴이 붉어 일하러 나가지 못한다고 했다. 라이터가 발화의 원인이었던 것이 생각나 담배를 피우냐고 물었더니 피우지 않는다고 했다. 인쇄소에 나가는 아내가 일거리를 집에 가져와서 하다가 라이터를 방 안에 둔 것이 화근이었다고 했다. 우리가 세상을 움직이며 사는 것 같으나 안전 앞에서는 자유롭지 못하다.

이번 화재는 밀폐된 공간에서 시너와 페인트의 혼합작업을 한 것이 원인이었다. 작은 마찰에 의한 스파크에 의해서도 유증기에 옮겨붙는다는 것을 일반인들은 경험이 없으면 알 수 없다.

화재로부터의 안전은 지혜의 시작이다.

2.

2010년 9월 4일 오후 12시 40분경 화성시에서 일어난 화재다.

작업자는 사업장내 도장반에서 철재류 방청 작업을 하기 위해 시너와 방청페인트를 배합하기 위해 혼합통에 투입하던 중 소량이 바닥에 흘렸다. 날씨는 여름 한낮이라 숨이 막힐 정도로 더웠다.

주변에 선풍기를 가동하기 위해 작업장 바닥에 놓여 있는 이동식 콘센트에 선풍기 전원플러그를 접속했다. 순간 스파크가 발생하면서 바닥에 흘린 시너 유증기에 불이 옮겨 붙었다.

갑자기 작업자의 비명소리에 동료 근로자가 달려와 보니 혼합통 주변에서 불이나 작업자의 머리와 아래쪽이 모두 불길에 휩싸였다.

작업자는 전신에 화상을 입고 병원으로 후송되어 치료를 받았으나 사고발생 12일 만인 2010년 9월 16일 사망했다.

시너와 같은 인화성물질이 있는 장소에서는 불꽃, 스파크가 발생하는 기계, 기구를 사용하지 말아야 한다.

쉬운 상식이지만 편리하다는 이유로 간과하기 쉽다.

검은 연기를 향해 방수 ▲

 화상을 입으면 어떻게 해야 할까?

화상은 피부빛깔이 얼룩지는 1도 홍반화상, 물집이나 약간의 피부손상이 생기는 2도 수포성 화상, 피부와 세포가 열에 의해 손상돼 조직이 죽는 3도 괴저성 화상 등 3단계로 나뉜다.

화상을 입으면 가장 먼저 흐르는 찬물이나 깨끗한 헝겊에 싼 얼음으로 15~20분간 데인 부분을 식혀 통증을 가시게 해주는 것이 좋다.

얼음은 동상을 일으킬 위험이 있기 때문에 반드시 마른 헝겊이나 비닐에 넣어 찜질을 해주도록 한다. 상처가 식으면 바셀린이나 화상 크림 등을 발라주고 상처 부위가 공기 중에 닿지 않도록 살균 거즈를 둘러주면 통증이 더욱 빨리 가라앉는다. 화상에 기름, 된장 등을 바르는 민간요법을 처방하지 않도록 주의한다.

불씨는 살아 있다

1.

화재를 진압한 후에도 철저한 인명검색이 이루어져야 한다

2006년 2월 서울 고층 아파트 14층에서 불이 났다. 새벽 6시 30분경 신고가 들어 왔다. 출동 중 아파트 단지 내에 들어서자 창문 틈으로 불꽃이 춤을 추고 있었다. 아파트 단지는 발 디딜 틈조차 없는 빽빽한 주차장이었다. 한참 후에야 겨우 소방차가 진입할 수 있었다. 고가 사다리차를 올려 보았으나 화단이 있어 거리가 맞지 않았다.

연결송수관을 연결하여 소방용수를 송수했지만 설비가 낙후되어 사용할 수가 없었다. 옥내소화전도 무용지물이었다. 건축된지 40년이 된 아파트라 재건축을 염두에 두고 소방시설을 보수하지 않은 것이었다. 소방호스를 14층까지 로프로 연결하여 올리는데 많은 시간이 소요되었다. 아파트 현관문은 3중 잠금장치가 돼있어 개방에 시간이 걸렸고 문을 열자 연기가 자욱했다.

경비원은 불이 난 집이 빌 때가 많다면서 주인이 집에 들어오지 않는 날이 잦다고 했다. 화재를 진압하고 인명피해가 없는지 확인하려고 둘러보았을 때 안방 침대와 옷가지가 탄 것이 전부였다. 웬일인지 안방에는 버너가 놓여 있었다. 구조대가 베란다까지 확인하였으나

사람은 없었다. 소방관이 철수한 아침, 청소 아주머니가 베란다 청소를 하다가 사람이 죽어 있는 것을 발견하고 소방서에 신고를 했다.

베란다에는 수십 그루의 행운목이 숲을 이루고 있었다. 사망한 사람은 베란다 끝부분 모서리 행운 목 사이에 엎드려 있어 구조대원이 발견하지 못한 것이다. 베란다에는 음식물을 토한 자국이 있었고 음식물속에는 약도 있었다.

나중에 안 일이지만 사망자는 60대의 직장인이었다. 부인과는 직업상 떨어져 산다고 했다. 불은 안방만 태우고 거실과 다른 방은 그을렸을 뿐 멀쩡하였다. 현관문 쪽으로 나왔으면 살 수 있었을 텐데, 왜 베란다 쪽으로 대피했는지가 의문이다.

화재 원인은 밝혀지지 않았다. 초기에 화재를 진압할 수 있는 소방시설이 제대로 되어 있지 않은 것도 문제였지만 대피자 검색을 철저하게 하지 못한 것은 오점으로 남았다.

2.

모든 일에는 치밀한 계획이 있어야 실패하지 않는다.

2009년 5월 14일 오후 5시 서울 시내 한 병원 사무실에서 불이 났다. 바람 한 점 없는 맑은 날씨였다. 검은 연기와 함께 불꽃이 6층 창문을 통해 분출되고 있었다. 구조대원은 사람들을 대피시키고 옥내소화전을 활용하여 불을 껐다. 병실에서 떨어진 창고에서 난 불은 6층 사무실 두 칸을 태우고 진화되었다. 인명대피도 신속히 이루어져 대원들의 마음도 가벼웠다.

무슨 일인지 불이난지 30여분이 지나서 소방헬리콥터가 출동하였다. 병원에서 발생한 화재라 위급한 환자들을 위해 헬리콥터를 출동시킨 것이다. 헬리콥터가 상공을 한 바퀴 선회하면서 강한 바람을 몰고 왔다.

헬리콥터는 혹 있을지도 모를 인명구조를 위해 로프로 옥상에 구조대원을 내렸다. 헬리콥터의 프로펠러에서 불어오는 태풍은 엄청났다. 순간 다 잡은 불씨가 되살아나 구조대원들은 당황하였다.

처음 두 칸을 태우고 꺼진 불이 되살아나서 옆 칸으로 옮겨 붙었다. 불은 천장을 따라 전산실, 회의실로 확대되면서 집기류를 태웠다. 당황한 소방서장은 무전으로 헬리콥터를 철수시키라고 명령했다.

"헬리콥터 지금 뭐하는 거야. 빨리 철수해. 건물 안에 대원들이 작업하고 있어"

옥상에는 구조해야 할 사람도 없는데 왜 '태풍'을 일으키면서 불이 난 건물 가까이 오는지 이유를 알 수 없었다. 공조작업이 잘 이루어지지 않아 빚어진 촌극이었다. 다행히 구조대원 20여 명이 불길을 잡았다. 헬리콥터가 불난 집에 부채질하는 순간 소방관들이 6층에서 진화작업 중이었다면 어떻게 되었을까. 갑자기 솟구친 불에 갇혀 사망에 이를 수도 있는 상황이었다. 생각만 해도 아찔하다.

헬리콥터의 강한 프로펠러 바람은 불길의 진로를 바꿀 수도 있다.

죽음의 길
구미 불산가스 유출 사고

안전불감증은 대형 사고를 부른다.

경북 구미 불산가스 사고는 불산 탱크로리(20톤)에서 공장 저장탱크로 불산을 옮기는 과정에서 작업자의 실수로 불산 8톤이 유출되면서 일어났다. 2012년 9월 27일 오후 3시 43분 탱크 상부에서 다량의 가스가 상공 20~30m로 분출하면서 공장을 뒤덮었다. 이 사고로 작업을 하던 근로자 5명이 숨졌다. 위험물을 취급하는 작업자들은 안전장구를 전혀 갖추지 않아 변을 당했다.

불산이 터져 화상을 입은 사람이 있다는 신고가 들어왔다.

사고가 발생하면 가장 먼저 소방관들이 출동한다. "공기 한 두 모금에도 치명적이니, 공기호흡기 없이 절대 접근 금지하라." 현장지휘관은 대원 안전 확보를 위해 현장 출동 시 피부접촉 주의와 공기호흡기, 화학보호복 착용을 지시했다.

누출사고에 대비한 소석회를 비치하고 있지 않아 중화제인 소석회를 뿌리지 못했지만 분무살수를 하여 가스 확산을 방지했다. 그러나 개인 안전장구 부족으로 초기 환자를 이송한 구급대원과 비상소집대원은 불산 가스에 노출되었다. 구미소방서 구조대가 2차에 걸쳐 밸브를 차단시키려고 투입되었으나 앞이 보이지 않아 실패했다.

오후 5시 30분쯤 남양주시 중앙구조단에 긴급지원출동 명령이 떨어졌다. 대원 10여 명이 헬기를 타고 구미 상동면 사고현장으로 날아갔다. 김영기 대원은 "처음엔 정확한 상황을 몰랐지요, 유독물질을 실은 탱크로리가 넘어져서 터졌다는데 불산이래요, 위험물가이드북에서 독성과 방제대책을 보긴 봤는데 그때만 해도 얼마나 위험한지 잘 몰랐습니다."라고 말했다. 현장에 도착했을 때 반경 1km쯤 되는 거대한 흰색 연기 덩어리가 공장 주변을 자욱하게 감싸고 있었다.

그는 내부를 잘 아는 공장관계자와 공기호흡기를 매고 함께 들어가려고 했으나 두려움에 걸음을 옮기지 못했다. 결국 중앙구조단 김영기, 김주관, 손형곤 대원이 구미구조대원 3명과 현장에 들어갔다. 탱크 내부는 불산가스가 자욱해 육안으로 볼 수 있는 거리는 50㎝도 채 되지 않았다. 설계도면도 없고 랜턴불빛도 통과하지 않는 상황에서 일차 진입에 실패하고 철수했다.

중앙구조단은 장비를 챙겨 경북화학구조대원 3명과 함께 다시 현장에 들어갔다. 분출된 불산이 멀리 퍼지지 못하고 다시 내려앉아 켜켜이 쌓여갔다. 가스 압력을 느끼면서 손으로 더듬어가면서 한참을 헤맨 끝에 분출구가 흐릿하게 보였다. 화학 장교 출신인 손형곤 대원이 삼각형 고무쐐기를 박아 넣고 연결된 호스로 바람을 넣어 부풀러 구멍을 막았다. 열린 하단 밸브가 흐릿하게 보였다. 김주관 대원이 곧바로 밸브를 내리자 분출이 멈추었다. 무전으로 알렸다. "폭발은 없었다, 열린 밸브를 잠갔다." 화생방전을 방불케 하는 진압이었다.

이때가 오후 9시 35분으로 사고 이후 5시간 52분 만에 누출을 차단한 것이다. 밸브를 잠근 뒤에도 두 차례에 걸쳐 추가 누출여부를 확인하고 대원들은 현장을 떠났다. 중앙구조단 김영기 소방관과 김주관 소방관은 일본 후쿠시마 원전사고 당시에도 파견됐던 베테랑 구조대원이다.

유독가스는 사라지는 불길과는 다르다. 사후의 피해가 더 심각하다. 정부는 11일 만에 누출사고 지역을 특별재난지역으로 선포했다. 지방자치단체의 능력으로는 수습하기 어려울 만큼 피해가 커졌기 때문이다.

산업안전사고가 인근 주민의 피해로 이어진 이번 사고는 우리 사회의 안전불감증이 얼마나 심각한지를 일깨워 주는 경종이었다. 미숙한 초동대응과 허술한 대처는 안전관리 수준이 무방비나 다름없음을 보여줬다.

사고가 난 공장에는 안전책임자가 한명도 없었다. 불산에 대한 이해가 부족한 탓인지 불산중화제 같은 방제약품도 없었다. 직원의 119신고가 전부였다. 구미시는 사고 발생 3시간이 넘어서야 불산의 위험성을 알렸다. 이미 수백 명의 주민이 불산가스에 무방비로 노출된 뒤였다.

유관기관의 도착이 지연되거나 소극적 대응으로 협조체제가 원활하지 못하였다. 군 화학대대는 지원요청에 불응하고 대구 지방환경청 구미사무소는 전화 불통, 국립환경과학원은 늦게 도착하였다.

누출 사고 대응에서 큰 실수는 매뉴얼을 무시한 채 위기경보를 해제한 것이다. 유해물질 유출사고 위기관리 표준매뉴얼을 보면, 행정안전부와 환경부, 고용노동부, 지식경제부에 사고수습본부를 두고 모든 결정을 하도록 돼 있다. 그러나 환경부는 독단적으로 '위기단계'를 해제했다. 또 '심각단계'에서 '경계단계'를 거치지 않고 곧바로 '해제단계'를 밟았다.

위기상황 대응 매뉴얼이 있지만 제대로 지키지 않아 피해를 키웠다. 불소가스는 인체에 치명적이다. 불소가스는 광물을 녹일 정도로 강한 화학적 에너지를 갖고 있다. 스웨덴 화학자 카를 셸레는 변변한 실험기구도 없이 산소·질소부터 바륨·망간의 원소를 발견해 냈다. 그러나 셸레는 1786년 마흔 네 살에 연구실에서 죽었다. 그가 찾아낸 8개 원소 가운데 하나가 플루오린, 즉 불소弗素다.

불소는 자연상태에서 다른 원소들과 결합하여 다양한 화합물을 이룬다. 셸레가 죽은 이후에도 많은 과학자가 불소를 원소 분리 실험을 하다 강력한 독성에 몸이 상하거나 눈이 멀기도 했다. 모든 화학물질은 잘 이용하면 생활을 편리하게 하지만 사용규칙을 지키지 않으면 우리의 생명을 노린다.

불산이 피나 세포조직에 들어가면 칼슘·마그네슘과 결합하여 물에 녹지 않는 화합물질로 변한다. 체내에 미세한 돌가루가 쌓이는 것이나 마찬가지다. 불산의 반응으로 뼈 조직이 망가지고 생리현상이 깨져 호흡이 곤란한 심장부정맥을 부른다. 한번 뼛속에 침투한 불소 화합물은 길게는 20년 정도 우리 몸에 남게 된다는 보고도 있다.

불화수소 누출사건으로 인하여 사람과 가축·농작물의 피해가 걷잡을 수 없이 확산되었다. 가장 큰 문제는 유독물 취급업체가 주택가 근처에 위치했다는 점이다. 인천 서구에는 140개 유독물 취급업체가 주택가 인근이나 도로변에 있다. 주민들은 말 그대로 화약고를 안고 살아가는 셈이다.

관할 행정기관은 관련 업체 현황을 파악하고 일제 점검을 해야 하지 않을까? 이런 사고가 나면 당연히 인명 구조와 독성 중화작업, 잔류 오염도 조사가 체계적으로 이뤄져야 한다.

나는 1984년 인도 보팔 살충제공장에서 유독가스가 누출되어 2,800명이 죽고 20만명이 중독된 사건을 기억한다. 생존자 대부분이 실명, 호흡기 장애, 중추신경계와 면역체계 이상으로 고통 받고 있다. 이러한 사례를 통해 이번 구미 불산 사고가 얼마나 위험한지를 유추할 수 있다.

유독성 가스나 강산은 직접 피부에 닿지 않도록 피하는 게 최선이다. 불산이나 불소가스에 노출됐을 때는 신속히 그 지역을 벗어나 맑은 공기를 호흡하면서 노출부위를 물로 씻고 병원 치료를 받아야 한다.

이번 사고는 누출 가스의 유독성이 심각한 만큼 발생 직후 즉각적인 피해가 없더라도 곧바로 주민과 가축을 모두 안전지대로 대피시켰어야 했다. 눈에 보이는 증상이 없다 해도 심각한 후유증이 우려되는 상황이기 때문이다.

사후 약방문이 될지라도 유해물질 관련 안전 시스템의 문제점을 점검할 필요가 있다. 문제는 법령상 4,500여종에 이르는 유해 화학물질에 대한 부처별 소관이 뚜렷하지 않아 사고 발생시 주관 부처가 모호했다는 점이다. 부처별 소관 화학물질을 일일이 명문화하는 방식으로 주관 부처를 분명히 정해야 할 것이다.

관련기관에서 허가할 때에는 소방관서에 허가사항을 통보하는 것을 제도화하여 데이터정보를 공유하여야 한다. 화학물질사고 피해범

위 설정과 실시간 유해농도 변화에 대응할 수 있도록 미리 정보를 제공해야 한다.

시민들이 안심할 수 있도록 긴급구조통제단 운영의 내실화를 기해야 한다. 관계기관과 지역주민, NGO가 참가하는 합동평가단을 구성하여 결과를 공개하여야 한다.

근본적인 대책은 재난안전관리 체계의 정비다. 현재 석유화학단지의 재난안전관리는 재난안전관리기본법, 산업안전보건법, 소방기본법 등 80개 이상의 법에 따라 환경부와 지자체 그리고 소방서로 3원화 돼 있다. 복잡한 행정체계는 재난이 발생했을 때 신속하고 책임 있는 대처를 어렵게 한다.

위험물질 관리를 부처마다 제각각 매뉴얼로 대처하면 '컨트롤 타워' 기능이 없어진다. 총괄하는 기능이 없다 보니 매뉴얼이 있어도 현장에서는 무용지물이다. 재난이 났을 때 신속한 대처를 위해 산업안전, 재난안전관리 통합관리 시스템을 서둘러 구축해야 하지 않을까?

 구미 불산 누출 사고 피해는 얼마나 될까?

인명피해는 공장 직원 5명 사망, 소방관 등 18명 부상, 주민 건강검진 1만 2,243건이다. 재산피해는 농작물 괴사 212ha, 차량부식 1,958대, 가축피해 3,943마리이다.

말벌의 그림자

  숨이 턱턱 막히는 한여름이다. 이맘때면 벌떼가 기승을 부린다. 서울도심 한복판에 있는 아파트 단지 나무 위에 수백 마리의 말벌들이 배구공만한 벌집을 지었다는 신고를 받았다.

  출동한 119구조대가 벌집을 떼려하자 말 벌떼가 맹렬히 달려들었다. 잉잉거리며 강력하게 저항하는 벌떼들의 농성 속 20분은 전쟁이었다. 서울 고덕동 신고자의 집을 찾았을 때 아주머니가 "웅웅"거리는 벌떼 소리에 기겁을 했다고 하였다. 손가락만한 말벌들이 벽에 다닥다닥 붙어있었던 것을 생각하면 지금도 심장이 벌렁거린다며 말을 잇지 못했다.

  낮 기온이 30도를 넘는 폭염이 계속되면서 주택가에 벌떼 비상령이 내려졌다. 주택가 주민들의 벌떼 신고로 구조대는 하루에도 수 십 번씩 출동한다. 서울 지역에서 말 벌떼 출현으로 출동한 건수가 이달 들어 2000여 건에 달한다. 올 들어 병원으로 이송된 환자는 무려 70여 명으로 지난해 보다 4배 이상 늘었다. 이달에만 3명이 목숨을 잃었다. 3년 전 벌집제거로 인한 황당한 일이 생각난다. 서울 강남지역 일반주택의 벌집 제거 요청을 받고 119구조대가 출동했다. 오전 7시 50분경 현장에 도착했을 때 처마 밑에 농구공만한 벌집이 달려 있었다. 방충용 스프레이에 불을 붙여 제거하고 돌아왔는데 17분이 지나 벌집을 제거한 주택에서 화재가 발생해 다시 출동했다. 벌집 제거 후 남은 불씨가 떡 솜에 옮겨 붙은 것이다. 세심하게 잔화정리를 하지 못한 것이 불씨가 되어 구조대의 수고를 불태워 버렸다.

오랜 경험으로 볼 때 벌집 제거 방법이 매끄럽지 못하다는 생각이 든다. 그물망을 받쳐 놓고 스프레이를 활용하여 살충제를 뿌리면 벌은 맥없이 떨어진다. 화기를 이용한 것은 벌집 제거를 빨리해야 한다는 조급증에서 비롯된 것일지도 모른다. 이런 일이 있고 부터 벌집제거에 화기 취급은 금지되고 있다.

벌집 제거 후 화재가 발생한 주택은 지은 지 30년이 지난 낡은 건물이다. 원래는 서까래가 있는 기와집이었는데 그 위에다 떡솜을 깔고 함석을 덮었던 것을 몰랐던 것이다. 가끔 집 구조상 불씨를 찾아내기 어려운 경우도 있다.

벌집을 제거하려다 집을 태웠으니 대원들은 할 말을 잃었다. 119 구조대원들에겐 말벌에 쏘인 것처럼 따끔거리는 일이었다. 다락방과 지붕이 소실되어 보수 공사 비용은 3,000만 원이 예상되었다. 집주인은 날벼락을 맞은 것이나 다름이 없다고 항변했다.

말벌이 기승을 부리는 것은 지구온난화가 주요 원인인 것 같다. 11월이 되면 여왕벌이 월동에 들어가는데 최근 겨울철 온도가 높아지면서 대부분의 여왕벌들이 얼어 죽지 않고 살아남는다. 여왕벌은 영하 20도에 4시간 정도만 두어도 동사하는데 지구온난화로 한국의 겨울 기온이 평균 2도 정도 상승하면서 여왕벌 세상이 된 것이다.

산이나 공원 등 말벌의 서식지가 사람들에 의해 파괴되면서 말벌들이 먹이를 찾아 주택가로 내려오고 있다. 말벌은 썩은 생선이나 고기, 탄산음료 같은 음식 쓰레기를 좋아하기 때문이다.

말벌에 쏘이면 기도가 폐쇄되는 호흡 곤란이 일어나게 되고 급작스럽게 진행되는 경우에는 전신 알레르기 쇼크가 나타나서 사망에 이를 수도 있다. 말벌에게 엄지손가락을 쏘인 사람은 손가락이 왕만두처럼 부었고, 정수리를 쏘인 사람은 응급실에 이송되어 치료를 받았다. 말벌의 독은 일반 꿀벌에 비해 500배나 강해 서너 마리한테만 쏘여도 생명이 위독할 수 있다.

등산을 하다 말벌에 쏘이는 경우가 흔히 있다. 이를 예방하는 방법은 벌을 자극하는 짙은 화장품이나 화려한 색깔의 옷은 피하는 게 좋다. 말벌은 먼저 공격하진 않기 때문에 마주칠 경우 가만히 지나가길 기다리는 게 좋다. 실수로 말벌 집을 건드렸을 때는 바닥에 엎드려 옷 등으로 머리를 가리고 가만히 있어야 한다. 또한 벌에 쏘였다면 벌침을 제거 한 후 얼음찜질로 통증과 가려움증을 줄이는 응급처치를 해야 한다.

사람을 죽이는 독이 치료제로 쓰이는 세상에서 말벌의 독도 유용하게 쓰이고 있다. 말벌과 꿀벌, 땅벌을 혼합하여 주사액으로 사용하고 있다. 벌 액기스에는 단백질, 미네랄, 비타민이 다량 함유되어 있다고 한다. 봉침요법은 동양의학에서 활용되고 있는데 저혈압 환자나 관절 환자에게 시술되고 있다.

진압을 하고 말벌 집을 자세히 들여다 보니 애벌레와 수백 마리의 벌이 가득하다. 벌집을 술에 담궈 먹으면 정력에 좋다는 속설이 있다. 그러나 전혀 근거없는 말이니 함부로 믿고 덤벼들지 말아야 한다.

말벌을 잘못 건드리면 벌떼들이 달려들어 삶을 송두리째 빼앗아
가기 때문이다. 하찮은 벌레라고 업신여기면 등 떠밀려 낭떠러지로
떨어질 수 있다는 말 아니겠는가.

불의 속성屬性

　실화인지, 방화인지, 불의 감추어진 원인을 밝히는 것은 매우 중요하다.

　화재예방을 위해 활용되기도 하지만 인접건물에 확산되었을 때 손해배상 문제가 발생하기 때문이다. 일반적으로 불이 난 건물에서 인접건물에 대해 배상책임을 진다.

　방화일 경우에는 불을 낸 사람에게 배상책임을 묻는다. 가전제품에서도 발화의 원인이 나올 수 있다. 이런 경우 화재가 발생하여 피해를 입었을 때 제품을 만든 회사가 배상책임을 진다.

　2012년 6월 13일 새벽 3시 부산시 사상구 학장동에 있는 약국에 화재가 발생했다. 800미터 떨어진 이웃 주민이 '퍽' 하는 소리에 밖으로 나와 보니 약국에서 연속적으로 폭발이 일어나 119에 신고를 했다.

　소방차가 4분 만에 현장 도착했을 때 판매용으로 쌓아 놓은 스프레이 모기약 용기가 폭죽이 터지듯 폭발하고 있었다. 화염이 2층 주택과 인근 상가 건물로 확대되었다. 1층 약국이 불타 버렸고 인접건물도 일부 소실되었다. 약국 옆 옷가게 간판과 유리창이 소실되고 그을림 피해가 심했다.

　병원건물에 연기가 유입되어 환자 25명이 대피했다. 불은 14분 만에 꺼졌으나 소방서 추산 6,300만 원의 재산피해를 냈다. 옆 건물이 일부 소실되어 손해배상 문제가 대두되었다. 정확한 화재 원인 규명이 필요했다.

불길이 모든 것을 휩쓸어도 자국은 남기 마련이다.

화재조사업무를 9년째 보고 있는 북부소방서 이경렬 화재조사관이 출동했다. 약국 출입구 부근 소실이 가장 심하고 약국 안쪽으로 불이 진행된 것으로 보였다. 출입구 바닥에서 불길이 확산된 점으로 보아 인화성 액체를 외부에서 출입구 바닥으로 흘러 넣었을 가능성이 의심되었다. 출입구 바닥재가 일부 소실되어 경계면이 뚜렷하였고 현장에서 유류 냄새가 났고 액체를 담은 용기도 발견되었다.

확실한 증거를 찾기 위해 약국 내부에 설치된 CCTV를 복원하는 것이 급선무였다. 컴퓨터를 잘 다루는 직원이 2일 만에 CCTV를 복원했다.

CCTV에 녹화된 자료에는 신고된 시간보다 10여분 빨랐다. 출입구 바닥에서 불빛이 '번쩍' 하고 번졌는데 라이터 불빛으로 추정되었다. 바닥에 흘러있는 유류액체가 활발하게 연소된 후 불길이 잦아들더니 종이박스에 다시 불이 붙어 활발하였다. 4분쯤 경과되었을 때 약국 내부에 산소 부족으로 불길이 약해졌다. 7분 후 다시 약국 내부에 진열된 스프레이 모기약 용기가 폭발되면서 창문이 완전히 파손되고 공기가 유입되면서 급격하게 연소되는 장면이 녹화되었다.

발화지점에 조명등과 자판기가 있었으나 전원스위치가 모두 꺼진 상태였다. 내부 전선의 연소도 없고 전기적 이상이 발견되지 않았다.

주인은 화재 전날 10시 30분 영업을 마치고 귀가하였다. 출입문 잠근 장치를 하였으나 셔터문은 내리지 않았다. 출입구에 있는 목재쓰레기통은 연소되었지만 CCTV화면에서 급격하게 불길이 확산되었기 때문에 담뱃불에 의한 화재로 볼 수 없었다. 담뱃불 화재는 천천히 타다가 확산되는 형태이기 때문이다. 건물은 1억 3,600만 원의 화재보험에 들어 있었다.

조사업무는 많은 현장 경험과 지혜가 필요하다. 그것은 원인불명의 화재를 명확히 규명할 수 있기 때문이다. 이번 화재원인이 미상이나 누전으로 결론 날 수 있었는데, 이경열 화재조사관이 오랜 현장 경험과 헌신적이며 적극적인 행정으로 원인을 규명했다. 이 화재는 방화로 규명되어 인접건물에 대한 배상책임이 없어졌다.

피해자는 화재원인을 정확히 밝혀내어 억울함을 해소해 준 이경렬 화재조사관에 대한 감사의 편지를 대통령께 보냈다. 대통령실에서는 소방방재청에 격려의 편지와 함께 인사나 포상 시 참고하라는 글을 보냈다. 이 일로 그는 과학적 화재조사의 표상으로써 일 계급 특진까지 하게 되었다.

이렇게 자기 업무에 충실하다 보면 좋은 일도 있게 된다.

존경하는 대통령님께

안녕하십니까 대통령님!

국정에 힘쓰시는 대통령님의 노고에 감사드립니다.

저는 2012년 6월 13일 오전 03시 16분경 부산시 사상구 학장동 ○○
○약국에 발생한 화재로 인해 약국전체가 전소되어 모든 것을 잃은 ○

○○약국 약국장의 어머니되는 김○○입니다.

하마터면 억울하게 당할 뻔한 제 딸과 저를 살려주신 북부소방서 지휘조사계 2반 이경렬 반장은 헌신적이며 적극적인 대처로 자신의 업무를 수행하셨습니다. 최선을 다해 화재 원인을 밝혀주심에 대해 어떤 방법으로든지 그 은혜에 보답할 길을 찾는 중, 대통령각하께서 이경렬 반장에게 후한 상을 내려주시기를 간곡히 부탁드리기 위해서입니다.

화재당일 저와 제 딸은 집에서 잠을 자던 중 새벽 텔레캅 직원으로부터 화재발생 전화를 받고 연산동 집에서 곧 바로 제 딸이 운영하고 있는 학장동 ○○○약국에 도착했습니다. 119소방차가 이미 여러 대 출동해 있었고, 제 딸의 약국은 완전히 전소되어 어느 것 하나 건질 것이 없었습니다. 이상하리만큼 약국만 전소되어 재로 변해 있는 반면, 같은 건물에 있는 2개의 상가는 간판만 일부 타버리거나 그을음만 있었고, 바로 옆 건물인 병원도 벽면 유리창 몇 장 깨진 정도뿐 그 피해가 적었습니다. 동네주민들도 제 약국만 이렇게 완전히 타 버린 것이 이상하다며 다들 방화라고 말할 정도였습니다.

화재원인을 밝힐 결정적인 증거물로 제 딸아이 약국에 설치되어 있던 CCTV가 있었습니다. 경찰이 CCTV를 증거물로 가지고 가면서 "복원에 힘써 보겠으나, 보통 화재로 인해 CCTV에 불과 물이 들어갔을 경우 복원이 힘들 수 있다"고 말했고, 다음날 경찰로부터 "CCTV업체에 복구요청을 해 보았으나 복원할 수 없었다." "국과수에 보내봐야겠다." 그리고 "언제 복구될지 확답을 할 수도 없고, 복원이 안 될 수도 있다"고 했다. 경찰로부터 그 말을 듣는 순간 저와 제 딸은 하늘이 무너지는 줄 알았습니다.

화재가 난 후 주변 피해 상가들은, 보상을 받기 위해서인지 실제 피해

금액보다 더 많이 요구하기도 했습니다. 특히 옆 건물에 있는 병원은 벽면에 붙은 유리창과 타일 손상정도가 10장 안팎 정도였습니다.

제 딸이 가입한 보험은 주변사람들의 피해액에 대해 약 3천만 원 보상해주는 보험입니다. 만약 CCTV복원이 불가능하고, 화재감식결과가 방화가 아닌 원인불상 또는 누전 등으로 결론 날 경우, 화재보험담당자말에 의하면 제가 가입한 보험금 3천만 원으로는 모자라 돈이 추가로 들어갈수 있다고 말했습니다. 저와 제 딸은 앞으로 닥칠 그 물질적 정신적 피해를 생각하니 도저히 감당할 수 없어 눈앞이 캄캄해지고 이러다가는 도망이나 죽음 말고는 없겠구나하는 생각을 했었습니다.

그런데 바로 사고 발생 이틀 뒤, 너무나도 감사하게 북부소방서 지휘조사계 2반 이경렬 반장님께서 "약국CCTV를 복원했고, CCTV확인 결과 약국 외부로부터 불이 들어온 방화라는 것을 확인했다"는 연락을 받게 된 것입니다. 이경렬 반장님께서는 끝까지 포기하지 않고 동료직원의 도움까지 받아가며 아무도 복구하지 못한 CCTV를 마침내 복원하여 화재원인이 방화인 것이 CCTV에 녹화되어 있음을 밝혀주신 겁니다. 그것도 화재 발생 2일 만에 바로 복원시키는 열의를 보여주셨습니다. CCTV복구로 인해 다시 약국 앞 화재 잔해물과 흙들을 다시 수거해 국립과학수사대로 보내어 결국 발화원인이 '신나를 부어 불을 냈음'이 밝혀지게 된 것입니다.

억울할 뻔 했던 저와 제 딸을 위해 최선을 다해 자신의 일처럼 진심으로 해결해 주신 이경렬 반장님에게 고마움과 감사함을 다시 한 번 표하고 싶습니다. 시민이 억울하게 어려운 일을 겪는 것을 막아주심에 대해 보답코자 대통령 각하님께 간청의 글을 올리는 것입니다.

대통령각하님께서 큰 상을 주신다면 더욱더 힘을 내서 앞으로 이렇게 모든 방법과 차선책까지 모두 동원하는 열정으로, 어려운 처지의 사람들을 위해 진심으로 직무를 수행해 주실 거라 확신합니다.

평소 그냥 흘려만 보던 텔레비전 속 119소방대원의 도움을 이렇게 저희도 받게 되었습니다. 새벽잠도 자지 못하고 화재현장에서 수고해 주셨던 소방대원님들의 헌신에 머리 숙여 감사를 드릴 뿐입니다.

빈대 잡으려다

사람은 완벽하지 못해서 가끔은 실수를 저지른다.

아무리 사소한 일이라도 다시 한 번 생각해 보는 마음가짐이 필요하다. 아무 생각 없이 무심코 한 행동이 돌이킬 수 없는 결과를 가져오기 때문이다. 생각을 바꾸면 실수는 얼마든지 줄일 수 있다. 중요한 것은 행동에 앞서 나 스스로에게 질문을 던지는 것이다. "이 행동에 어떤 위험이 잠재하고 있는가. 해결하려면 어떻게 하는 것이 좋을까?"하는 생각은 위험으로부터 우리의 생명을 지켜준다.

빈대를 잡으려다 초가삼간 태운다는 옛 속담이 실제로 생활 속에서 자주 재현된다. 2012년 9월 새벽 2시경 서울 창천동의 한 지하 1층 음악연습실에서 화재가 발생했다. 대부분의 화재가 부주의로 발생하듯이 그 화재도 주인의 조그만 실수로 인해 일어났다.

한쪽 벽면을 가득 채운 음향기기에서 심심치 않게 바퀴벌레들이 나타났다가 사라지곤 했다. 연습실 주인 이씨는 징그러운 벌레를 볼 때마다 마음이 심란하였던 모양이다. 비위생적인 바퀴벌레를 그냥 둘 수 없어 스프레이형 가정용 살충제를 들고 바퀴벌레 박멸작전에 나섰다. 앰프 밑부터 시작해 평소 바퀴벌레가 출몰하던 곳에 살충제를 홍건 할 정도로 뿌렸다. 바퀴벌레들이 죽었나 확인하고 싶었지만 어두워서 잘 보이지 않았다. 엎드려 책상 밑바닥에 라이터를 켰다. 그 순간 불길이 확 치솟았다. 살충제의 인화성분 때문에 불이 난 것이다. 불길은 벽에 붙여 놓은 방음용 스펀지에 옮아붙으며 점점 더 커졌다.

당황한 그는 119에 신고했다. 소방대원들에 의해 4분 만에 불은 진화됐지만 음향기기와 컴퓨터가 타버려 소방서 추산 640만 원의 피해가 발생했다. 다행하게도 그는 책상 덕분에 화상을 입지 않았다. 무심코 한 행동이 화재로 이어져 큰 손실을 입었다.

밀폐된 방에 살충제를 뿌리면 유증기가 밖으로 빠져나가지 못해 쉽게 불이 날 수 있는 환경이 만들어진다. 살충제, 파스, 미용목적으로 쓰는 스프레이는 대부분 LP가스가 들어있어 불꽃에 반응하면서 폭발한다. 작은 LP가스통이나 다름없어 사용할 때 주의가 필요하다.

이들 제품을 사용할 때는 환기에 더욱 유의해야 한다. LP가스는 공기보다 무거운 성질을 가지고 있다. 스프레이를 사용한 뒤엔 방문이나 현관문을 모두 열고 신문이나 빗자루로 바닥이나 공기 중에 남아 있는 가스를 완전히 밖으로 내보내야 폭발 사고를 예방할 수 있다.

서울 인사동 화재 ▲

서울 인사동 화재 ▲

제4부 미로迷路에서 길을 잃다

안전강조安全强調는
잔소리가 아니다

안전이 우선되지 않는 일은 언제나 사고를 부른다.

서대문소방서 북가좌119안전센터 대기실, 2012년 6월 28일 오후 2시 53분 요란한 벨소리와 함께 지령지가 나왔다. "은평구 갈현동 케이블 작업도중 감전사고" 지령서 내용만으로도 환자의 생명이 위태롭다는 것을 직감할 수 있었다.

북가좌119안전센터에서 현장까지는 5km 정도로 꽤 멀었다. 은평소방서 구급대가 가깝지만 이미 화재 출동에 나가 있어 장거리 진압대가 편성되었다. 구급대는 사이렌 소리를 최대로 올리고 신속하게 현장으로 달려갔다. 요즘 도로를 가득 메우고 있는 차량들은 사이렌 소리에도 귀를 닫는다. 길을 비켜주는 차량이 드물다. 차량들로 빽빽한 도로를 달려 구급대가 6분 만에 현장에 도착했다.

현장에는 많은 사람들이 지켜보고 있었다. "펑"하는 소리와 함께 살려달라는 비명소리가 들렸다. "아휴, 저를 어쩌지, 사람이 타고 있어." 시민들은 경악했다. 환자의 절규소리는 대원들의 발걸음을 재촉했다. 화재진화 중인 소방차량으로 인해 구급차가 비집고 들어가기 힘들었다.

환자는 사다리차 끝에 달린 작업용 바구니에 올라 가정집으로 전기를 공급하기 위하여 전선연결작업을 하고 있었다. 신체 일부분이 2만 볼트가 넘는 고압선로에 닿으면서 감전 사고가 발생했다. 바구니가 불에 타며 화염은 5분간 치솟았다. 피해자는 바구니에 갇혀 몸을 피할 수가 없었다. 하반신 3도 화상을 입었고, 환자의 신발조차도 화염 열기에 녹아 바구니에서 떨어지지 않았다.

화염으로 살 타는 냄새가 역하고, 구급차로 이송하는 시간이 더디기만 했다. 43세의 환자를 구급차에 옮기고 화상 전문 병원인 한강성심병원으로 이송을 시작하면서 박성준 구급대원의 손이 바쁘게 응급처치를 시작했다. 화상 부위가 너무나 광범위 했고, 전체가 3도 화상이어서 응급처치라고는 생리식염수를 다량으로 환부에 뿌려 주는 것 밖에 없었다.

이송 도중 환자는 아픔을 호소하였고 환자가 의식을 잃을까봐 대원들은 "어디가 아프세요?"라며 이것저것을 계속해서 물어보았다. 보호자에게 연락을 취한 뒤 계속 환자의 상태를 파악하였다.

구급차가 한강성심병원에 도착한 것은 오후 3시 29분이었다. 환자를 병원 관계자에게 인계를 할 때 의료진은 놀라는 눈치였다. 그만큼 환자의 상태가 좋지 않았고, 대원들의 마음도 편치 않았다.

몇 달이 지난 후 내가 환자의 근황이 궁금하여 병원에 전화했을 때 간호사는 전신 68% 3도 화상을 입었다고 했다. 병원에 호송된 그는 결국 두 다리와 손가락 일부를 절단하는 수술을 받았다. 4개월간 치료가 잘 되어 퇴원했다가 재입원하여 재활치료를 받고 있다고 했다. 앞으로 몇 개월 더 치료를 받아야 된단다.

전기원 노동자들이 사다리차로 작업하는 모습을 쉽게 볼 수 있다. 전봇대에는 변압기는 물론이고 인터넷선 등 온갖 전선들이 뒤엉켜 있다. 사다리차가 올라가 다른 전선을 잘못 건드리거나, 2만 2,900볼트의 고전압을 다루다 작은 실수만 해도 치명적인 재해를 당한다. 이런 공사를 할 때는 전기를 끊거나 접지하는 안전조치를 해야 하지만 안전수칙을 준수하지 않은 모양이다.

배전업체가 무정전無停電 공사를 하려면 일정한 교육을 받은 숙련된 인원을 현장에 투입해야 하는데, 인건비를 줄이기 위해 경험이 많은 일용직 노동자를 투입한다. 대부분의 전기 선로 개·보수 현장은 '편조' 노동자와 '무편조' 노동자가 한데 섞여 일하는 것이 관례화 되어있다는 말이 들린다. 2008년부터 2011년 6월까지 한전 발주 배전공사 현장에서 무려 55명의 전기원 노동자가 사망했다. 모두가 한전 직원이 아닌 하청 비정규 노동자들이다.

한전은 배전공사의 하도급 업체를 지속적으로 감시해 사고가 발생되지 않도록 적정 인원을 투입시켜 안전한 배전공사가 이뤄질 수 있도록 해야 한다. 같은 사고가 반복해서 발생한다면 근본적인 문제점을 살펴보아야 하지 않을까.

차량 화재 ▼

미로迷路에서 길을 잃다

우리가 마음 놓고 놀 공간이 때로는 화마의 소굴이 된다.

1996년 유흥주점과 노래방에서 화재가 자주 발생해 점검을 한 적이 있다. 탈출구에 소파를 놓아 찾기 어려운 곳으로 만들어 놓고 비상문이라고 말하는 곳도 있다.

1995년 2월, 대만 노래방에서 화재로 64명이 숨진 사고가 있었다. 여러 개의 밀실 사이 미로처럼 된 통로와 비상구가 잠겨있어 피해를 키웠다.

나는 노래방 출입을 별로 하지 않지만 모임이 있을 때면 간혹 들른다. 화려하게 장식된 실내 구조를 보면 화재가 발생하면 대피가 어렵겠다는 생각이 들곤 한다. 화장실이 어디인지 몰라 헤맬 정도면 불이 났을 때 탈출구를 찾기도 어려울 것이다.

노래방이 너무 화려해진다. 각종 장식과 벽에 걸린 유화들이 모두 인화성 물질이다. 실내 장식은 화려하지만 화재火災엔 무방비 상태이다. 대부분 알록달록한 무늬로 고급스럽게 수놓은 소파와 나무 탁자로 내부를 채우고 있다. 합판 소재의 바닥재와 접착식 의자는 불이 붙으면 순식간에 연기를 내뿜는다. 게다가 노래방은 소리가 새 나가는 걸 막기 위해 방음재로 스티로폼이나 우레탄을 바닥재로 쓴다. 불이 붙으면 내부를 '가스실'로 만드는 것은 순식간이다. 건물주가 실내 인테리어를 할 때 안전에 대해 먼저 생각해야 한다.

2012년 5월 5일 오후 8시52분 부산에 있는 6층짜리 건물 3층 노래방에서 불이 나 노래방 손님 9명이 숨지고, 25명이 다치는 참사가 있었다. 소방차가 현장에 도착하기까지는 7분이 소요되었는데, 소방관이 도착하기 전에 손님들은 사망했다. 불이 난 지 3분이면 치명적인 유독가스가 노래방 안을 가득 메우기 때문이다.

소방관이 출동했어도 뜨거운 화염으로 쉽사리 진입할 수가 없었다. 대원들은 방수복을 입었지만 열기에 살이 타는 듯한 느낌이었다. 천장이 무너져 내리고, 실내는 전선으로 깔려있어 대원들이 화재를 진압하는데 어려움이 많았다.

사망자 모두 연기에 질식사 했다. 부산 부전동은 주말이면 젊은이들의 광장이 되는 곳이라 사상자 대부분은 이십대였다. 외국인 근로자 3명과 회사원 3명이 함께 사고를 당해 주위를 안타깝게 했다.

노래방은 600여㎡ 규모에 28개 방으로 이뤄져 있었다. 노래하는 방들은 'ㅁ' 자 모양의 미로구조였다. 외벽이 통유리로 돼 있어 사실상 밀폐된 공간이었다. 화재 당시 종업원과 손님 수십 명이 불에 갇혀버렸다.

불은 노래방 입구 쪽 24번 방에서 시작됐고, 연기가 순식간에 노래방 전체로 번지면서 손님들이 출입구를 찾지 못해 우왕좌왕하여 피해가 커졌다. 주인은 종업원과 함께 24번 방 문틈에서 연기가 새어나오는 것을 발견하고 소화기로 불을 끄려 했지만 초기 진화에 실패했다.

화재가 난 룸 문을 여는 순간 공기가 공급돼 급속하게 불이 확대됐을 것이다. 이런 것을 '역류현상Backdraft'이라 한다. 역류현상은 화재 시 밀폐된 공간을 고온·고압 상태로 만든다. 이때 외부의 산소가 들어오면 불이 삽시간에 잿더미로 만든다.

노래방 구조로 보았을 때 외부로 탈출할 수 있는 비상구가 1번방으로 불법 개조되어 있었다. 대피할 수 있는 통로를 막아버린 셈이다. 숨진 6명은 불법 개조된 방 바로 옆으로 비상구에서 2.5m밖에 떨어져 있지 않았다. 실내 불법 개조가 없었다면 손님들이 탈출할 수도 있었을 것이다.

화재 현장을 조사해 보면 출입구가 가까이 있는데도 사람이 빠져나오지 못하는 경우가 대부분이다. 유독가스를 마시면 패닉상태에 빠져버리기 때문이다. 특히 낯선 장소에서 불이 나면 어둠 속에서 출입구를 찾을 확률이 10분의 1도 안 된다.

노래방에는 방과 복도에 비상벨이 설치돼 있었다. 노래하는 방안에는 온도감지센서가 있었고, 복도에는 연기감지 비상벨이 있었는데 화재 시 비상벨이 울렸는지 여부는 판단하기 어려웠다. 손님은 비상벨소리를 듣지 못했다고 했고, 종업원은 비상벨소리를 들었다고 했다.

노래를 부를 때 음량이 100데시벨을 넘는 반면, 화재경보기는 이보다 작은 80데시벨 수준이다. 경보음이 전혀 들리지 않을 수 있기 때문에 불이 나는 순간 화면이 꺼지는 자동 영상차단장치를 설치해야 한다. 그것이 '생명의 노래'이기 때문이다.

 ### 노래방에서 화재가 발생하면 얼마나 위험할까?

노래방 실물화재 재연실험을 했다. 1분 만에 시커먼 연기가 천장을 뒤덮고, 2분이 지나자 방안의 모습을 전혀 알아볼 수 없었다. 연기독성이 치명적인 시간은 3분으로 나타났다. 또 연기에 의한 사망가능성은 발화 룸보다 인접해 있는 룸이 더 높은 것으로 나타났다.

실험결과 발화가 시작된 노래방 1번 룸에서 온도가 높게 나타났지만 유독가스 발생량은 옆방인 2번 룸에서 더 많았다. 1번 룸의 일산화탄소는 0.5% 측정된 반면 2번 룸은 1.03%로 두 배였다.

전신에 산소를 운반하는 헤모글로빈은 일산화탄소와의 반응속도가 산소보다 약 300배 더 빠르다. 이 때문에 산소가 차단돼 사망에 이르게 된다. 단 한 두 번의 호흡정도로 사람이 의식불명에 이를 수 있다.

연기는 온도가 높아 천장부터 퍼지고 일산화탄소도 위에서 아래로 내려오기 때문에 대피할 때 자세를 최대한 낮게 유지해야 한다.

전통사찰傳統寺刹,
끊임없는 불과의 전쟁戰爭

전통사찰은 우리의 중요한 문화유산이다.

2012년 4월 9일 오전 8시 20분경, 강동구 길동 사찰에서 불이 났다. 4층 큰 법당 내 불상 앞을 밝힌 양초에 주위 종이 연꽃이 바람에 날려 불이 옮겨 붙어 화재가 발생했다. 5층 요사채에서 쉬고 있던 스님이 타는 냄새를 맡고 아래층 법당으로 내려와 불꽃을 발견하고, 수돗물로 초기 진화에 나섰다.

소방차가 5분 만에 현장 도착했을 때 실내는 연기로 자욱했다. 잔불을 소방호스로 진화하였지만 600여만 원의 재산 피해를 냈다. 사찰은 건물의 3층에서 5층까지 사용하고 있었다. 4층은 바닥과 천장이 목재구조였고 큰 법당 안쪽에 부처님을 모셔놓고 있었다. 사찰의 화재는 초기에 발견하고 진화하면 보존할 수 있지만, 대부분 산중에 있어 재빨리 대응하기 어렵다.

우리 전통문화재인 고찰들이 화마로 사라지는 것은 안타까운 일이다. 2012년 10월 31일 새벽, 전북 정읍시 내장사 대웅전이 화재로 전소됐다. 2011년 9월엔 강원도 춘천 보광사 법당이 전기합선 화재로 불탔고, 2010년 12월엔 부산 범어사 천왕문이 방화로 전소됐다. 유명

사찰들을 화재로부터 지킬 수는 없을까.

내장사 대웅전 안에 불길이 일어난 시각은 새벽 1시 45분. 대웅전 내 CCTV카메라는 어둠 속에서 불꽃이 이는 장면을 잡았다. 카메라에 찍힌 영상은 전기난로 부근에서 시작된 불길이 1m 높이에 이를 때까지 계속됐다.

법당 안에 3구경 전기난로를 코드에 꽂아두었는데 노후 되어 접속 불량 상태였다. CCTV상으로 전날 오후 7시에 꺼졌다가 발화되기 2분 전에 저절로 켜져 있었다. 전기난로 합선에 의해 화재가 발생한 것이다. 나무로 된 사찰의 실내는 건조되어 불이 나기 쉬운 요건을 갖추고 있었다. 전기난로 관리를 제대로 하지 않아 엄청난 손실을 입은 것이다.

내장사 관리자가 민간 보안업체로부터 화재를 통보받은 시각은 새벽 2시 5분쯤이다. 관리자는 대웅전 문을 열고 불이 천정까지 번진 것을 확인했다. 화재 초기 5분 사이 대웅전 문을 열어놓았기 때문에 산소가 대량공급 되어 일순간 화염에 휩싸였다. 그는 요사채의 스님들을 깨웠고 2시 10분쯤 119에 화재를 신고했다.

스님들이 옥외 소화전을 열었으나 불길은 걷잡을 수 없었다. 정읍소방서 선발대가 17㎞를 20분간 달려 2시 30분쯤 도착했을 때 이미 지붕이 무너지고 기둥만 남았다. 경내에 소방차가 배치되어 있었으나 노후화로 불이 나기 3개월 전에 철수된 상태였다.

사찰 화재가 끊이지 않는 것은 목조 건물로 수백년 물기를 머금은 적이 없어 바싹 마른 불쏘시개 같은 상태이기 때문이다. 스프링클러 설치도 어렵고, 산속 깊이 있어 소방차 출동에도 시간이 오래 걸린다.

전통사찰은 전국에 930여 곳이 있다. 문화관광부는 전통사찰을 대상으로 매년 250억원을 들여 '방재 예측 시스템'을 구축하고 있다. 전기 차단기, 불꽃·연기 감지기, CCTV 등이다. 내장사는 방재시스템 설치를 기다리고 있는 중이었다.

　　전통사찰은 소방서에서 원거리에 있고, 차량의 진입이 어려운 곳이 많아 초동진압이 어렵다. 불의 확산을 막기 위해서는 자체 소방능력을 갖추어야 한다. 사찰에 현대식 소방차를 배치하는 것은 어떨까.

사찰 화재 ▼

알코올 유증기에 불길이

의료용 알코올을 사용 중에 담배를 피우다 불이 났다.

2011년 12월 13일 오후 5시 20분경, 50세의 거주자는 거실에서 1*l*들이 용기에 있던 의료용 알코올을 작은 용기에 따르던 중이었다. 부주의로 용기가 탁자에서 바닥으로 떨어졌고, 알코올이 방바닥에 쏟아졌다.

성질이 난 그는 아무런 생각 없이 담배를 꺼내 물고 라이터를 켰다. 알코올이 증기상태로 변한 바닥에 불이 붙었다. 발목부분과 실내 윗부분이 뜨겁다는 느낌을 받고, 화장실에 있는 수도호스를 연장해서 물을 뿌리다가 밖으로 피난했다. 불길은 바닥 장판을 태우면서 확대되어 940만 원의 재산피해를 냈다. 이 불로 가재도구와 집기류가 모두 소실되었다.

거주자는 보증금 500만 원에 월 25만 원씩 세 들어 살고 있었다. 일정한 직장 없이 간혹 일이 있을 때만 병원에 나가 생활비를 버는 어려운 형편이었다. 영등포소방서 임명섭 주임은 거주자의 어려움을 알고 사회복지협의회에 지원을 신청하여 600만 원이 그에게 지원되도록 했다. 그가 감사의 편지를 보내왔다.

"저는 몸이 조금 불편한 탓에 제대로 된 직장도 찾지 못하고 근근이 살아왔습니다. 화재로 집주인에게 부담까지 주고 월셋방을 포기하고 거리로 내몰려 엄동설한에 옷 한 벌로 여인숙을 전전하였습니다. 나는 노숙자 신세로 전락할 처지였습니다. 그런데 영등포 소방대원들이 화재더미를 치워주었습니다. 인생을 자포자기 할 수도 있었던 저에게 구호품은 물론 집까지 깨끗하게 수리해 주었습니다.

냉장고, 가스렌지, 장롱 등 생활필수품을 준비해 주고, 수시로 방문하여 재활의지를 북돋아 주었습니다. 저는 세상에 태어나서 처음으로 따뜻한 위로를 받아 보았습니다. 소방서라는 곳은 화재진압만 해주는 곳이라고 알고 있었는데 모든 것을 잃어버린 사람에게 소망을 안겨주는 일도 한다는 것을 처음 알았습니다. 감동하지 않을 수 없었습니다."

무대舞臺에 올린 불,
연기演技가 서툴렀다

　2007년 12월, 오후 7시경 서울 소재 Y공연장에서 화재가 발생했다. 그 시간 1,300여 명이 공연을 관람하고 있었다. 공연 중 불꽃이나 성냥불, 촛불은 종종 중요한 모티브로 등장하기도 한다. 불을 사용하는 것은 관객들의 흥미를 끌기 위해서이다. 무대부에서 불을 다루는 것은 소방관의 입장에서 보면 정말 위험한 행동이다. 루돌프역이 성냥을 이용하여 불을 켜고 마르첼로가 원고原稿에 불을 붙여서 벽난로에 던지고 있었다. 무대와 관람석은 차분한 가운데 배우들의 연기에 집중하고 있었다.

　벽난로에 점화하는 장면을 연출한 후 3분이 지나 불꽃이 발생했다. 불은 무대부에 내려져 있는 막幕을 태우면서 급격히 상층부로 확대되었다. 관람객들은 처음 불길이 솟아오르자 공연 중에 불타는 장면이 있는 줄 알았다. 무대부 앞에 앉아있던 사람들은 연기를 흡입하였다. 관계자들이 소화기로 진화를 하였으나 무대범위가 넓어 실패했다. 커튼 뒤에는 목재와 스티로폼 도료 등이 첨가된 소품들이 있어 화재가 급격하게 확산되었다.

　다행히 무대부와 관람석을 차단하는 방화벽이 설치되어 있었다.

관계자가 방화벽을 수동으로 조작하여 관람석으로 불길과 연기의 확산을 차단하여 인명피해를 줄일 수 있었다. 관계자의 기지로 대형사고를 막을 수 있었다.

소방차가 현장에 도착했을 때, 건물 상층부에서 검은 연기가 분출되고 있었다. 퇴근시간이라 도로가 막혀 7분이나 걸려 현장에 도착했다. 공연이 중단되자 앞쪽에 앉았던 관객들은 공연장 밖으로 대피했지만 대부분은 무슨 일이 일어났는지 이상하다는 표정으로 객석에 앉아 핸드폰을 만지작거리고 있었다. 제일 먼저 도착한 송희찬 부센터장은 "화재가 발생했으니 빨리 피하세요."라고 소리쳤다. 상당수의 관람객들은 위급한 상황을 모르고 있는 듯 했다.

대원들은 관람석으로 진입하여 방화벽 밑으로 새어나온 불꽃을 옥내소화전을 이용하여 진압했다. 다른 대원들은 무대부로 진입하여 진압하고 나머지 대원들은 3층으로 올라가 천장으로 확대되는 불길을 저지했다. 24분 만에 불길은 진화되었지만 4억 9,000여 만 원의 재산피해를 냈다.

불길 앞에서 현장감은 중요하다. 화재가 발생하여 감지기가 작동하자 방재실 직원이 수동으로 스프링클러 설비를 작동시켰지만, 33m 높이에 개방형 헤드가 설치되어 있어 화재진압의 효과가 적었다.

무대 위에서 일어난 화재를 목격하고 공연장을 벗어난 관객들과 달리 백스테이지와 2, 3층 대기실에서 출연 차례를 기다리던 배우들은 영문도 모른 채 죽음 직전까지 간 아찔한 상황이었다.

출연자 대기실에 있던 한 배우는 그때의 상황을 이렇게 회상했다 "처음엔 별일이 아닐 거라고 생각했어요. 그런데 갑자기 어디선가 '다

나가라.'는 다급한 목소리가 들려왔어요. 그때 연기자 대기실에 시커 먼 연기가 들이닥치기 시작했습니다. 가까스로 대기실을 빠져나오긴 했지만 제가 있던 3층 복도에 갑자기 전기가 나가면서 비상구조차 찾을 수 없었어요. '아, 죽었구나!'라는 생각이 들었지만 벽을 더듬어가면서 간신히 탈출할 수 있었습니다. 그 때를 생각하니 지금도 온몸이 덜덜 떨리네요."

안내방송을 하지 않아 대기실에서 준비 중인 출연자들은 공연장이 연기로 가득차고 나서야 상황이 심각하다는 것을 짐작할 수 있었다.

대원들은 무대부 앞쪽에 앉아있던 사람들과 공연단원 중 25명을 구조하여 병원으로 이송하였다. 연기 흡입으로 병원을 찾은 사람들도 37명이나 되었다. 치료를 받은 사람은 관람객보다 공연단원이 더 많았다.

불이 났을 때 안내방송을 제대로 했는지, 스프링클러가 제때에 작동했는지가 언론의 도마 위에 오르기도 했다. 건물에 불이 나면 자체 소방시설이 적기에 작동되어 초기에 진화되어야 하기 때문이다.

그 후에도 그 오페라는 지속적으로 공연되었다. 한 번 불을 경험한 단원들은 불꽃 소품을 전기조명으로 교체했다. 그리고 무대 곳곳에 소화기를 설치했다. 수화기만 들면 바로 가까운 소방서와 연결이 되는 직통 전화도 개설했다

사실감을 더하기 위해 진짜 불을 쓰는 공연이 있다면 당연히 화재 전문가도 대기해야 한다. 다수의 생명을 담보로 안전이 확보되지 않은 일을 한다는 것은 폭력을 휘두르는 것보다 나쁘다.

오래되면 놓아 주세요

　TV, 냉장고와 같은 가전제품은 합선으로 인해 화재가 발생할 수 있다. 가전제품 화재는 집과 건물을 통째로 삼킨다.

　2012년 9월 12일 오전 8시 50분 강동구 K아파트에서 불이 났다. 주인은 오전 8시 30분 문을 잠그고 출근한 뒤였다. 아파트 안전관리자는 수신반 경종이 울리면서 15층 표시등이 점등된 것을 확인하고 119에 신고했다.

　소방차가 도착했을 때 검은 연기가 창틈으로 새어나오고 있었다. 장비를 이용하여 현관문을 열고 진입하여 불을 껐다. 불길은 주방과 거실을 태우고 2,100만 원의 재산피해를 냈다. 가재도구와 주방용품이 모두 잿더미가 됐다.

　발화는 싱크대 옆 냉장고 부근에서 발생하였다. 나는 화재출동을 상황실에서 지켜보고 있었는데, 주인이 출근한 상태에서 불이 났기 때문에 무슨 원인으로 화재가 발생했는지 궁금했다. 혹 전기로 인한 화재가 아닐까 짐작했다.

　화재현장에서 조사를 마치고 온 김경배 주임에게 화재 원인을 물었더니, 냉장고 내부에서 전기적인 요인으로 발화된 것으로 보인다고 했다. 그밖에 발화 가능성이나 가스누출의 흔적은 발견할 수 없었다고 했다.

강동소방서에서 국립과학수사연구원에 냉장고를 감정 의뢰한 결과 답장이 왔다. 냉장고 컴프레서실 내부의 릴레이 연결배선에서 발화로 작용 가능한 단락 흔적이 발견되었다고 한다.

그렇다면 손해배상은 받을 수 있을까. 배상은 냉장고를 만든 회사로부터 받을 수 있다. 그러나 화재가 발생한 냉장고는 구입한지 11년 차로서 내구연한인 7년이 지나 보상을 받기가 어려워 보였다. 화재를 예방하기 위해서는 오래된 전자제품은 바꾸어야 한다. 그리고 습기가 차지 않도록 하고 정기적으로 먼지를 제거해야 한다.

습기, 먼지와 노후된 배선은 방화범이 될 수 있기 때문이다.

주택 화재

담배꽁초의 사생활私生活

"현재 그들 사이에는 담배가 매우 성행해 어린아이들이 4, 5세 때 이미 배우기 시작하며, 남녀 간에 담배를 피우지 않는 사람은 매우 드물다." 17세기 중반 제주도에 상륙한 네덜란드 상인 하멜이 14년간의 조선 생활을 마치고 쓴 '하멜표류기'에 나오는 대목이다.

담배는 조선 광해군 때에 들어와 400년이 채 되지 않는다. 당시에는 담배가 상처 치료나 충치 예방에 쓰이는 만병통치약 대접을 받았다. 이렇게 약용으로 쓰이던 담배가 우리의 생명을 노리고 있다.

2013년 1월 18일 새벽 2시 20분경 할머니와 손녀가 사는 아파트 8층에서 불이 나 할머니가 뛰어내려 사망했다. 손녀가 친구를 만나러 나가며 피우던 담배꽁초를 쓰레기통에 버린 것이 화근이었다. 방에서 잠을 자던 72세의 할머니는 문틈으로 새어 들어오는 매캐한 냄새에 잠에서 깼다. 출입구에서 치솟는 불길을 보고 베란다 쪽으로 대피했다가 불꽃을 보고 당황하여 뛰어 내린 것이다. 소방차가 출동하여 잠겨있는 현관문을 개방하고 화재를 진압했지만 생명을 구할 수 없었다.

중국에서도 비슷한 사고가 있었다. 한 남자가 담배를 피우다 잠이 들었는데 이불에 불이 붙었다. 잠에서 깬 남자는 집안에 꽉 찬 연기와 불길을 보고 혼란에 빠져 창문을 열고 7층에 매달려 있다 추락해 숨졌다.

담배를 피우고 담배연기를 없애기 위해 켜둔 촛불이 화재로 이어지기도 한다. 단란한 가정에 화마가 들이닥쳐 집주인 박씨가 숨지고 부인과 아들이 3도 화상을 입었다. 부인은 아들이 소리를 질러 방문을 열어보니 검은 연기와 함께 화염이 쏟아져 나왔다. 거실에서 자고 있던 남편을 깨우고 아들을 집 밖으로 데리고 나왔지만, 남편은 빠져 나오지 못했다.

운전 중 창밖으로 던져지는 담배꽁초는 달리는 폭탄에 불을 붙이는 성냥과 같다. 포천시 영중면의 한 고가도로에서 페인트 통을 가득 실은 승합차 짐칸이 불길에 휩싸였다. '펑' 하는 폭발음이 들리자 이 씨는 급히 차를 갓길에 세우고 몸을 피했다. 불길은 순식간에 차량 전체를 휘감았다. 다른 차량에서 버린 담배꽁초가 화재의 원인이었다.

서울 성북구 길음동 내부순환도로를 달리던 트럭 짐칸에서도 화재가 발생했다. 불은 트럭 짐칸에 실은 종이상자를 모두 태웠고 도로 위로 불붙은 상자들이 나뒹굴었다. 이 사고 역시 주변 차량 운전자가 버린 담배꽁초가 원인이었다.

미국에서도 담배로 인한 화재 때문에 골치를 앓고 있다. 일리노이 주에서 모든 대학 기숙사내 흡연을 금지하는 법안이 시행되었다. 담배는 대학 기숙사 화재의 가장 큰 원인이기 때문이다. 미 연방 소방청(USFA) 자료에 따르면 담배는 미국 내 대학 기숙사 화재 원인 중 3번째를 차지한다고 했다. 대학의 기숙사는 물론 식당, 복도도 금연 지역으로 지정하고 있다.

우리나라는 공공장소 흡연금지와 금연교육으로 흡연 인구는 줄고 있지만 꽁초 화재는 갈수록 증가하고 있다. 2012년 버려진 담배꽁초로 인해 발생한 화재는 모두 6,800건으로 2년 사이에 28%가 증가했다. 부주의에 의한 화재 중 1위가 담뱃불로 33.5%를 차지하고 있다.

피우다 버리면 자동으로 꺼지는 담배는 없을까? 꽁초를 버릴 경우 2~3초 안에 불이 꺼지는 담배가 있다. 미국과 캐나다, 유럽연합국가에서 꽁초의 불이 스스로 꺼지는 화재안전담배의 판매가 의무화됐다. 화재 피해를 줄이기 위해서다. 우리나라 담배회사는 미국에는 화재안전담배를 수출하면서 내수용으로는 판매하지 않는다. 우리나라도 화재안전담배를 도입한다면 화재를 50%정도 줄일 수 있을 것이다. 화재로부터 국민을 보호하기 위해 화재안전담배를 시판하는 것은 어떨까.

주택 화재 ▼

도심都心 속의 시한폭탄時限爆彈

LPG가스를 잘못 다루면 폭탄이나 다름없다.

20년 전만해도 취사용으로 LP프로판가스를 주로 사용했다. 생활 수준이 향상되고 도시가스가 널리 보급되면서 LP가스는 점점 자취를 감추고 있지만 이동이 편리하고 설치 비용이 싸 여전히 영세업체들의 주요 연료 공급수단으로 쓰이고 있다. 2011년 총 가스 사용처의 28.8% 수준이다.

요즘도 가끔씩 취급 부주의로 인한 폭발사고가 우리를 놀라게 한다. 2012년 가스사고 125건 중 프로판가스 사고가 67건으로 제일 많다.

1971년 성탄절 오전 9시 50분, 대연각호텔에 화재가 발생했다. 화재의 원인은 2층 커피숍 프로판가스 폭발로 시작되었다. 카운터에는 프로판가스 화덕이 있었는데, 20kg짜리 용기에 플라스틱 호스가 길게 연결되어 있었다. 화재의 원인은 예비용기의 안전밸브가 열려 가스가 누출되어 불씨에 의해 폭발된 것으로 보고 있다.

다른 이야기도 있다. 난방용 프로판가스 예비용기를 교체하기 위해 지하 창고에서 실내로 가져왔다. 실내온도가 25℃인 커피숍으로 옮기자 용기내부의 압력이 상승하면서 용접 부위가 파열, 가스가 누출되어 폭발되었다는 것이다. 가스 저장용기는 6년간 검사를 받지 않았고 부식으로 인하여 두께가 2mm 밖에 되지 않았다. 노후된 용기가 상승된 내부압력을 견디지 못하고 파열된 것이라는 주장에는 설득력이 부족한 것 같다.

2층에서 시작된 화재는 계단과 엘리베이터를 통하여 1시간 30분 만에 전 층으로 번졌다. 경보기는 울리지 않았고 스프링클러는 물론 불길을 막아주는 방화구획도 되어 있지 않았다.

계단은 연기와 불길의 통로 구실을 하여 대피로를 막았다. 옥상으로 탈출하던 사람들은 굳게 잠긴 철제문 앞에서 죽어갔다. 아비규환의 성탄절은 지옥으로 통하는 길이었다.

위로도 아래로도 출구가 막혀버린 상황에서 종업원과 투숙객들은 창문으로 몰려 살려달라고 아우성쳤다. 다음날 신문 1면에 수건을 흔들며 살려달라고 애원하던 투숙객의 모습이 실렸다. 한 사람이 매트를 가지고 뛰어 내리자 견디다 못한 투숙객들이 뛰어내리기 시작했다. 소방대원들이 매트를 깔고 구조를 시도했지만 뛰어내리다 숨진 사람이 38명이나 됐다.

8층에서 침대시트를 뒤집어쓰고 뛰어내린 여성이 무사히 살아나는 일도 있었다. 시트와 커튼을 찢어 로프를 만들어 한 층 한 층을 타고 내려와 구조되기도 했고, 헬기가 늘어뜨린 구명줄을 잡긴 했으나 팔에 힘이 빠져 바닥으로 떨어져 사망하기도 했다.

생존자가 없을 것이라고 생각되었던 낮 12시 10분, 11층 창문가에 모포를 몸에 감은 대만 외교관이 구조 요청을 했다. 그는 모포를 물에 적셔 화염에 버티고 있었다. 용광로 같은 열기 때문에 소방관들이 진입할 수가 없었다. 고가사다리차는 7층까지만 올라 갈 수 있어서 무용지물이었다. 다급한 나머지 궁사弓士가 동원되어 화살에 생명줄을 묶어 쏴 구조할 방법을 모색했지만 실패했다. 전 소방력을 동원하여 10시간 만에 구조하였으나 그는 11일 만에 안타깝게도 병원에서 숨을 거두었다.

숨진 163명 중 외국인이 150명이나 되었다. 호텔 화재로서는 세계 최악의 사건으로 기록되었다. 미국방화협회는 연휴가 아닌 평일이었다면 더 많은 사상자가 발생했을 것이라고 했다. 이 화재로 스프링클러와 건물 옥상에 헬기장 설치를 의무화했다.

가스는 편리하지만 화재에는 취약하다. 지금도 무허가 판자촌이나 음식점, 가정에서 취사용으로 LP가스를 쓴다. 집집마다 거미줄처럼 얽혀있는 가스 선을 보면 생활안전에 대해 많은 생각을 하게 된다.

2008년 9월 22일 여주 상가건물에서 LP가스 폭발 사고가 있었다. 2층 건물 옥상 가스통 금속관에서 고무호스가 이탈되어 가스가 새어 나왔다. 공기보다 무거운 LP가스는 지하 1층 다방으로 가득히 스며 들었다. 원인을 알 수 없는 폭발로 다방 천장이 붕괴되었다. 여성 1명이 숨지고 건물 안에 있던 21명이 중경상을 입었다.

LP가스는 저렴하게 사용할 수 있어 서민들 삶의 애환을 담고 있지만 삶을 송두리째 빼앗아 가기도 한다. 2012년 7월 15일 10시경 삼척시 교회 학습관에서 LP가스 폭발사고가 일어났다. 교회에서 예배를 마치고 어린이들이 학습관으로 이동 중이었다. 목사牧師 사모師母가 어린이들에게 간식을 주기 위해 찐빵을 가스렌지에 올려놓고 불을 켜는 순간 '쾅'하고 폭발이 일어났다.

10명이 화상을 입고 400여 만 원의 재산피해를 냈다. 소방차가 현장에 도착했을 때, 부상을 입은 사모가 수돗가에서 아이들의 화상부위를 물로 식히고 있었다. 대부분이 초등학생들로 전신 2, 3도 화상을 입었다.

옷이 불에 타면서 피부에 붙어 있었다. 아이들은 울부짖었다. "뜨거워 못살 것 같아요, 빨리 좀 살려 주세요, 빨리요." 생리식염수로 화상부위를 계속 세척하면서 거즈를 붙였다. 구급대는 환자를 2명씩 태워 삼척의료원으로 이송하였으나 치료가 불가능하여 서울 한강성심병원으로 이송하였다.

사고 원인은 부주의였다. 20kg짜리 LP가스통에 주방의 가스렌지와 화장실 가스온수기를 같은 호스에 연결하여 사용하고 있었다. 이사를 온 가족이 가스렌지에 호스를 연결하면서 화장실에 있는 배관에는 마감처리를 하지 않은 것이 화근이었다. 가스밸브를 열자 화장실에서 다량으로 새어 나온 가스가 주방으로 흘러들어 가스렌지를 작동하는 순간 스파크에 의해 착화되어 폭발되었다. 이사 시 가스철거와 설치는 반드시 전문업체에 의뢰해야 한다.

오래된 가스통은 폭발물이다. 받침대가 부식되면 쓰러질 수 있고 용기가 폭발할 수도 있다. 용접 부위에 생기는 미세한 구멍으로 가스가 누출돼 사고로 이어지기도 한다. 2011년부터 가스통 사용 연한제를 도입했다. 만든 지 26년이 지나면 강제로 폐기해야 한다. 그러나 이미 폐기됐어야 할 용기가 버젓이 시중에 유통되고 있는 것이 문제이다.

LPG용기 검사소에서 검사할 때 내구연한이 된 용기에는 구멍을 뚫어 못 쓰게 하는 것은 어떨까. LP가스통 관리를 양심에 맡겨도 안전한 세상이 되었으면 한다. 생명을 담보로 거래되는 가스통은 어쩌면 '이 시대의 양심'인지도 모른다.

◀ 서울 여의도 지하공동구 화

서울 아현동 도시가스 폭발

LPG가스 용기를 어떻게 보관해야 할까?

　용기는 직사광선이 들지 않게 전용보관실에 보관하고 불볕더위가 계속되면 차광막을 설치해야 한다. 배관과 호스 연결부분이 잘 조여 있는지 살펴보고 오래된 시설은 가스 누출 위험이 높으므로 미리 교체한다.

　특히 장마철에는 대기 순환이 잘 이루어지지 않아 누출된 가스는 공기 중으로 확산되지 않고 바닥에 머물러 있으므로 사고 위험이 높다는 점을 명심해야 한다.

위험危險으로 포장包裝된 부탄가스 캔

부탄가스 캔이 남대문시장을 집어 삼켰다.

1985년 3월 23일 오전 10시경 220g짜리 부탄가스 납붙임 용기와 135g 라이터용 휘발유통을 가득 실은 2.5톤 트럭이 남대문시장 골목 길에서 하역작업을 하고 있었다. 트럭 운전사가 차에서 내려 라이터 가스통 10개들이 한 상자를 들고 상가 2층으로 올라갔다. 그사이 조수가 상가 종업원의 요구로 차를 앞으로 빼면서 트럭이 흔들리자 적재함에서 결속되지 않은 납붙임 부탄가스용기 한 상자가 떨어져 트럭 오른쪽 뒷바퀴에 깔렸다. 용기가 파열되면서 누출된 가스가 인근 연탄불에 인화되어 4천여 개나 되는 용기가 폭죽처럼 터지기 시작했다.

폭발된 용기들은 시장 점포에 날아와 불을 질렀다. 골목길은 상인들이 내던진 의류, 모자, 구두들로 어지러웠고, 시커먼 연기로 앞을 볼 수 없을 정도였다. 유득식 대원이 선발대로 현장에 도착했을 때 주위가 불바다로 전쟁터나 다름없었다고 했다. 3시간 만에 불길은 잡혔으나 밤늦게까지 잔불정리를 했다고 한다.

4개의 상가, 513개의 점포 중에서 419개의 점포를 잿더미로 만들었다. 주로 의류와 가죽제품 잡화류가 소실되었다. 재산피해는 소방서 추산 5억 4,300만 원으로 집계되었지만 상인들은 30억 이상의 피해를 입었다고 주장했다.

당시 부탄가스 캔은 고압가스처럼 위험물로 다루어지지 않아 처벌할 근거가 없었다. '소 잃고 외양간을 고친다.'는 말이 있듯이 사고 뒤 위험물 취급에 관한 법규를 강화했다. 가스통을 운반할 때는 그물망을 씌워 떨어지지 않도록 해야 하고, 1톤 이상을 운반할 때는 안전책임자를 동승시켜야 한다는 규정이다.

우리가 손쉽게 사용하는 부탄가스 캔 사용 부주의로 일어나는 사고도 많다. 2012년이 저물어가는 거리엔 크리스마스 캐롤이 울려 퍼지고 있었다. 서울의 한 부녀회에서 노인들에게 만두국과 음식을 대접하기 위해 조리용으로 휴대용 버너를 준비했다. 버너에 부탄가스 캔을 끼웠는데 낮은 기온 탓에 점화가 잘 되지 않았다. 그때 누군가 뜨거운 물을 부으면 부탄가스 화력이 좋아진다고 말했다.

TV프로그램에서 뜨거운 물을 2스푼 정도 부탄가스에 부으면 연소가 잘 된다는 생활상식이 방송된 적이 있었다. 어설픈 상식으로 부탄가스를 끓는 물에 넣었던 것이 화근이었다. 부탄가스가 펑 하는 소리와 함께 폭발을 일으키며 끓는 물이 부녀회장의 얼굴로 쏟아졌다. 어이없는 상황이었다. 잘못된 상식이 어마어마한 결과를 가져왔다. 이마, 뺨, 코, 턱 얼굴 전체에 수포가 형성되는 2도 화상을 입었다.

환자는 화상부위로 인해 극심한 통증을 호소하였다. 사람이 느끼는 고통 중 가장 심한 것이 화상이다. 구급대는 이송거리가 멀었지만 손상부위가 얼굴 부위인 만큼 화상전문 병원인 한강성심병원으로 이송했다. 환자에겐 화상처럼 지워지기 힘든 악몽 같은 크리스마스가 되었을 것이다. 기온이 낮을 때는 이소부탄을 사용하는 것이 좋을 듯하다.

지난 해 한 대학 학생들이 봄 축제를 위해 광장에서 닭 꼬치를 조리하고 있었다. 휴대용 가스레인지보다 큰 철망에 호일을 씌워 불판으로 사용하고 3대를 연결하였다. 바람을 막기 위해 박스를 쌓아놓아 오히려 열 축적을 쉽게 만들었다. 불판의 복사열이 부탄가스 용기를 가열시켜 폭발했다. 10여 명의 학생들이 얼굴과 상체에 1, 2도 화상을 입고 병원으로 이송되었다. 로비에 설치된 CCTV에서는 가열한지 1분 30초 만에 최초 폭발이 있었고 30초 후에 2차 폭발이 있었다. 내가 한 학생에게 전화를 해보니, 갑자기 폭발해 놀랐다면서 한 달간 입원치료를 받았다고 했다.

얼마 전 천안시 백석동의 한 식당에서 휴대용 부탄가스 폭발사고가 발생했다. 회사원 6명이 식사 중이었다. 모두 얼굴과 팔에 1, 2도의 화상을 입었다. 식당은 식탁에 설치된 그릴불판에 장어구이를 굽고 난 뒤 철판뚜껑을 덮고 휴대용 부탄 가스레인지를 올려놓고 갈매기 탕을 끓였다. 그릴불판에도 아직 열이 남아 있었다. 5분 정도 지났을까. 부탄가스 용기에 열이 전달되면서 폭발했다.

이런 폭발사고가 매년 20, 30건씩 발생한다. 부탄가스 용기에는 주의사항이 쓰여 있다. 그러나 자세히 읽어 보는 사람이 몇 사람이나 될까. 가스통에는 열에 폭발할 수 있으므로 서늘한 곳에 보관하라는 문구와 사용방법이 자세히 적혀있다. 안전사용 요령을 준수할 경우 사고 위험도는 크게 낮아진다.

 휴대용 부탄가스 캔을 사용할 때 어떻게 해야 할까?

가스렌지의 삼발이보다 더 큰 불판을 사용하거나, 호일을 깔고 사용할 경우 복사열 때문에 휴대용 가스렌지가 열을 받아 부탄가스 캔이 폭발하는 사고가 많다.

가장 위험한 건 불꽃이 약하다고 부탄캔을 직접 가열하는 경우이다. 물에 넣고 끓인지 2분 만에 폭발했다. 부탄 캔을 가이드 홈에 맞춰 정확하게 장착하고 가스누출 여부를 반드시 확인해야 한다.

부탄가스통은 40도 이상일 때부터 내부 압력이 상승하기 때문에 사용을 다 마친 부탄 캔은 렌지에서 분리하여 화기가 없는 곳에 보관하여야 한다. 또한 다 쓴 부탄 캔은 구멍을 뚫어서 남은 가스를 빼는 것이 안전하다.

날개를 갖고 싶은 소방관

소방관들은 때론 날개를 갖고 싶을 때가 있다.

옛 속담에 "빛 좋은 개살구"란 말이 있다. 겉모습은 좋아 보이나 내실이 없음을 비유적으로 이르는 말이다. 봄철 건물 외부를 화려하게 리모델링하는 것을 보면 생명과 안전에 대한 의무를 준수하여 시공하고 있을까하는 의문이 든다.

2010년 10월 1일 오전 11시 33분, 해운대 복합건물 화재는 나의 염려가 현실이 되었다. 외관을 화려하게 보이려고 외벽 마감재로 가연성 알루미늄 패널과 단열재를 사용한 것이 화를 키웠다. 4층인 피트층 미화원 작업실에서 발생한 불은 10여분 만에 38층까지 번졌다. 만약 외벽 단열재를 불연재로 사용했다면 4층 피트층만 소실되었을 것이다.

피트층은 난방용 배관이나 하수도관 등 주민생활과 건물 유지를 위해 설치한 구조물이다. 상가 건물과 주민 입주 건물 간 구조가 달라, 배관 형태를 조절해야 할 필요성이 있다. 이곳은 건축법상 건축면적에 포함되지 않아 스프링클러, 옥내소화전과 같은 소방시설을 설치하지 않아도 법적으로 문제가 되지 않는다. 말하자면 그대로 비워 두어야 하는 층이다. 그런 100여 평이 넘는 공간에 합판으로 구획된 미화원 탈의실을 설치하고 재활용품 등과 같은 가연성 물품을 쌓아둔 것은 안전에 대한 개념 없는 행동이다. 선풍기, 진공청소기를 사용하다가 누전에 의해 화재가 발생된 것으로 추정되었다.

불이 나자 신고는 10여분 정도 지연되어, 소방대가 도착했을 때 이미 불길은 최성기에 다다른 상태였다. 4층에서 발생한 불은 환기창을 통해 순식간에 건물 외벽으로 번졌고 알루미늄 패널 내부의 폴리에틸렌 수지가 불길에 녹아내리면서 빠르게 상층으로 타올라 갔다. 알루미늄 패널은 가로, 세로 1m의 크기로 잘라서 붙였는데 0.5mm의 황금색 알루미늄에 8mm의 폴리에틸렌 수지를 붙인 구조로 물을 뿌려도 알루미늄에 가려 내부로 침투되지 않았다.

그나마 다행스러운 것은 콘크리트로 피트층간을 구획하여 불길이 내부로 번지지 않았다. 만약 불길이 건물내부로 확산되고 유독가스까지 유입되었다면 큰 인명피해가 발생할 가능성이 있었다.

건물 외벽을 타고 상층으로 불길이 확대되어도 건물내부의 피해가 적었던 것은 오피스텔 내부의 실외기실과 창고에 설치된 스프링클러 작동이 불길의 확산을 막았다.

외벽을 타고 올라간 불길에 옥상 휴게실과 37, 38층 세대가 불타고 있었다. 스프링클러헤드 개방으로 54톤의 고가수조가 불길을 잡았고, 부족한 소화용수는 50여m 떨어져 있는 인근건물에 소방호스를 연장하여 화재를 진압하였다.

화재가 7시간이나 지속 되는 어려운 여건 속에서도 구조대는 202세대에 살고있는 주민들을 일일이 확인하여 28명을 대피시켰다. 소방헬기도 옥상 대피자 9명을 구조하였다.

초고층 건물은 일단 화재 초기 진압에 실패하면 건물 상층부로 불길과 연기가 삽시간에 확산된다. 불길이 번지면 피난 통로의 바람속도가 30배 빨라진다. 이런 상태에서 소방장비로는 화재를 진압하기가 어렵고 구조 활동도 쉽지 않다. 고가 사다리차는 15층까지만 닿을 수 있어 그 이상 층의 인명구조는 어렵다.

우리나라의 50층 이상 초고층 건물에는 30층 마다 피난안전구역을 설치토록 규정하고 있지만 그 이하 층은 정해진 규정이 없다. 외국의 고층건물 안전규정은 어떨까. 두바이에 있는 부르즈 칼리파 등 초고층 건물들은 철저하게 불연성 마감재를 사용했다. 160층인 부르즈 칼리파는 42, 75, 111, 138층을 피난안전구역으로 지정하고 특수 방화재로 마감했다. 이 구역은 외부 공기만 받아들이도록 설계해 불이 나도 문을 닫고 2시간가량 피신할 수 있다. 타이페이 101빌딩, 말레이시아 페트로나스 쌍둥이 빌딩, 미국 뉴욕의 대다수 빌딩도 마감재는 불연재를 썼다.

중국은 100m 이상 건물에는 15층마다, 홍콩은 20~25층마다 피난안전구역을 설치하도록 규정하고 있다. 피난안전구역은 화재가 났을 때 대피공간을 갖춘 피난 층으로 이곳에는 1층이나 옥상으로 바로 피난할 수 있는 계단과 비상급수시설을 갖춰야 한다. 심천에서는 피난용 엘리베이터에 소방대원이 진입하거나 건물 내에 있는 사람들이 피할 수 있도록 해놓았다. 건물의 한 층에서 화재가 발생하더라도 그 화재가 다른 사무실과 상층부로 번지지 않도록 설계되어 있다. 건물의 라인과 다른 라인을 수평으로 분리시키고 피난통로를 별도로 설치하였다. 이런 건축물은 활용공간이 줄어들고 용적률이 감소하는 단점이 있으나 화재로 인한 피해를 줄일 수 있다.

일본은 고층빌딩 화재를 막기 위해 대피훈련을 자주 한다. 입주자와 고객들은 훈련 참여에 적극적이다. 아파트에 불이 나면 옆집으로 탈출하거나 위 아래층으로 탈출할 수 있도록 사다리를 설치해 놓았다. 우리나라는 안전과 도둑의 염려 때문에 설치하지 못하는 것이 아쉽다.

우리나라 고층건물 화재피난 현 주소는 어디일까. 초고층 건물의 경우 옥상광장으로의 피난과 헬리콥터의 구조 활동이 어렵고 연기와 강풍으로 인하여 더 위험에 빠질 수 있다. 피난방법은 층별, 세대별 방화구획을 철저히 하여 불이 확산되지 않도록 해야 한다. 30층마다 피난안전구역을 설치하고 피난 엘리베이터는 별도 방화구획하여 지상으로 피난하는 방식으로 개선할 필요가 있다.

또한 20층 건물이든 50층 이상 건물이든 소방안전관리자를 한 사람만 두어도 법적으로 문제가 없다. 이것도 손을 봐야한다. 삼성동 COEX 트레이드타워나 영등포 타임스퀘어 등은 규모로 봤을 때 한명이 모든 구역을 확실히 책임지기 어렵다. 법으로 명확하게 구역별 담당자를 지정하는 것이 급선무이다.

무엇보다 중요한 것은 설계단계부터 화재에 대한 안전을 고려해야 하는 것 아닐까.

부산 복합건물 화재 ▼

전기난로를 켜둔 체

겨울철 전기난로 복사열로 화재가 자주 발생한다.

2012년 11월 17일 새벽 2시경 가정집 지하 1층에서 불이 났다. 한 살짜리 아기를 키우고 있는 집이였다. 엄마는 부엌에 있는 빨래건조대에 아이 기저귀를 넣어놓고, 전기난로를 켜두고 잠자리에 들었다. 문틈으로 들어오는 연기에 잠을 깨 아이를 업고나와 119에 신고하고 위층에 있는 주인에게 화재사실을 알렸다. 다행히 주인은 현관에 있던 소화기로 불을 껐다.

2012년 12월 14일 새벽 2시 46분께 서울 영등포구 J실내야구연습장 2층에서 불이났다. 불은 15분만에 진화되어 인명피해는 없었지만 내부 집기류 등을 태워 460만 원의 재산피해를 냈다. 직원은 술을 한잔 마시고 2시경에 들어와 대기실에서 전기난로와 전기장판을 켜놓고 잠을 잤다. 뜨거워서 일어나보니 이불과 침대에 불이 붙어 타고 있었다. 불을 끄려 했으나 화염이 급격하게 번지고 있어 허겁지겁 대피하면서 불이야 하고 소리쳤다. 이웃집에서 이 소리를 듣고 119에 신고하였다.

2013년 1월 26일 새벽 3시경 서울 사당동의 한 아파트에서 방폭형 전기난로과열로 불이 났다. 불은 냉장고 등 집기를 태워 500만 원의 재산피해를 낸 뒤 20여분 만에 진화됐다. 남편은 자정이 되어 방폭형 전기난로를 켜둔 채 거실에서 잠을 잤다. 작은 방에서 자던 부인과 딸이 연기가 문틈으로 들어오는 것을 보고 잠옷바람으로 거실에 나왔다. 불길이 커튼을 태우면서 천장으로 치솟고 있었다. 남편을 깨우고 부인이 불을 끄려다가 손, 얼굴이 그을리고 등 뒤에도 불꽃이 떨어져 2도 화상을 입었다. 남편도 이마에 화상을 입고 병원에 이송되었다.

몇 년 전 영등포 제조공장에서 난 불도 난로 복사열 때문이었다. 관계자가 전기난로를 켜놓고 잠시 나간 사이에 불이나 공장이 잿더미가 됐다. 소방차가 출동하여 공장건물 90평을 태우고 50분 만에 꺼졌지만 1300만 원의 재산피해를 냈다. 이렇게 난로를 끄지 않고 자리를 비우는 사이 화재가 발생해, 인명과 재산피해로 이어지는 경우가 종종 있다.

전기난로 화재실험을 했다. 사무실에서 흔히 일어날 수 있는 상황을 가정하여 책상 아래 전기난로를 켰다. 난로를 켠 지 1분도 안되어 의자에 깔려있는 수건에 연기가 났다. 수건이 담뱃불처럼 서서히 타 들어갔다. 난로의 복사열 때문이다. 실험 1시간여가 됐을 때 불꽃이 일어났다. 야외가 아닌 실내 상황이었다면 10여분 만에 불이 날 수 있다. 또 다른 전기난로에 덮어둔 수건은 열선에 닿자 곧바로 불이 붙었다. 수건이 아닌 종이라면 화재는 더 빨리 발생할 수 있다. 전기히터에서 불이 나는 것은 대부분 사용자 부주의로 발생한다. 600도의 복사열이 발생하기 때문에 종이, 가연물은 충분히 불이 붙을 수 있다.

2011년 전국적으로 전기난로로 인한 화재는 245건. 이 가운데 난로를 켜둔 채 자리를 비우는 등 부주의로 인한 화재가 112건으로 절반에 달한다.

　전열기 화재를 예방하기 위해서는 외출할 때 반드시 전원플러그를 뽑아 두어야 한다. 전열기기를 새로 꺼내 쓸 땐 먼지도 화재의 원인이 되므로 잘 닦아 주어야 하는 것도 잊지 말아야 한다.

새 삶을 되찾아 주는 사람들

2009년 2월 20일 새벽 3시 40분경 강동구 천호동 다가구주택 지하 1층에서 불이 났다.

18세의 남학생이 공부하다가 새벽 1시 40분경 전기장판을 켜고 잠자리에 들었다. 갑자기 뜨거운 열기를 느껴 잠에서 깨어 일어나 살펴보니 왼쪽 발아래에서 전기장판에 불이 붙어 타고 있었다. 주위에 소화기를 찾았으나 없었다. 허겁지겁 주방으로 달려가 바가지에 물을 가져 와서 뿌려 보았으나 불길이 잡히지 않았다. 이웃집 아저씨를 깨워 함께 물을 뿌려보았으나 다시 살아나는 불길과 연기를 이길 수가 없었다.

밖으로 나와 휴대폰으로 119에 신고하려 하였으나 휴대폰에 물이 들어가 작동이 되지 않았다. 큰 소리로 '불이야, 불이야' 고함을 질러 주민들에게 알렸다. 안방에는 할머니가 자고 있었는데 이웃주민이 대피를 시켜서 생명을 구했다.

불은 전기장판 내부 열선이 손상되어 일어났다. 강동소방서에서 출동하여 불은 10여분 만에 진화되었으나 가재도구를 온통 잿더미로 만들었다.

화마가 휩쓸고 간 자리는 고통의 시작이었다. 10여 년 전 남편과

헤어진 후 86세의 친정어머니, 고3 아들과 살고 있던 이 씨는 당뇨와
고혈압으로 경제활동이 어려웠다.

그녀는 보증금 1,000만 원에 월세 30만 원짜리 방 두 칸마저 새까
맣게 타버리자 눈앞이 캄캄했다. 친정어머니는 자궁암 후유증에 치
매증상까지 있어 당장 먹고 사는 게 문제였다. 월세도 1년 전 결혼한
딸이 꼬박꼬박 내주고 있는 상황이었다. 화재로 당장 갈 곳이 없어진
그녀는 어쩔 수 없이 딸네 집 신세를 져야만 했다.

화재로 송두리째 모든 것을 빼앗겨 망연자실해 하고 있던 가족들
에게 도움의 손길이 필요했다. 하늘이 무너져도 솟아날 구멍이 있다
는 말은 그녀에게 힘이 되었는지도 모른다. 50여 명의 강동소방서 직
원과 의용소방대원, 자원봉사자들이 그녀를 돕기로 했다. 화재 현장
청소와 폐기물 처리, 의류 세탁을 발 벗고 나서 도와주는 바람에 한숨
을 돌릴 수 있었다.

강동소방서 김종석 화재조사주임은 화재 진압 후 이씨 가족의 딱
한 상황을 알고 도울 수 있는 방법을 고민하다 서울시 119사랑기금
지원대상자로 추천했는데 반가운 소식을 받았다. 지원 대상으로 확
정되어 500만 원 한도에서 집수리와 생필품을 지원받았다.

보일러 배관 공사부터 시작해 전기시설, 도배 · 장판, 싱크대 설치
로 새 보금자리를 찾게 됐다. 김종석 주임은 집수리공사 이후에도 불
편사항이 없는지 보살펴 주었다.

86세의 노모는 충분히 기초생활수급권자로 정부의 지원을 받을 만
했다. 딸이 있으나 소득이 없기 때문이다. 김종석 주임은 이 가족을
도와 줘야 한다는 일념으로 동사무소와 구청을 백방으로 뛰어다니며

정보를 수집했다. 이씨와 직접 천호1동사무소에 방문해 관련 서류를 접수했다. 김종석 주임의 이웃사랑 실천정신은 미담이 되었다. 주민센터 사회복지사도 이런 소방공무원은 처음이라고 칭찬을 아끼지 않았다.

이씨는 삶의 희망을 붙잡고 이렇게 말했다. "노모와 고3 아들을 먹여 살려야 하는데 건강이 여의치 않아 시집간 딸이 생계를 책임지고 있는 어려운 상황에서 불이 나 정말 막막했어요. 소방서 직원들과 이웃들이 아니었다면 우리 가족은 산산조각이 났을 겁니다."라며 감사를 표했다.

그녀는 이 세상에 큰 빚을 졌다며 다시 한 번 삶을 강하게 부여잡겠다고 말했다. 다음은 서울시 홈페이지 '칭찬합시다'에 올린 그 학생의 감사 편지이다.

사람이 세상을 살아가면서 언제나 좋은 일만 생기길 바라지만 실제로는 그렇지도 않는 것 같습니다. 그렇기 때문에 사람들은 자기 자신의 이익을 챙깁니다. 하지만 이번에 큰일을 겪고 나서 자기에게 이익이 생기지도 않으면서 남을 도와주시는 분들을 알게 되어서 그 분들의 이야기를 말하고자 합니다.

우리 집은 천호동에 보증금 1,000만 원 월세 30만 원인 작은 반지하방에 살고 있습니다. 구순을 바라보시는 할머니와 지병이 있으신 어머니, 누나, 아직 고등학생인 제가 살고 있었습니다.

근데 집안의 살림을 책임지는 누나가 작년에 결혼을 하면서 분가를 해서 지금은 단 3명이 집에 지내고 있었습니다. 그런데 2월 20일 새벽 3시경에 저와 할머니가 집에서 자는 도중에 전기장판으로 추정되는 곳에서 화재가 발생하여 저와 할머니만 간신히 집을 빠져나올 수 있었습니다.

추운 겨울날 새벽 3시에 할머니와 저는 잠옷 바람으로 간신히 빠져나와 넋을 놓고 집이 불타는 것만을 지켜봤습니다. 119아저씨들이 오셔서 불은 진화되었으나 집에 있는 냉장고 침대 이불 등 모든 살림살이가 다 타버렸습니다.

갈 곳이 없어진 우리가족은 누나 집에서 신세를 지거나, 절에서 지낼 수밖에 없었습니다. 누나마저 우리를 도와줄 여유가 없어서, 얼마 안되는 보증금마저 집 수리비로 주고 거리로 나앉게 되었습니다.

그런데 화재를 진압하러 오신 강동소방서분들이 우리의 딱한 사정을 아시고 큰 도움을 주셨습니다. 화재로 불타버린 가구 등을 무료로 치워주시고, 소방협회와 사회복지회, 적십자 등을 찾아다니시면서 본인의 일처럼 물심양면으로 힘써주셔서 저희 가족은 다시 희망을 갖게 되었습니다.

소방대원분들의 노력으로 119서울사랑기금을 제공받게 되어 집수리가 가능하게 되었습니다. 또 의용소방대원분들과 자원봉사자 분들께서 집수리와 도배장판 등을 무료로 시공해주셨습니다. 모두 자기 일처럼 노력해주셔서 우리 집은 본래의 모습으로 되돌아가게 되었습니다.

화재 후 우리가족의 살림살이가 집수리만으로는 그다지 좋아지지 않는 걸 안 김종석 소방관님께서 사고원인을 조사하시면서도 곤궁한 가족의 상황을 인지하고 편모가정, 생활보호대상의 신청가능 여부까지 자기 일처럼 앞장서 구청, 동 사무소를 다니시면서 백방으로 힘써주셨습니다.

도와주신 분들을 실망시키지 않도록 더 열심히 공부하고 노력해서 꼭 훌륭한 사람이 되어 이 은혜 보답하겠습니다.

전기장판에 왜 화재가 날까?

전기장판 화재원인에는
- 전기장판 내부 열선 손상과 열 축적이다.
- 온도조절장치(센서) 고장으로 인한 과열이나, 조절장치를 장판에 꽂는 부분 인입선 손상으로 인한 단락 등이다.

지켜야 할 안전수칙 몇 가지를 살펴보면
- 구입시 안전인증을 받은 제품인지 꼭 확인한다.
- 전열기구를 사용하기 전 안전점검은 필수이다.
- 외출 시 전기매트 전원 플러그를 뽑아야 한다.
- 전기장판은 가급적 접지 않은 상태에서 보관해야 한다.
- 전기장판의 온도 조절에 신경을 써야 한다.
- 전기장판을 라텍스 제품과 함께 무심코 사용했다간 불이 날 수 있다.

 라텍스와 전기장판을 함께 사용하면 어떻게 될까?

늦은 밤 시뻘건 불길이 반 지하 방을 집어삼켰다. 전기장판 위에 라텍스 방석을 올려둔 게 화근이었다. 집주인이 전기장판을 켜둔 채 자리를 비운 지 6시간이 지나서였다.

실제로 라텍스 방석이 전기장판의 열을 얼마나 축적하는지 직접 실험해 보았다. 시중에 파는 똑같은 전기장판 2개를 동시에 켜 놓고 한쪽에만 라텍스 방석을 올려놓았다. 2시간이 지나자 전기장판만 켜 놓은 쪽은 30도에서 온도가 멈춘 반면, 라텍스 방석을 올려놓은 쪽은 76도까지 올라갔다.

전기장판이 내뿜는 열이 라텍스 방석을 빠져나가지 못하고 장판과 방석 사이에 갇혀 온도가 급격히 오른 것이다. 라텍스 제품은 다른 제품에 비해서 발화점이 낮기 때문이다.

지난 5년간 발생한 전기장판 화재는 1천여 건, 올해만 4명이 숨지고 13명이 다쳤다. 두꺼운 이불도 전기장판과 함께 쓰면 위험하다.

교육시설 화재 ▼

교육시설 화재 ▼

부산 대아호텔 화재 ▼

제5부 구조의 손길

잉여노동剩餘勞動으로도 불가능한 일
– 천호동 상가 붕괴사고

2011년 7월 20일 오후 3시 43분경 서울 천호동에 있는 건물이 리모델링 공사 중 무너졌다. 구조대가 현장에 도착했을 때 분진이 자욱했다. 바닥은 유리파편으로 어지럽고 먼지를 뒤집어 쓴 행인 10여 명이 인근 병원으로 옮겨졌다. 조적벽으로 쌓은 건물이라 폭삭 주저앉았던 것이다.

구조대는 1층에서 하수관 철거 작업을 하던 인부 2명이 매몰됐을 것으로 판단했다. 우선 매몰자 위치추적을 시도하였으나 별다른 성과를 거두지 못하였다. 음파탐지기를 이용하여 생존자 검색을 하던 중 미세한 느낌을 감지하고 부근을 중점적으로 살폈다.

작은 소리에 집중 하던 중 생존자의 목소리가 들렸다. 해머 소리를 들었는지 L씨가 '살려 달라'고 외쳤다. 한 생명을 살릴 수 있겠구나 싶어 대원들은 흥분을 감추지 못했다. 붕괴된 지 4시간이 지나서 생존자의 음성을 확인 한 것은 큰 수확이었다. 그러나 무너진 콘크리트 1층, 2층 바닥을 들어내는 작업은 쉽지 않았다. 중장비를 활용할 공간이 없을 뿐더러 붕괴가 우려되어 기계를 사용할 수가 없었다.

구조대원 24명은 떡시루처럼 겹쳐진 콘크리트 바닥사이로 한사람씩 돌아가며 들어가 망치와 소형 착암기로 시멘트벽을 파내며 장애물을 제거했다. 더운 열기로 한사람이 작업을 오래 할 수 없어 20분씩 교대로 했다.

추가 붕괴위험이 있었지만 인명을 구조하겠다는 대원들의 열정을 말릴 수가 없었다. 한여름 더위에 흐르는 땀방울과 흙먼지로 뒤범벅이 된 대원들은 가로 세로 1m도 되지 않는 공간에서 사투를 벌였다. 조금이라도 빨리 생존자에게 접근해야 한다는 일념으로 대원들의 손길은 분주했다.

2층 천장을 뚫고 난 뒤, 자정이 넘어서야 1층 천정을 뚫었다. 한사람이 겨우 들어갈 수 있을만한 크기였다. 수직으로 2m 가량 파내려 갔을 때 생존자의 오른팔이 보였다. 좁은 공간이라 비교적 몸집이 작은 김윤하 여자 구급대원이 들어갔다. "많이 아프시죠?" "몸은 괜찮은데 다리가 너무나 아파요." "조금만 기다려주세요. 저희대원들이 최선은 다하고 있어요. 시간이 조금 걸리더라도 용기를 잃지 마셔요. 저희가 꼭 구해드릴게요."

혈압을 체크하였더니 200/100이 측정되었다. 공간이 좁아 엉거주춤한 상태에서 정맥주사를 놓기가 쉽지 않았다. 콘크리트 벽에 팔꿈치를 부딪쳐 상처를 입었지만 팔을 쭉 뻗어 겨우 수액을 투여할 수 있었다.

L씨의 다리는 천장을 받치는 보에 짓눌려 있었다. 층간 콘크리트 더미(40cm)에 끼여 누운 상태였으며 두 다리는 콘크리트 보에 압착된 상태였다.

소방대원, 강동성심병원 정형외과교수, 서울종합방재센터 지도의

사, 강동구보건소 의사가 모여 부상자의 치료방안에 대한 상황판단 회의를 열었다. 강동성심병원 의료진은 빠른 구조를 위해 다리 절단이 필요하다는 판단을 내렸다. 생존자 다리절단 시 작업공간이 부족하다는 문제가 대두되어 작업공간을 더 확보하기로 했다. 하지만 구조대원들은 두 다리를 절단할 수도 있다는 의료진의 얘기를 들었을 때 절망했다.

새벽 4시경 환자상태를 알아보기 위하여 이주상 구급대원이 들어갔다.

"지금 어디가 불편하세요?"

"아우 빨리 꺼내주세요… 제발…"

"조금만 기다려 주세요. 최선을 다해 작업 중입니다. 힘내세요. 곧 나오시게 해드릴게요."

하반신이 거의 마비된 것 같았으나 의식은 또렷하였다. 그는 목이 타는지 "물좀 주세요."라고 말했다. 출혈중이라 물을 줄 수는 없고 거즈에 물을 적셔 입술에 대어 주었다. 생존자의 음성을 듣고부터 10시간 작업을 진행했는데도 구조의 실마리가 보이지 않았다.

생존자가 누워 있는 아래쪽을 파내려 했지만 단단한 콘크리트 바닥이 버티고 있었다. 구조대가 에어백을 이용하여 보를 들어 올리려 했지만 콘크리트의 하중이 너무 커 실패했다.

안간힘을 쓰고 있는 중에 민간건축 구조철거 전문가가 현장에 출동했다. 안씨는 철거 전문가로 베테랑이었다. 그는 소형 착암기로 다리를 짓누르는 보를 10cm씩 잘라내는 작업을 진행했다. 철거현장에서 오랫동안 파괴 작업을 한 탓인지 그의 손놀림은 빨랐다. 구조대원이 잔해를 드러내고 한 시간 이상 작업을 진행했다.

의료진과 구조대원이 좁은 구멍으로 번갈아 기어들어가 이 씨의 상태를 체크했다. 의료진은 오전 5시 46분경 쇄골하 중심정맥을 잡아서 수혈을 했다. 보를 깎아 내어 6시경 왼쪽 다리를 빼는데 성공했다. 그러나 부상자는 10분 후 의식을 잃었다. 구급대원과 의료진은 기관 내 삽관을 시행하였다.

의료진의 노력에도 L씨는 심폐정지 상태에 빠졌다. 심폐정지는 무겁거나 압박하는 장애물이 치워 졌을 때 순환에 장애가 오는 상태다. 만약 구조가 늦어져 응급처치를 못할 경우 사망에 이를 수밖에 없다. 목숨을 건지기 위해서는 의료진이 오른쪽 다리를 절제해야 했다. 현장에 출동한 현윤석 한림대 강동성심병원 정형외과 교수는 쉽지 않은 결정이었지만 환자가 심폐정지에 빠지는 순간 다른 것을 생각할 겨를이 없었다고 말했다.

간신히 건물 잔해에서 끄집어낸 L씨의 몸은 이미 얼음장 같았다. 절제수술에도 피가 거의 나오지 않을 정도로 이미 많은 피를 흘렸다. 남은 오른쪽 다리는 형체를 알아볼 수 없을 만큼 짓이겨져 있었다.

오전 6시 40분 경 강동성심병원으로 이송하며 50여분간 심폐소생술을 시행하였으나 7시 43분경 과다한 출혈과 쇼크로 사망하였다. 무려 15시간의 사투 끝에 L씨는 가족들과 의료진의 희망을 뒤로한 채 유명을 달리고 말았다.

L씨와 함께 작업하다가 매몰된 K씨는 인명구조 탐색 견에 의해 발견되었다. 콘크리트 잔해 아래를 서치 텝 카메라로 촬영하니 사람의 머리와 어깨가 노출되었다. 이미 숨을 거둔 L씨와 2m의 거리에서 옆

드린 채 발견되었다.

   40년이 지난 건물을 안전진단도 거치지 않고 무리하게 보수 공사를 진행한 것이 화근이었다. 정답이 없는 건설현장의 안전주의는 아무리 지나쳐도 괜찮다.

   많은 사람들의 구조 손길 앞에서 소중한 생명이 꺼져갔다. 이 사건을 통하여 생명을 살리기 위해서는 민간구조전문가를 적극 활용해야 한다는 생각을 해 본다.

서울 천호상가 붕괴 ▲

생명生命 프로그램

　예전에 나는 용산소방서에 근무한 적이 있다. 용산 관내의 한강대교 투신사건으로 여러 번 출동했던 기억이 난다. 자살을 시도하는 사람들의 유형은 다양하다. 죽을 의사는 없으면서 밀린 임금을 받기 위해 다리에 올라가서 소란을 피우는 사람도 있었다. 한 순간의 충동으로 난간에 매달렸다가 신고를 받고 출동한 소방관을 보고 내려오는 사람이 있는가 하면, 진짜 자살을 시도하여 수난구조대의 구조를 받는 사람들까지 사연들도 가지각색이다. 한강에서 가장 투신자살자가 많은 다리는 마포대교이다. 최근 5년간 108명이 투신해 48명이 숨졌다고 한다.

　어느 날 '한국 생명의 전화' 사무실에 전화 한 통이 걸려왔다.

　" …… "

　"고민이 있으신가 봐요?"

　한강 마포대교에서 걸려온 30대 남성의 전화였다. 생활고에 우울증까지 겹쳐 인생을 포기하려 했던 이 남성은 생명의 전화 수화기를 집어 들었던 것이다.

　"제가 자살을 하려고 작년에 여기를 왔다 갔는데……. "

　"아, 작년에 왔다 가셨구나…. 바람도 많이 부는데, 추운데 계속 전화 받으실 수 있을지 모르겠네요. 마음이 많이 쓰입니다. "

상담사가 화제를 돌리며 친근히 다가서자 " 겨울에 일을 못 다녔어요. 방세를 밀리다 보니까. 집에서 쫓겨났어요. "

" 많이 어려우셨나 봐요?'

통화는 5분간 계속됐고 그 사이 출동한 119 구급대원들이 남자를 구해 병원으로 옮겨졌다.

생명의 전화는 자살방지를 위해 지난해 마포대교와 한남대교에 설치되었고 올해 상반기 중에 원효대교와 한강대교에도 설치할 예정이다. 나머지 교량은 연차적으로 설치할 계획이다. 지금까지 생명의 전화에 걸려온 상담 전화는 60여 건이며 2건은 실제 구조로 이어졌다. 걸려온 전화에 비해 구조로 이어진 경우는 저조한 편이나 한사람의 생명도 존엄하기 때문에 서비스는 계속될 것이다.

우리나라의 자살률은 2010년 하루 평균 42.6명에 달하고 OECD 국가 중에서 1위를 차지하고 있다. 1년 자살자가 15,000여 명이나 되니 웬만한 전쟁을 치루는 거나 다름없다. 정부는 자살예방을 위해 다각도로 노력을 기울이고 있지만 아직도 한강에서 유난히 많은 사람들이 자살을 시도하고 있다.

자살의 외부 요인 중에 의외로 다른 사람의 자살도 주요인이 된다고 한다. 그래서 전문가들은 자살을 '전염이 강한 질병'이라고 한다. 자살 고위험군이 타인의 자살을 보고 그대로 모방한다는 것이다. 이 것을 '베르테르 효과'라고도 한다. 2008년 유명 연예인 사망 직후인 10월, 자살자 수는 다른 달의 두 배 정도로 늘었다. 대부분이 그 연예인처럼 목을 맸다. 최근 청소년들의 연이은 투신도 베르테르 효과라는 우려를 낳고 있다. 이런 모방 자살은 단기적이지만 집중적이어서 무시할 수 없다. 자살 고위험군에 속해 있는 사람은 언론보도를 보고 모방하게 되므로 언론미디어는 자살 확산의 주요 경로라고 학자들은 말한다. 우리가 자살예방을 위해 해야 할 일은 우선 언론미디어들이 자극적인 자살 보도를 하지 않는 것이다.

다음은 자살률이 증가하자 재작년 서울시의회 행정자치위원이 서울소방재난본부장에게 질의한 내용이다.

"한강대교에서 자살자가 속출하고 있는데 방안을 강구하고 있습니까?"

"다방면으로 자살방지대책을 강구하고 있습니다."

"이렇게 하면 어떨까요? 한강대교에 좋은 시를 걸어두면 자살자가 읽어보고 희망이 생기지 않을까요? 아니면 다리에 그물망을 쳐 두던가요."

걸어둔 시를 보고 감동을 받아 새로운 마음을 가질 사람이 얼마나 되는지 모르겠지만, 자살자가 많다 보니 여러 가지 제안들이 나오고 있다.

서울소방본부는 서울시의회 행정자치위원이 질의한 내용에 대하여 전문가를 모시고 시설물 구조와 안전시설기술심의회를 가졌다. 아주 드문 경우이지만 외국의 경우도 다리에 그물망을 쳐 놓은 곳이 있기는 하다.

캐나다 토론토의 프린스에드워드 비아덕트는 미국 샌프란시스코의 금문교와 함께 세계적으로 자살자가 많은 다리였다. 토론토시의회가 550만달러의 예산을 들여 2003년 다리 위에 설치한 '빛나는 베일'은 자살 방지 시설도 예술이 될 수 있음을 보여 주었다. 9,000개의 철강을 5m 높이, 12.9cm 간격으로 촘촘하게 배치해 경관을 살리면서 제 역할을 해냈으며, 캐나다 건축상도 받았다.

하지만 한강에는 여러개의 다리가 있고 구조물에 그물망을 설치할 경우 경관이 훼손되고, 구조물 안전에 대한 전반적인 재검토가 필요하며, 소요 예산이 만만치 않다는 것이다. 다리라는 건축물은 단순하지 않다. 매서운 강바람과 하루 수 만대의 차량이 만들어 내는 진동을 견뎌내야 한다. 그런 다리에 안전그물망을 설치한다면 얼마 지나지 않아 고정물이 흔들려 또 다른 사고의 우려도 생각해 볼 수 있다.

그물망 신규설치보다 노후 난간을 교체 할 때 난간 높이를 올리는 것이 타당하다는 의견도 있었다. 그물망 설치 대체 방안으로는 CCTV, 방송, 비상전화, 적외선 센서 등 CCTV 영상 감시를 하여 이상 행동을 미리 분석하는 관제시스템을 구축하는 것으로 정리가 되었다. 관제시스템이란 일반 기록용 감시체계를 벗어나 24시간 위기상황 관제체계를 갖추고 운영중인 서울종합방재센터 관제 지령 시스템을 연계하여 위기상황을 알리는 시스템을 말한다.

또 다른 대책으로 자살의도자의 정신 전문의 상담을 위해 SOS 긴급 비상전화를 설치했다. 상담 운영은 서울종합방재센터와 자살 예방센터, 제3자간 통화시스템을 연계하여 실시한다. 한강대교에 설치한 '생명의 전화'는 24시간 통화가 가능하다. 자살을 시도하려는 사람을 상담사가 설득하여 자살을 막는 것이다. 자살을 하는 사람들은 본인의 삶이 실패했다고 여겨 모든 것을 내려놓으려는 사람들도 있고, 사랑하는 이와의 결별을 결심하는 이들도 있다.

자살의 유혹에서 헤매던 사람의 "그 시간은 다 지나간다."는 말이 생각난다. 살다보면 정말 어느 순간 거짓말처럼 자살의 욕망은 홀연히 사라진다. 더 살아보면 세상이 우호적으로 바뀌지 않더라도 내 생각과 시야가 바뀌면서 '살아볼 만한 세상'을 발견하는 경험도 하게 된다. 그래도 자살 유혹이 떨쳐지지 않거든 꼭 가까운 정신과나 정신건강상담전화, 한국자살예방협회 등에 도와달라고 청할 것을 권한다.

자살을 시도하는 사람들에게 필요한 것은 무엇일까. 그들에게 필요한 것은 철제 펜스도, 훌륭한 글귀도 아니다. 가장 중요한 것은 진심이 담긴 해결방안이다.

자살을 예방하기 위해서는 무엇보다도 살 만한 세상을 조성하고, 긍정적인 습관을 들이는 교육이 해답이 아닐까.

김병만 씨가 아프리카 오지에서 체험하는 장면을 TV에서 본 적이 있다. 밀림에서 살아남기 위해서는 자신과의 싸움뿐이었다. 문명을 이용할 수 없는 상황에서는 생존을 위해 악착같이 극복해 낼 수 있는 것은 오직 정신뿐이다.

우리는 열심히 살아가고자 하는 정신과 살아 있음에 감사하는 마음을 가지고 오늘도 내 앞에 주어진 시간들을 충실히 채워가야 한다. 좌절의 순간이 왔을 때도 포기하지 않고 인생이란 경주에서 마지막 순간까지 멋지게 완주하는 상상을 갖고 인내해야하지 않을까.

인생人生은 마라톤이다

우리는 외로운 길을 가는 사람이다.

되풀이 되는 희로애락의 굴레 속에서 수많은 고난을 만날 때마다 우리는 혼자가 된다. 앞만 보고 달리다가 돌부리에 걸려 삶의 좌절을 맛보기도 하고, 뒹구는 낙엽을 밟으며 지난 세월을 아쉬워하기도 한다.

거리를 방황하다가 산 너머 저무는 해를 무심히 바라보며 "왜 살고 있는가, 어떻게 사는 것이 잘 사는 것인가" 자문할 때가 있다. 마음의 갈피를 잡지 못하는 방랑의 바람과 일상의 권태를 어디서부터 도려내야 할지 모른다.

몇 년 전 주식투자가 유행병처럼 번질 때가 있었다. 남들이 재미를 본다고 하는 말에 너도 나도 뛰어 들었다. 그 대열에 동참을 하지 않으면 시대 흐름을 모르는 사람처럼 취급되었기 때문이다. 빚까지 얻어 투자했다가 결국엔 헤어나지 못하고 좌초되어 주위를 안타깝게 하는 일이 벌어졌다. 정체성 없이 이리 저리 몰려다니다 보면 내 의지와 상관없이 떠다니는 부평초가 되기 마련이다.

삶에는 정답이 없다. 정답이 없다는 말은 정확한 답이 없는 것이 아니라 정해진 답이 없다는 말이다. 똑바로 쳐다 보고 길을 가다보면 내가 찾는 나만의 정답이 있는 것이 인생이다.

세상의 흐름이 너무 빠르다. 가끔은 '느림의 미학' 같은 따뜻한 정이 그립기도 하다. 우리는 빠르고 단순한 판단으로 중요한 것을 놓치는 경우가 많다. 지나치게 고민하는 것도 삶의 흐름을 막지만 감정을 앞세운 단순한 판단은 함정이 될 수도 있다.

2012년 9월 28일 중랑구 면목역 부근에서 자살을 하겠다는 민원이 수보되었다. 중랑소방서 망우119안전센터 남형관 부센터장이 대원들과 출동했다. 대원들은 늘 접하는 신고가 아니라 긴장을 했다.

민원인의 마음을 안정시키기 위하여 전화로 응대하며 위치를 추적하였다. 면목우체국 앞에서 60대 초반으로 보이는 남자가 손을 흔들어 자신임을 알렸다. 대원들은 차를 갓길에 정차하고 민원인의 상태를 확인한 후 대화를 시도했다.

민원인은 특정한 직업이 없었다. 10년 전 조그만 사업으로 돈을 모았지만 주식으로 재산을 탕진하였다고 했다. 인생의 실패자가 된 그는 주식에 손을 대지 않겠다고 작심하였다. 그러나 그가 허황된 꿈을 버리고 일상으로 돌아오는 것은 쉽지 않았다. 가족 몰래 다시 주식을 시작하여 자식이 벌어놓은 돈까지 날려 버렸다. 10억여 원을 주식으로 날린 그의 상실감은 삶의 의지마저 날려 버렸다.

자살을 시도한 것은 아니지만 대원들은 자리를 뜨지 못하고 그의 하소연을 들어주며 마음을 안정시켰다. 만일의 경우를 대비하여 경찰에 연락하고 안전하게 귀가 하도록 조치하였다.

그는 돈을 잃고 상심한 자신의 얘기를 들어줄 사람이 간절히 필요했던 것 같다. 구조대원은 사건을 처리하는 것만큼 사고를 미리 방지하는 일에도 구조가 필요하다는 생각을 했다. 민원인과 '아픔을 함께 하는 소방관'으로서 출동은 보람이었다.

우리나라는 2003년 이후 9년 연속 경제협력개발기구(OECD) 회원국 중 자살률 1위를 기록하고 있다. 국민 6명 중 1명이 심각하게 자살을 고민한 적이 있고, 100명 중 3명은 실제로 자살을 시도했다는 조사 결과도 있다.

몇일 전 인천의 한 아파트에서는 생활고를 비관한 모녀가 연탄불을 피워놓고 동반자살했다. 대구에서는 기초수급자로 생활하던 40대 엄마가 중고생인 두 딸과 함께 가스레인지에 착화탄을 피워놓고 자살했다. 서울에서는 병원비를 감당 못한 70대 할머니가 아파트에서 투신자살했다. 벼랑 끝에서 몸을 던지는 사람들의 행렬이 끝이 없다.

절망은 점점 커지고 희망이 사라지면서 자살을 택하게 된다. 재벌 그룹 회장이나 인기 연예인의 자살에서 보듯이 돈이 많고, 인기가 높아도 희망이 사라지면 자살을 택하는 것이다. 더 이상 불행할 수 없을 것 같은 사람이 웃으며 사는 것은 절망보다 희망이 크기 때문이다.

우리는 인생이란 기나긴 마라톤 경주에서 잠시 숨고르기 할 시간이 필요하다. 나만의 정답을 찾기 위해서도 말이다. 부정보다 긍정의 마음으로 삶을 대하면 절망 속에서도 희망의 불꽃을 피울 수 있다. 세상사 다 마음먹기 나름이다. 때로 용기를 잃고 낙담할 수도 있다. 그러나 그 수렁에서 탈출하려는 노력을 하지 않는다면 결국 인생의 낙오자가 될 수 밖에 없다.

실족失足

어느 누구도 위험으로부터 자유로울 수는 없다.

올해 71세인 장씨 할아버지는 주말이면 늘 산을 찾는다. 2012년 6월 23일 토요일 오전 더위가 한층 기승을 부렸다. 친구 4명과 함께 북한산 향로봉에서 비봉으로 올라가는 중턱에 이르자 두 갈래 길이 보였다. 양 손에 스틱을 잡고 어느 길을 택할까 생각하면서 먼 산을 보며 발을 내딛었다. 그런데 내딛는 한발이 바위에 미끄러지면서 '앗' 소리와 함께 정신을 잃었다. 손을 써볼 사이도 없이 78kg의 체중이 3m 아래 낭떠러지로 거꾸로 떨어지면서 이마를 돌바닥에 부딪친 것이다. 탁 하는 소리를 들으며 정신을 차렸을 때 이마에서 피가 흘렀다. 다행히도 뒤 따라오던 학생들이 응급처치해 환자를 안정시켜 주었다고 했다.

종로소방서 신영119안전센터 구급대와 종로 구조대가 현장에 도착 했을 때는 북한산 국립공원 관리사무소 직원들이 지혈 후 붕대로 드레싱과 목 고정 장치를 착용하여 응급처치를 해놓은 상태였다. 구조대는 즉시 헬기를 요청했다.

주위를 둘러보니 뾰죽한 돌들만 보였다. 정수리로 떨어졌거나 울퉁불퉁한 돌에 이마를 부딪쳤더라면 중상이었을 것이다. 생각만 해도 아찔한 순간이다. 추락하면서 이마에 3센티 열상과 우측 눈 위에 반상출혈, 좌측 슬관절에 찰과상을 입었을 뿐이다. 의식 소실은 없었고 출혈량도 소량이었다. 약간의 목통증만 호소했다.

요즘 몸이 많이 좋아졌는지 내가 안부 전화를 했을 때 그동안 경황이 없어서 119구조대에 감사의 전화도 못했다며 반가워했다. 소방 헬기로 후송되어 통원치료를 받고 지금은 많이 완쾌 되었지만 그때의 충격으로 아직도 목이 뻐근하다고 했다. 그는 사고를 당하기 전에는 한강 이북에 있는 한북정맥도 종주를 했고 외국에 나가서 등산할 정도로 산을 좋아했다고 한다. 학교장으로 정년퇴임을 하고 탁구와 테니스를 치면서 체력을 단련시켜 순발력도 있는데 왜 그날 산에서 미끄러지면서 정신을 잃었는지 이해가 되지 않는다고 했다.

혼자서 산을 오르다 이런 사고를 당했다면 어떻게 되었을까. 생명에 위험이 있었을지도 모른다. 산행은 최소 2인 1조로 하는 것이 기본이다. 무리한 등반은 체력을 급속히 소모시키므로 자신의 신체리듬에 맞춰서 즐겨야 한다. 숲이 우거진 지역에서는 독사나 곤충에 물리지 않도록 신체 노출부위를 최소화 하는 것도 산행의 기본 원칙이다.

 산에서 사고 신고를 할 때는 어떻게 하지?

산에서 사고 신고를 할 때는 현재 위치를 정확하게 알리는 것이 중요하다. 유명한 장소나 상징물을 안내하면 된다. 상징물이 없다면 어떻게 할까?

그럴 땐 산악위치표지판을 참고하면 된다. 전국의 주요 산에는 소방서에서 설치한 위치안내 표지판이 있다. 산을 오르다 표지판을 발견하면 위치정보를 기억해 두자.

중심을 잃다

눈이 내릴 때 산행은 주의를 요한다

겨울철에는 갑자기 눈이 내릴 수 있어 미끄럼을 방지하는 아이젠과 방한장비를 꼼꼼히 준비해야 한다. 2011년 1월 23일 오후 12시경 '북한산 산행 중 추락'이라는 수보가 접수되어 은평소방서 구조대가 출동했다.

구조 대상자는 61세의 남성으로 북한산 중턱에서 바위에 덮힌 눈에 미끄러져 3m 아래로 추락했다. 그가 집을 나설 때 눈이 내리지 않아 아이젠을 준비하지 않은 것이 화근이었다. 산에서 내려올 때 갑자기 눈이 내리기 시작하더니 금세 산길을 지워 버렸다.

그는 내려오다가 바위 위에 쌓인 눈에 미끄러져 더 이상 걸을 수가 없었다. 우물쭈물하는 그를 보고 주변 사람이 간이 아이젠을 빌려주었다. 엎드려서 아이젠을 차는 순간 중심을 잃고 바위에서 추락하였다. 환자는 발목이 부러져 움직이지 못했다.

기세훈 선임대원은 헬기를 요청해야 할 상황이었으나 몰아치는 눈보라로 출동이 어려웠다. 할 수 없이 구조대는 들것으로 부목을 고정, 로프를 활용하여 바위 위로 끌어올렸다. 대원들은 들것을 앞뒤에서 메고 산을 내려와 구급차로 이송했다. 그는 발목 뼈가 부러져 10

일간 병원 신세를 져야만 했다.

눈꽃의 향연이 펼쳐지는 겨울산행은 상상만으로도 즐겁다. 하지만 설경을 감상하려면 빙판길에서 안전을 먼저 생각해야 한다. 겨울해가 짧기 때문에 오후 4시 이전에 하산할 수 있도록 코스를 잡는 것이 좋다. 2주가 지난 후 함께 산행했던 딸이 감사의 글을 서울시 홈페이지에 올렸다.

은평소방서 구조대원분들께 감사 인사를 전하고 싶습니다.

벌써 2주 전이네요.
겨울철 산행이 위험할 수 있다는 것은 누구나 알고 계실겁니다.
그렇지만 뒷산에 잠시 운동을 하러 나선 저랑 아빠는 가벼운 차림으로 쉽게 겨울산에 올랐다가 큰 사고를 당하게 되었습니다.
등산로를 즐기고 북한산의 둘레길을 걸으며 산을 즐기고 불광동쪽으로 하산할 때였습니다. 하얀 눈발이 날리기 시작해서 산이 무척 아름다워 지더군요. 설경에 취해, 살짝 눈이 덮이기 시작한 바위 위를 저는 겁도 없이 운동화만 신은 채로 지나가게 되었습니다. 바위 중간쯤에서 너무 미끄러워 엉거주춤 엎드렸는데, 그대로 미끄러져 바위 아래로 떨어졌어요.
천만 다행으로 바위 둔턱에 떨어져서 발등이 조금 아팠지만 크게 다치지는 않아 스스로 나무 덤불쪽으로 거슬러 올라오고 있었습니다. 아빠는 바위위에서 주변 분들의 권유로 아이젠을 착용하고 계셨는데 중심을 잃고 바위 아래쪽으로 미끄러 떨어지셨습니다. 저처럼 괜찮으실 줄 알았는데, 급히 다가가 보니 발목이 부러져서 다른 방향으로 꺾여 계셨어요.
그 때를 다시 생각하면 지금도 마음이 떨리고 아찔합니다. 등산로는 머리위쪽으로 3미터도 더 떨어진 것 같았어요. 다행스럽게도 등산객들이 많은 일요일 한 낮이라 여기저기에서 119에 신고를 해 주셨어요. 제가 직접 119신고를 해야 위치정보 확인을 할 수 있다 하여 저도 신고를 했지요. 구조대원분들을 기다리는데 시간이 얼마나 더디 가든지요. 얼마나 지났을까 119구조대가 도착을 했습니다. 얼마나 안심이 되고 의지가 되든지요.

그리고 일사천리로 구조가 진행되었습니다. 몸무게도 많이 나가시는 아빠를 두 분이서 앞뒤로 메고 내려오시는데 감사하고 죄송스럽고 그 기분을 어찌 표현해야 좋을까요. 정말 너무 너무 감사했습니다. 미끄러운 눈길을 등산객들보다 빠르게 내려오시는 모습이 어찌나 듬직하고 멋있으시던지 그 순간에도 감탄을 하고 말았네요.

정말 119구조대원 분들은 최고였습니다. 하지만 이분들은 항상 이렇게 위험 속에 계시는구나 하고 안쓰러운 마음과 걱정스러운 마음이 앞서더라구요. 요즘은 또 갑작스런 기후 변화로 산에서 일어나는 사고가 많다고 하던데, 얼마나 고생하실지 눈에 보이는 듯 했습니다.

북한산에 담당 산악팀이 따로 있는 줄 알았는데, 그게 아니고 은평 소방서 소속 구조대원분들이 도와주신 거라고 들었습니다. 북한산에는 따로 구조 산악팀이 없다고 하더라구요. 소방업무에 구조업무에 구급업무에 산까지. 과중한 업무에 119 대원 여러분들의 건강이 상하지는 않을려나 걱정이 되네요.

저희는 덕분에 아빠는 수술 잘 받으시고 입원해 계시구요, 저도 깁스를 했네요. 괜찮은지 전화도 주셔서 정말 송구스럽고 감사했습니다. 정말 나랑은 상관없는, 멀게만 느껴지던 119 였는데, 이번에 이렇고 도움을 받고 보니 바로 곁에 119 가 있다는 것이 느껴져 마냥 든든합니다. 정말 다시 한 번 감사합니다. 오늘도 어디선가 위험을 맞서고 계실 119 대원님들을 앞으로도 영원히 응원하겠습니다.

2011년 2월 7일 송○○

산악구조는 우리에게 맡겨다오 ▼

서울 도봉산 산악인 인명 구조 ▲

사람을 찾아주세요

사람의 생명은 한 순간의 잘못된 판단으로 생명의 위험에 빠질 수 있다. 살다보면 예기치 않은 일로 고난을 겪지만 그 순간만 지나면 내일을 살아가는 원동력이 될 수 있다.

2012년 2월 채무에 시달리던 30대 남자가 나무에 목을 매 자살을 기도할 때 아내의 신고를 받고 수색에 나선 119구조대가 극적으로 구출했다.

경기도 평택소방서에 남편이 죽겠다는 말을 남기고 나갔다는 부인의 신고가 접수됐다. 평택소방서는 30대인 남편의 휴대폰 위치 추적을 통해 30분 만에 경기도 안성시 원곡면 외가천리 주변 기지국에서 신호를 확인하고 안성소방서에 연락했다. 안성소방서 공도119 대원들은 일사분란하게 현장에 출동했다.

지방의 기지국은 반경 1km 이내의 신호를 잡을 수 있다. 소방대원들은 자살자가 찾을 법한 야산으로 수색에 나서 15분 만에 반제저수지 모텔부근에서 K씨의 이스타나 차량을 발견했다. 차에서 50m쯤 떨어진 산 중턱에 K씨가 나무에 목을 맨 채 매달려 있었다. K씨는 완전히 의식을 잃지는 않은 상태였다. 병원으로 옮겨진 K씨는 신체에 아무 이상이 없었다. 현장에 출동한 대원들은 2~3분만 늦었어도 아까운 목숨을 잃을 뻔했다고 전했다.

자살을 기도하는 사람들의 심리를 파악하는 직관이 생명을 구한 것이다. 장소 예측이 적중한 데다 행운이 겹쳐 목숨을 살린 것이다. 통신기술의 위치추적도 생명을 구하는데 중요한 단서가 되었다.

위치추적 요구에 대한 안타까운 사례도 있다. 며칠 전 60대로 보이는 한 아주머니가 상기된 얼굴로 울먹이면서 민원실을 방문했다. 30대 중반의 아들이 가출해 7개월간 연락이 없다는 것이다. 핸드폰은 본인이 통화할 때만 잠깐 켜놓고 거의 대부분 꺼 놓고 있어 애가 탄다고 하였다. 즉시 방재센터에서 위치추적을 했으나 핸드폰이 꺼져 있어 불가능했다.

위치추적 요청이 있었으나 거부되어 논란이 된 사례도 있다. 2004년 8월 24일, 지리산을 등반하던 40대 남자 등산객의 실종 사건이다. 실종자를 찾기 위해 통신사 측에 실종자의 휴대전화를 통한 위치 정보의 추적을 요청하였다. 그 당시 통신비밀보호법에는 범죄사실 확인 외에는 위치추적을 할 수가 없었다. 등산객은 실종 23일 만에 발견되었으나 이미 숨을 거둔 뒤였다.

이 사건을 기점으로 관련 사항이 논의되어 개인의 위치정보 보호에 관한 법률이 제정되고, 2005년 4월 1일부터 시행되었다. 위치추적 서비스를 시작할 때만 하더라도 쓸데없는 예산의 낭비라는 의견이 분분하였다. 통신 서비스 적용은 경찰이 해야하는 것 아닌가 하는 우려의 목소리도 높았다.

세상이 복잡해지고 다변화하면서 스트레스로 인한 자살 사건이 많이 발생한다. 수많은 자살 사건을 미연에 방지하기 위해서는 첨단기술이 동원되어야 아까운 목숨을 살릴 수 있다.

지금은 법이 완화되어 경찰과 소방이 위치추적을 공조하여 범인을 검거하기도 한다. 하늘나라에서 가족의 행복한 모습을 지켜보겠다는 내용의 유서를 써놓고 가출한 대학생의 소재를 공조 추적하여 여관에 투숙 중인 것을 발견, 무사히 가족에게 인계한 사건도 있었다.

애플의 아이폰이 국내에 보급되면서 사용자의 동의를 얻지 않고 개인 위치 자료를 무단 수집하는 아이폰사를 이용자 수천 명이 단체로 소송을 걸었던 일이 있다. 위치 정보도 소중한 개인정보의 하나로서 보호받아야 마땅하다. 개인의 정보를 경찰청에서 관리하든 소방서에서 관리하든, 믿을 수 있는 국가의 공무원이 관리한다는 점에서는 크게 걱정할 필요가 없을 것이다. 실제로 위치추적 서비스는 본인 혹은 2촌 이내의 친족과 배우자 그리고 민법에 따른 후견인에 한해서만 이용할 수 있다. 요청 사유로는 단순 가출부터 자살 혹은 투신기도, 약물 복용 등이 있다.

그러나 부부싸움을 근거로 한 가출에는 적용되지 않는다. 이런 경우에는 대단히 위급한 것처럼 말하기 때문이다. 실제로 위치추적 기능의 서비스를 하고 있는 담당자는 추적이 원활한 지역은 수백만 명이 휴대전화를 사용하고 있는 도심 지역보다는 인적이 드문, 상대적으로 사람이 적은 외곽이나 교외 지역이라고 말했다.

휴대전화의 기종에 따라 다르지만, 대체로 탐색할 수 있는 범위는 기지국을 중심으로 도심지역은 500m인데 비해 교외 지역에서는 반경 1km까지도 추적할 수 있다. 도심지역은 이용자가 많고 감당할 수 있는 기지국의 숫자도 많기 때문이다. 2011년의 서울지방의 기록을 보면 위치추적조회 서비스를 신청한 37,458건 중 실제로 실종자를 찾은 경우는 250건으로 1%도 되지 않았다. 치매 노인을 허허벌판에서 찾았다는 사례도 있었다. 더러는 찾아보니 집 안에 있는 경우가 많아서 실질적인 성적이 그다지 좋지만은 않다.

과학이 무한대로 발전하고 있는 지금 위치추적 서비스를 강화할 필요가 있다고 생각한다. 핸드폰이 꺼진 상태에서도 위치추적이 가능한 기술이 개발된다면 쓰러져 가는 소중한 생명을 구하는데 유용하게 사용할 수 있지 않을까.

 낯선 곳에서 도움을 요청할 땐 전신주 고유번호를 알려 주세요

사람의 주민등록번호처럼 전신주에도 고유번호가 있다는 사실을 아시나요? 전신주 은색 표지판에는 8자리의 고유번호가 표기돼 있습니다.

이 번호는 지리정보 시스템에 등록 되어 있어 쉽게 위치를 파악 할 수 있습니다. 이제 낯선 곳에서 도움을 요청할 땐 전신주 고유번호를 알려 주세요.

빌려줄 수 없는 것

　밀폐된 공간에서 휴대용 부탄가스 난로 사용은 위험하다.

　2012년 4월 2일 새벽 1시 위치추적 출동 명령을 받고 성북소방서 돈암119안전센터 펌프차가 출동하였다.

　출동 중에 유호열 부센터장이 신고자와 전화통화를 했다. 여동생이 빚을 받으러 승용차를 타고 아침 일찍 나갔는데 밤늦도록 통화가 안 된다는 내용이었다. 채무자는 커피판매차량을 운행하면서 생계를 유지하는 사람이었다.

　대원들은 신고내용을 파악하고 종합방재센터에 경찰을 출동시켜 달라는 요청을 하였다. 대원들은 돈암동에 있는 아파트 기지국으로 출동했다.

　위치추적은 구조대상자가 있는 정확한 장소를 알려주는게 아니라 인근기지국의 위치를 알려주기 때문에 위치추적으로 사람을 찾는다는 것은 어려운 일이다. 반경 1km를 수색해야 하기 때문이다. 마치 서울에서 김 서방을 찾는 격이다.

　아파트단지에는 수백 대의 차량이 주차되어 있었다. 칠흑같이 어두운 밤, 손전등으로 차량을 수색 한지 20여분 만에 커피판매차량이 눈에 들어왔다. 이 근처 어딘가에 있겠다 싶어 차량을 살피던 중 35

세의 채권자가 타고 나갔다는 SM3 차량을 발견하게 되었다

운전석에 여성이 몸을 뒤로 젖힌 채 거품을 물고 있었다. 차량 안에는 부탄가스 2개, 보조석 위에 휴대용 부탄가스 난로가 놓여 있었다. 가스를 이용한 자살이 의심되어 차량 뒷문의 유리를 파괴하고 문을 개방하였다. 밀폐된 공간에서 휴대용 부탄가스 난로를 켜 산소가 부족해지면서 질식된 것으로 보였다. 의식이 전혀 없는 상태였다. 119구급차로 인근 서울대 병원으로 신속히 이송하였다.

이번 사건은 대원들의 판단이 적중했다. 빚을 받으러 나간 사람이기 때문에 사고위험에 노출되어 있을 것이란 판단으로 현장 주변을 철저히 수색한 결과였다.

환자의 근황을 알고 싶어 신고자에게 내가 전화했을 때 언니가 받았다. "빨리 발견 되어서 얼마나 다행인지 몰라요. 구조가 조금만 지체 되었더라도 동생은 이 세상 사람이 아닐 거예요."라며 울먹였다.

그녀는 산소호흡기에 의존하며 보름이 지나서야 의식이 돌아 왔다. 한 달간 병원에서 치료 받은 후 퇴원하여 건강하게 지낸다고 하였다. 채무자는 주식투자에 손을 댔다가 돈을 잃었다고 했다.

그날 그녀는 채무자를 만나기 위해 차안에서 기다렸다. 어두워지자 한기를 느꼈지만 기름 값을 아끼기 위해 창문을 닫고 부탄가스 난로를 켜놓았던 것이다. 시간이 지나면서 차안의 유독가스로 정신을 잃었다. 자신의 행동이 얼마나 위험한 것인지 나중에야 알았다고 한다. 휴대용 부탄가스 난로는 밀폐된 공간에서 산소가 부족해지면 일산화탄소나 불완전연소가스를 발생시킨다.

그녀는 빌려준 돈을 받으러 나갔다가 목숨까지 빌려줄 뻔했다.

차車 좀 빼달라고

길을 가다가 잠시 쉴 때도 쉴만한 자리인지 잘 살펴야 한다. 순간적으로 위험에 노출될 수 있다.

동작소방서 119구조대 대기실에서 지준영대원은 잠깐 졸았는지 "구조출동" 사이렌소리를 듣고 정신이 번쩍 들었다. 2012년 1월 20일 새벽 3시, 대원들은 후다닥 몸을 일으켜 출력되는 지령지를 받아들었다. 자동차에 사람이 끼었다는 내용으로 교통사고로 의심되었다.

무전에서도 차 밑에 사람이 끼었다는 내용이다. 언제나 그렇듯 고통스러워하는 모습을 보는 게 좋지 않아 걱정되는 마음으로 현장에 도착했다. 그런데 40대로 보이는 한 여성이 멀쩡한 상태로 오히려 큰소리를 내고 있었다.

"부끄러우니까 빨리 차 좀 빼달라고~, 뭘 그렇게 꾸물거려, 얼마나 추운지 니들이 아냐?" 그녀는 친구들과 어울려 술을 마시고 집으로 돌아오다 술에 취해 쏟아지는 잠을 이기지 못해 담벼락에 기댄 채 잠이 들었던 모양이다. 머리부터 발끝까지 검은색으로 치장하고 있어서 미처 사람이 있는 것을 보지 못한 운전자가 그녀 옆에 주차를 해버린 것이다.

차가 조금만 더 후진했더라면 큰 사고가 날 뻔 했지만 그녀는 차와

벽 사이에 끼어 있었다. 엄동설한에 그것도 치마를 입고 있었기에 몸이 꽁꽁 언 상태로 3시간이나 끙끙대다가 신고를 한 것이라고 했다. 몸을 빼려다가 치마가 찢어져서 추위를 이기려고 윗옷을 다리에 덮고 최대한 움츠리고 있었다는 말에 사고는 어이없는 것으로부터 시작된다는 것을 다시 한번 깨달았다.

그 연유를 모르는 사람들은 취객이 차사이로 들어가서 난동을 피우는 것이라고 생각했다. 억울하게 피해를 입은 그녀는 육두문자를 쓰면서 꺼내달라고 화를 냈다. 누가 봐도 우스꽝스러운 상황이다. 가까이에서 본 그녀는 목소리만 높았지 추위에 부들부들 떨고 있었다.

상황을 파악한 구조대는 에어매트를 이용하여 차체를 들어 올리고 그녀를 꺼냈다. 언성이 높았던 모습은 간데없이 사라지고 나오자마자 손을 붙잡으며 고맙다는 말을 잊지 않았다. 추위에 오래 노출된 탓인지 손이 얼음장같이 차가웠다.

지준영대원은 동계훈련 때 구매했던 핫 팩을 그녀의 손에 꼭 쥐어주었다. 언성 높던 그녀의 눈에서 눈물이 흘렀다. 접시 물에 빠져 생명을 잃는 다는 말이 농담으로만 들리지 않는 사건이었다.

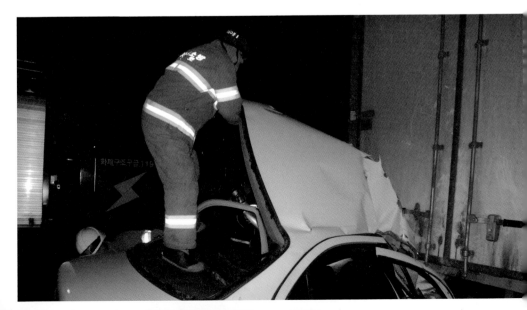

틀니를 찾아서

조그만 도움이라도 그것을 받는 사람에게는 큰 위안이 되기도 한다.

2012년 1월 15일 아침부터 강추위로 대원들이 사무실에서 따뜻한 녹차로 몸을 녹이고 있을 때였다. 띵동~띵동~ 익숙한 구조출동 벨소리와 함께 지령지에 "틀니 빠짐"이라고 접수되어 있었다. 영등포소방서 119구조대가 출동했다.

장소는 소방서에서 불과 70m 정도 밖에 떨어져있지 않았다. 웬 틀니지? 75세 가량 되시는 어르신 한분이 난처한 표정을 짓고 서 계셨다. 얼굴과 손이 꽁꽁 언 채로 대원들에게 연신 죄송하다고 하며 정황을 설명했다. 음식을 먹고 체하여 구토를 하는 과정에서 틀니가 하수도에 빠졌다고 했다. 혼자 힘으로 꺼내보려고 30분을 씨름하다 결국엔 구조대에게 요청한 것이다.

처음에는 하수도 철창 사이로 랜턴을 비추어보았지만 보이지 않았다. 할 수 없이 하수도 뚜껑을 들어내려고 했지만 꽁꽁 얼어서 열리지 않았다. 결국 쇠망치와 지릿대를 가져와서 20여분 정도 얼음을 깨고 두드린 후에야 드디어 뚜껑이 열렸다.

뚜껑을 연후에 하수도구멍 사이를 쇠꼬챙이로 5분여 정도 계속 긁어보았지만 틀니는 발견되지 않았다. 어르신은 강추위에 작업하는 대원들을 보고 계속 미안한 표정이었다. 틀니가 없으면 당장 음식물을 씹지 못하시니. 새로 만들자면 며칠이 걸릴 것이고. 대원들은 추워서 몸이 얼어붙었지만 빨리 틀니를 찾아 드려야 어르신의 마음이 편하시겠다는 생각이었다. 하수구 깊이는 150cm 정도 되어 보였다.

이기원 대원이 외투를 벗고 하수도에 거꾸로 들어가서 쇠꼬챙이로 꺼내기로 하였다. 뒤에서는 다른 대원들이 떨어지지 않게 다리를 꽉 잡아주었고 거꾸로 엎드린 채 랜턴을 비춰보았다. 깊숙한 곳에 쓸려 내려가기 직전인 틀니가 보였다.

그 순간 산삼이라도 발견한 듯 기뻤다. 처음에는 별걸로 다 부른다고 약간은 귀찮은 마음이었고 하수도에 들어갈 때는 더러워서 꺼림칙하기도 했다. 틀니를 받은 어르신은 계속 "감사합니다, 감사합니다"를 반복하였다. 어르신의 기뻐하는 모습을 보고 대원들은 부끄러워졌다.

틀니를 찾지 못했다면 어르신께서 얼마나 실망했을까. 소방서에 복귀하여 샤워를 하고 옷을 갈아입느라 번거로웠지만 날카로운 강추위도 대원들의 마음까지 얼어붙게 하진 못했다.

뜻하지 않은 구조救助의 손길

예상치 못한 곳에서 구조의 손길이 기다리고 있다.

2012년 2월 7일 한강은 여느 때와 다르게 바람이 거세고 백파가 일었다. 바람은 매섭게 불었지만 대원들은 활기차게 아침 교대 점검을 했다.

겨울에는 추위로 레귤레이터 부분 동파가 자주 발생한다. 근무 교대 시 장비점검과 안전수칙을 철저히 숙지할 수 있도록 팀원들이 서로 의견을 교환한다. 기상악화를 가상하여 위험예지훈련을 하였다. 어떠한 위험이 잠재하고 있는가.

구조대는 오전 10시경 반포구조대 부지를 확인하고 수난안전순찰과 병행해서 동작대교로 이동하면서 순찰 중이었다. 멀리 동작대교 남단 200m 지점에서 요트가 바람에 요동쳤다. 요트에 있던 두 사람이 손수건을 흔들며 도움을 요청하였다. 구조정은 계속 요트 쪽으로 이동하면서 상황을 주시했다.

5분 정도가 흘렀을까 바로 출동명령이 내려졌다. 예상대로 표류 중이었다. 40대로 보이는 그들은 극도의 불안과 추위에 떨고 있었다. 대원들은 로프를 이용 요트를 고속 구조정에 연결하여 인양했다. 요트에 타고 있던 두 사람을 구조정에 옮겨 태웠다.

한강의 바람은 매서웠다. 이들은 온몸이 젖어 얼굴은 일그러졌고 외투가 얼어붙어 있었다. 체감온도 영하 20도, 저체온중이나 동상이 우려되었다. 담요를 덮어 몸을 감싸고 히터를 틀어 체온을 높여 주었다. 그들은 대원들의 손을 꼭 잡고 "우리는 구조대가 오기를 애타게 기다리고 있었어요, 오래 지체 되었더라면 어떻게 됐을까요?"라며 고마운 마음을 표시했다.

사고는 부주의에서 발생했다. 그들은 거북선 나루터 선착장에서 닻줄을 물속에 내려놓았는데 철저하게 점검을 하지 않은 로프가 끊어져 표류하게 된 것이었다. 휴대폰도 소지하지 않아 계속 표류했다면 생명이 위험한 상황이었다.

백광철 대원은 선착장에 요트를 정박시킬 때 2, 3차 로프를 이용하여 안전을 확보하도록 안내했다. 사무실에 도착한 대원들은 출동에 대한 이야기꽃을 피웠다. 표류중인 사람들이 구조대를 보고 "이제는 살 수 있구나."라고 생각했다는 말에 누군가에게 생명의 믿음을 준 기쁨으로 모두 뿌듯해 했다.

혹한의 날씨에도 위험에 노출된 생명을 구하기 위해 노력하는 대원들의 모습은 종종 얼어붙은 날씨도 녹이는 난로가 된다.

안전벨트는 생명선生命線이다

안전벨트는 생명선이다.

얼마 전 경제협력개발기구(OECD)의 도로안전보고서를 보고 참을 수 없는 부끄러움을 느꼈다. 한국의 교통사고 사망률이 조사된 29개 국 중 가장 높았다. 교통안전 면에서는 꼴찌인 셈이다.

최근 5년간 교통사고로 3만 명이 사망하고 170만 명이 다쳤다. 웬만한 전쟁으로 인한 사상자보다 많다. 교통사고를 예방하는 방법은 없을까.

2011년 4월1일부터 자동차 전용도로에서 전 좌석 안전벨트 착용이 의무화 되었다. 교통사고 치사율이 고속도로만큼 높기 때문이다. 2009년 자동차전용도로에서 7천여 건의 사고가 발생해 1만 6천 명이 다치고 5백 명이 숨져 고속도로와 비슷한 치사율을 기록했다.

구로소방서는 남부순환도로와 서부간선도로 길목에 있어 교통사고로 인한 출동이 잦은 편이다. 새벽 시간대 교통사고는 고속운행으로 인하여 사망자가 발생하는 대형사고인 경우가 많다.

2012년 1월 15일 새벽 4시 무렵 서부간선도로상 교통사고를 접수하고 구로소방서 신도림119안전센터 구급대가 출동하였다. 승용차가 도로의 중앙 난간을 들이받아 차량 유리가 깨져있었다. 아스팔트

위에 한명이 쓰러진 채 구조의 손길을 기다리고 있었다. 안타깝게도 두개골 파열과 다발성 골절로 이미 사망한 상태였다. 구급대원들은 혹시나 하는 마음으로 제세동기를 이용한 심폐소생술을 실시했지만 그는 끝내 깨어나지 못했다.

조수석에 타고 있던 그는 안전벨트를 착용하지 않았다. 충돌하는 순간 승용차 앞 유리를 통해 튕겨져 나가 참사를 당한 것이다. 사고 시간이 새벽이라 졸음운전이 의심되었다. 그는 24세의 젊은 나이로 인생을 마감한 것이다.

다행히 운전자는 안전벨트를 매고 있어서 운전석 앞부분이 파손되었지만 혼자 걸어 다닐 정도의 경상에 그쳤다. 만일 사망자도 안전벨트를 착용하고 있었다면 생명을 잃지 않았을지도 모른다.

안전벨트의 중요성을 다시 한 번 느낄 수 있는 사건이었다. 고정된 안전벨트를 매면 불편하다. 그러나 생명벨트가 된다면 불편함 쯤은 감수해야하지 않을까. 전 좌석 안전벨트 착용은 움직이는 자동차에서 내 생명을 지키는 가장 쉬운 방법이다.

안전띠를 착용하지 않으면 어떻게 될까?

승용차의 경우 우리나라 뒷좌석 안전띠 착용률은 4.5%에 불과하다. 90% 전후인 영국, 독일, 호주는 물론 말레이시아보다도 낮은 세계 꼴찌 수준이다.

2012년 11월 24일부터 시외버스에서도 전 좌석 안전띠 착용이 의무화 된다. 한 시외버스를 점검해 보니 승객 10명 가운데 8명은 안전띠를 매지 않았다. 그 이유를 조사한 결과 응답자의 절반 가까이가 습관이 안돼서라고 답했다. 우리나라에서 안전띠를 매지 않아 목숨을 잃는 사람은 한 해 600여 명. 대부분 뒷좌석에서 안전띠를 매지 않은 동승자들이다.

연구 실험에서 시속 48km로 충돌했다. 안전띠를 맨 경우, 앞자리에 부딪히지 않고 다시 제자리로 돌아온다. 매지 않은 경우엔 앞좌석에 부딪혀 얼굴과 가슴, 무릎 등에 큰 충격이 가해진다. 교통사고 사망률 역시 안전띠를 매지 않으면 세 배 넘게 높아진다.

제6부 골든타임 4분

질병疾病의 그늘

2012년 1월 22일 음력 설 연휴 둘째 날이다. 서울 관악소방서 봉천 119안전센터 대기실, 오후 4시경 "목맴 환자발생, 현재 호흡이 없음"이라는 음성을 듣고 출동하였다.

백운봉 대원은 구급차에 오르면서 설 전날 자살환자라니 씁쓸한 생각이 들었다. 현재 아들이 심폐소생술을 실시하고 있다는 무전기 음성에 구급차를 더욱 빨리 몰았다. 4분 만에 현장에 도착했다.

아들이 외출했다 집에 돌아 왔을 때 아버지는 혼자 있었다. 아들이 샤워를 하러 화장실에 들어간 사이 아버지는 방안에서 목을 매 자살을 시도했다. 샤워하는데 걸린 시간이 30분이었다. 아들이 아버지를 살리겠다는 의지로 침착하게 인공호흡과 흉부압박을 하고 있었다.

백운봉 대원은 흉부압박을 하고, 김시홍 대원은 환자리듬 분석을 하기 위해서 패치를 가슴에 붙였다. 맥박이 없으니 "심폐소생술 실시"라는 기계음의 유도에 따라 대원들은 흉부압박, 인공호흡을 하면서 구급차로 신속히 이동하였다.

심폐소생술을 하면서 환자의 발견 경위와 과거병력을 아들에게 물어 보았으나 아들은 울음을 멈추지 못했다. 아들은 아버지의 죽음을 받아들이지 못하는 상태였다. 57세로 이렇게 허무하게 생을 마감하다니 아들의 마음이 얼마나 아플까. 고등학교 1학년 아들은 어찌할 바를 모르고 흐느끼고 있었다. 백운봉 대원은 환자 보다는 아들의 흥분상태를 진정시킬 필요가 있어 아들이 마음을 추스르도록 달랬다.

병원에 도착하자마자 의료진에게 환자를 인계하면서 환자의 징후를 지켜보던 중, 다른 목맴 자살환자에게서 발견하기 어려운 자발순환이 회복중인 것을 발견했다. 대원들은 심장 정지 환자에게 얼마나 빨리 심폐소생술을 하느냐에 따라 소생률이 높다는 것을 알게 되었다고 했다.

얼마 전 환자가 살아 있을지도 모른다는 생각이 들어 환자의 부인과 통화를 하였다. 17일간 병원에서 산소호흡기에 의존하다 운명했다는 이야기를 들었다. 심장이 돌아와 병원에서 저체온 요법 시술을 권했으나 하지 않았다고 한다. 그날 구급대가 빨리 출동해 주었고 추운 날씨에 고생이 많았다면서 고마워했다. 나는 목숨을 내려놓아야만 하는 무슨 사연이라도 있느냐고 조심스럽게 물었다.

남편은 26세 때 자동차 부품을 만드는 회사에 취직을 했다고 한다. 출근 2일째 되는 날 작업도중 기계 속에 오른손이 압착되어 바스러져 손목을 절단 해야만 했다. 회사를 그만 두어야 했고 이후로는 아무 일도 하지 못했다. 집안의 생계유지는 당연히 부인 몫이 되었다. 남편은 사고 후유증으로 온 몸이 아파 오기 시작했다. 몸이 마르고 사는 것조차 힘들었다. 3년 전부터 신병을 비관하여 우울증 증세를 보여 왔다. 병원에 자주 다니며 "내가 이렇게 살아 무엇하리, 사는 것이 짐이 된다."는 말을 가끔 했다고 한다. 얼마나 살기가 고달팠으면 그랬을까. 나을 수 있다는 희망에 비해 들어가는 돈이나 시간이 훨씬 크기 때문이다.

아들이 그날 심폐소생술을 하였는데 어디서 배웠느냐고 물었더니 중학교 3학년 때 실습시간에 관악소방서에서 출장 나온 소방관아저씨가 가르쳐 주었다고 했다. 아버지는 병마와 싸우다 그렇게 한 많은 세상을 마감했다. 아들이 아버지를 살리기 위해 심폐소생술을 실시한 보람도 없이…

심폐소생술, 4분의 기적이야 ▲

 병고(육체적 질병으로 인한 괴로움)에 의한 자살이 심각하다

병고病苦에 의한 자살인 '환자 자살'이 매년 3,000명 이상 발생하고 있다. 환자 자살은 2011년에는 3,077건, 2010년에는 3,442건, 2009년에는 3,230건이었다.

경찰청에 따르면 2002년부터 2011년까지 10년간 발생한 국내 자살 13만 7,128건 중 병고로 인한 환자 자살이 3만 448건(22.2%)에 달한다. 자살자 5명 중 1명이 질병으로 인한 자살이라는 것이다.

생명生命의 불꽃

　낮에는 그런대로 포근하지만, 저녁시간은 쌀쌀한 이른 봄날이었다. 2012년 3월 12일 오후 10시 30분경, "구급출동, 관악구 신림동 주택가, 환자가 의식이 없다고 합니다, 관악 구급차 속히 출동하세요!"라는 다급한 출동지령을 받고 대원들은 중증 환자임을 예상했다.

　부정훈 대원이 출동 중 신고자에게 전화를 걸었다. 집 앞에 사람이 쓰러져있어 신고했다는 신고자의 말에 언제 쓰러지고 얼마나 오랜 시간 동안 의식을 잃었는지 확인할 수 없어 대원들은 초초했다.

　4분 만에 현장에 도착했다. 환자는 64세 남성으로 계단에 쓰러져 있었다. 환자의 입에서 술 냄새가 풍겼다. 딸은 "아직 아버지가 숨을 쉬고 있는 것 같아요. 아저씨들 제발 좀 살려주세요"라고 울부짖었다. 환자 의식은 혼수상태, 동공은 무반응상태였고, 호흡, 맥박이 없었다.

　머리 뒤쪽과 입에서 출혈이 있었다. 환자를 급히 구급차로 옮기고 자동제세동기를 활용하여 심장상태를 확인하였으나, 무수축·무맥박이었다. 사고 장소에서 가장 가까운 보라매병원으로 급히 환자를 이송하면서 구급대원 1명은 심장압박을 1명은 제세동기 조작과 BVM을 이용, 산소를 공급하였다. 병원 응급실에 도착할 때까지 심폐소생술을 계속하였다. 그러나 구급대원들의 노력에도 불구하고, 환자는 끝내 의식을 회복하지 못했다.

나는 환자가 어떻게 쓰러졌는지 궁금했다. 신고자는 위층에 사는 여성인데 퇴근길에 집 앞 계단에 사람이 쓰러져 있어 신고했다고 했다. 환자는 집에서 술을 마시다 술이 부족하였는지 슈퍼마켓에 가기 위해 집을 나섰던 모양이다. 연립주택의 가파른 1층 계단에는 가로등도 없었다. 그는 술에 취한 상태로 가파른 계단을 오르다 뒤로 넘어져 뇌를 다쳤다. 안타깝게도 사고가 발생된지 오랜 시간이 지난 것처럼 보였다. 인명은 재천이라는 말을 부인할 수가 없다.

불과 몇 시간 전만 해도 함께 웃으며 생활하던 가족을 그렇게 허망하게 보냈다는 것이 남은 가족에게는 참을 수 없는 고통과 슬픔일 것이다. 죽음은 누구에게나 일어날 수 있지만 가족의 갑작스러운 죽음은 쉽게 받아들이기 힘들다.

구급대원은 하룻밤에도 수많은 환자를 응급처치하며, 병원으로 이송한다. 사람의 생명을 지켜내기도 하고, 때로는 어쩔 수 없이 떠나보내기도 한다. 생명은 누구에게나 소중한 것이기에 모든 생명을 지켜주고 싶은 것이 구급대원의 마음이다.

아무리 유능한 구급대원도 모든 사람의 생명을 지킬 수는 없다. 그러나 최선을 다할 뿐이다.

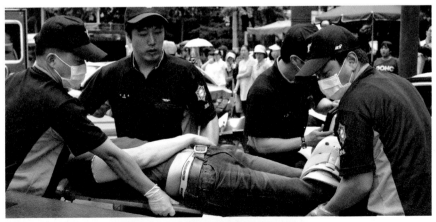

◀ 조심조심

골든타임 4분

중학생이 전기에 감전된 50대를 심폐소생술로 살려낸 신문 기사를 보았다. 어린 학생이 대견스럽다는 생각이 든다. 주인공은 서울 강북구 인수중학교에 재학 중인 학생이다.

학생은 집에서 청소를 하던 중 "억!" 하는 비명소리를 들었다. 근처 공사현장에서 사고가 생겼음을 직감하고 바로 뛰어나갔다. 50대 남성이 전선공사를 하다가 감전돼 전봇대 아래에 쓰러져 있었다. 호흡이 멈춘 남성을 보고 보건시간에 배운 응급치치법이 생각났다. 환자를 바로 눕혀 기도를 확보하고 온힘을 다해 가슴을 압박하는 심폐소생술을 실시한 후 구급대에 인계하였다. 중학생이 심폐소생술로 꺼져가는 생명을 살리다니 얼마나 장한 일인가.

나는 정확한 내용을 알고 싶어서 환자를 이송한 우이119구급대원에게 전화를 했다. 구급대가 현장에 도착했을 때 전혀 의식이 없었고 맥박도 멈추었지만 제세동(전기충격)을 실시한 후 흉부압박을 계속 하던 중 맥박이 돌아왔다고 했다. 환자가 전기화상을 입어 화상전문센터 한일병원으로 신속하게 이송하였다는 상세한 사고처리 보고를 들었다.

사고를 당한 사람은 전기회사 직원으로 전선공사를 하다가 감전돼 심장마비를 일으켰던 모양이다. 그는 병원으로 옮겨져 한 달간 치료를 받고 지금은 정상적으로 근무하고 있다. 사고 당시 119구급대가 출동하는데 4분 이상 소요되었지만, 환자의 생명을 살렸던 것은 구급차가 도착하기 전에 중학생이 심폐소생술을 실시했기 때문이다.

심장 정지 환자는 4분 이내에 심폐소생술을 받지 못하면 뇌가 손상되기 시작하여 1분마다 생존 확률이 10%씩 줄어든다. 4분이 골든타임인 셈이다. 4분 내에 심폐소생술로 심장을 자극하고 폐에 호흡을 불어넣지 않으면 뇌가 손상되어 식물인간이 되거나 사망할 확률이 높다.

최근 방영 중인 의학 드라마 '골든타임'이 인기다. 골든타임은 생과 사의 갈림길에서 응급환자의 생존율과 직결된 '한정된 시간'의 중요성을 잘 그려내고 있다. 신속한 초기 대처가 없다면 아무리 좋은 의술과 약을 써도 생명을 살릴 수가 없다. 그러나 우리 주변에는 응급처치를 할 수 있는 사람이 그리 많지 않다. 응급처치의 중요성을 알리기 위해 만든 동영상을 본 적이 있다. 명동 길거리를 걷던 한 여성이 갑자기 호흡곤란을 호소하며 쓰러졌다. 몇 명은 여성에게 다가가 의식을 확인하고 관심을 보이지만, 발만 구르며 안타까워할 뿐 아무런 행동도 하지 못했다. 만약 심폐소생술을 배운 사람이 있었다면 생명을 살릴 수 있지 않았을까. 미국의 경우 16개 주에서 심폐소생술을 필수 의무교육으로 실시해 매년 250만 명이 응급처치 자격증을 따고 있다. 우리나라는 심장 정지 환자 생존율이 3%대에 머물고 있지만 미국은 20%에 육박한다.

좀 늦었지만 우리나라도 안전교육에 대한 관심이 높아지고 있다.

광나루 안전체험관, 보라매 안전체험관, 대구 시민 안전파크에서 심폐소생술을 배울 수 있다. 각 소방서에 요청하면 심폐소생술 교육을 받을 수 있다.

세계적십자연맹은 응급처치의 중요성을 알리기 위해 매년 9월 둘째 주 토요일을 '세계응급처치의 날'로 정하여 응급처치의 중요성을 알리고 있다. 중학생이 심폐소생술로 소중한 생명을 구한 것처럼 간단한 응급처치를 배우는 것만으로도 골든타임 슈바이처가 될 수 있다.

심장이 마비되면 살아날 확률은 얼마나 될까?

질병관리본부가 2006~2010년 병원 밖에서 일어난 심정지 사례 9만7291건을 분석한 결과 목숨을 건진 환자는 100명 중 3명이고, 뇌가 온전한 상태로 퇴원한 환자는 100명 중 1명 정도로 나타났다. 심정지가 발생했을 때 99%는 사망하거나 뇌에 심각한 내상을 입어 의식이 돌아오지 않을 수 있다는 뜻이다.

심정지 발생 시 주위 사람들이 이를 목격한 사례는 전체의 38.2%였고, 일반인이 응급조치로 심폐소생술을 시행한 비율은 5년 평균 2.1%에 불과했다. 미국 33.3%, 일본 34.8%와 비교하면 10분의 1 이하 수준이다.(2010년 기준)

주위 사람들로부터 초기 심폐소생술을 받는 비율이 미국과 일본의 10분의 1 수준에 불과하기 때문이다. 심정지 환자가 병원에 도착했을 때 심실세동을 보이는 비율은 북미, 유럽, 일본이 20~25%, 대만이 6~11%로 우리나라보다 훨씬 높았다.

심정지 환자의 병원 도착 시점 생존율은 9.4%, 살아서 퇴원한 경우는 3.0%에 불과했다. 뇌기능까지 회복된 경우는 0.9%밖에 없었다. 미국(11.4%) 스웨덴(14%) 등 해외 심정지 환자의 생존 퇴원율과 비교해 턱없이 낮은 수준이다.

우리나라는 인구 10만 명당 심정지 환자 발생률은 2006년 39.3명에서 2010년 44.8명으로 해마다 늘어나는 추세다. 고령 인구가 늘어난 점이 가장 큰 원인이다. 연령별로는 65세 이상 노인이 환자의 절반(50.3%)을 차지했고 16~64세는 47.3%, 15세 이하는 2.3%였다. 성별로는 남성(64.9%)이 여성(35.1%)보다 높았다. 또 신체 움직임이 활발한 운동·레저활동(2.7%)이나 근무할 때(5.1%)보다 일상생활(47.8%) 중 갑자기 발생하는 경우가 훨씬 많았다.

다섯 박자가 맞아야 뇌腦까지 살린다

2012년 6월 14일 구로119안전센터 구급대가 출동했다.

야간 근무는 항상 출동의 연속이다. 자정이 지난 시간 출동내용은 "여자 분이 소리만 지름." 야간에는 주취자가 많아서 술에 취한 사람이 신고한 건으로 인식했다. 출동하면서 신고자에게 전화를 하는데 상황은 심각하였다. "보호자분, 침착하시고 다시 한 번 말씀해보세요'. '지금 숨을 안 쉬고 움직이지 않는다는 말씀이죠."

구급차 안에는 긴장감이 맴돌았다. "일단, 구급차가 도착할 때까지 보호자분이 가슴압박을 하셔야 합니다. 방법은 양손을 모아 가슴 정중앙 부위를 같은 힘과 속도로 압박하세요."

가까운 거리라 구급차는 4분 만에 현장에 도착했다. 현장에서는 부인이 심폐소생술을 실시하고 있었다. 도착한 구급대가 먼저 경동맥을 확인하니 맥박이 없고 호흡도 없었다. 자동제세동기를 이용하여 심장의 리듬을 확인하니 심실세동으로 나왔다. 심실세동이란 심장이 정지되기 전에 부르르 떨고 있는 상태이다.

이때 전기 충격을 주게 되면 정상적인 리듬으로 돌아오게 된다. 구급대원이 전기충격을 실시한 뒤에 곧 바로 흉부압박을 하는 도중에 환자의 호흡과 맥박이 돌아 왔다. 심전도 감시 장치를 보면서 환자를 고대 구로병원 응급실로 신속하게 이동했다. 의료진에게 환자상태를 설명 후 인계하였다.

응급실 중환자 구역을 나오는데 담당의사가 오문석 대원에게 "잘 하셨습니다. 수고 하셨습니다." 의사의 칭찬에 대원들은 열심히 하다 보니 이런 일도 있구나 싶었다.

나는 환자가 쓰러졌을 때 어떻게 조치를 했는지, 완쾌는 되었는지 궁금하여 보호자에게 전화를 걸었다. 부인이 전화를 받았다. 환자의 나이는 58세로 쓰러졌을 때, 부인이 직접 흉부압박을 실시하면서 딸에게 119와 112에 신고하게 하였다고 한다. 어디서 심폐소생술을 배웠습니까 라는 질문에 TV에서 본 기억이 나 그대로 했다고 한다.

일주일가량 병원 중환자실에서 치료 받다가 퇴원했는데 완쾌되어 직장에 다니고 있다면서 구로119안전센터 구급대에게 감사의 뜻을 전했다. 당시 흉부압박을 세게 했는지 지금도 남편이 아프다고 말 한다면서 그때의 상황을 이야기 했다. 흉부 압박은 5cm 깊이 이상으로 눌러줘야 효과가 있다는 내 말에 그녀는 공감을 했다.

생존의 고리 중 하나라도 끊어지면 생명을 살릴 수 없다. 조기 발견과 119신고, 신속한 심폐소생술, 적절한 제세동기 사용, 전문응급 처치, 병원의 집중치료를 말한다. 심장이 마비됐는데도 온전한 정신으로 퇴원하는 비율은 전체의 1% 내외에 불과하다. 병원 밖에서 심장이 멈춘 환자의 10%만이 병원에 생존한 채로 도착한다. 이 가운데 살아서 나가는 비율은 3%대이고 전체적으로는 심장마비 환자의 1% 정도만 목숨을 구한다.

급성 심장 정지 환자가 발생했을 때 가장 먼저 발견한 사람의 역할이 중요하다. 즉시 119에 신고한 뒤 심폐소생술을 실시해야 한다. 급성 심정지가 일어난 후 1분 이내에 심폐소생술을 실시하면 생존율을 40%가량 높일 수 있다. 심폐소생술이 1분 늦어질 때마다 10%씩 생존율이 낮아진다. 심정지가 나타나고 4분이 지나면 뇌손상이 시작된다.

쓰러진 사람을 목격하였거나 쓰러져 있는 환자를 발견했을 때는 즉시 환자 곁으로 가서 어깨를 가볍게 두드리면서 "괜찮으세요?"라고 물어봐야 한다. 환자가 반응이 없고 정상적인 호흡을 보이지 않으면 119에 신고하면서 주위 사람에게 도움을 요청하여 자동제세동기를 갖다 달라고 해야 한다.

119 구급차가 오는 사이 흉부압박을 해야 한다. 흉부압박은 양쪽 유두 중앙선에서 아래로 힘껏(깊이 5cm 이상), 빠르게(1분에 100회 이상) 시행한다. 인공호흡방법은 환자 머리를 뒤로 젖힌 뒤, 턱을 들고 두 손가락으로 코를 막은 다음 가슴이 올라올 정도로 숨을 불어넣어 주면 된다. 보통 호흡으로 1초씩 2회 시행한다. 흉부압박 30회 후 인공호흡을 2회 실시하는 것이 효과적이다. 인공호흡이 끝나면 다시 흉부압박을 시행하는데, 구급차가 올 때까지 계속한다.

심폐소생술 교육을 받지 않은 사람이라면 119구급대가 도착할 때까지 정확한 방법으로 흉부압박만 지속적으로 시행하면 된다. 심정지 환자를 살리는 것은 구급대원만 잘해서는 안 된다. 주위의 누구나 관심을 가지고 응급처치를 비롯한 심폐소생술 기본 교육을 받고 숙지하여야 유사시에 적용할 수 있다.

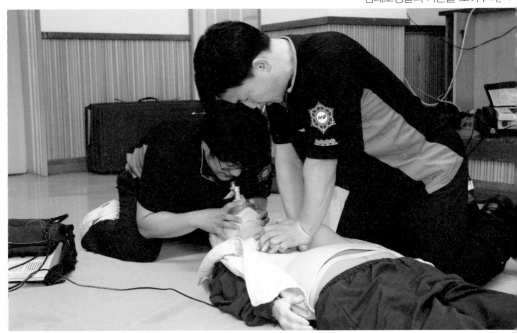

 심장마비가 오면 어떻게 해야 할까?

　심장마비는 말 그대로 심장이 멈춰버리는 현상을 뜻한다. 급성 심정지는 보통 가슴에 통증이나 두근거리는 증상으로 시작된다. 증상이 갑자기 심해지는데 대부분 "쥐어짜는 듯이 가슴이 아프다."고 호소한다.

　통증은 가슴 중앙에서 좌측 어깨로 퍼져 나간다. 이런 전조증상이 나타나면 즉시 119로 신고해야 한다. 또 병원에 가는 도중 급성 심정지가 나타날 수 있으므로 반드시 구급차를 타고 병원에 가도록 한다. 환자의 상황이 좋아 보여도 가급적이면 구급차를 이용하는게 좋다.

항상 긴장을 놓지 말아야

1.

구급대원은 환자의 아픔을 읽을 수 있어야 한다.

2012년 3월 17일 오후 9시 21분경 환자가 혼수상태라는 아파트 경비실의 접수를 받고 노원소방서 공릉119안전센터 구급대가 출동했다. 지령서 내용과 달리 경비원은 환자상황을 정확히 모르고 있었다. 주민이 신고를 해달라고 하여 대신 신고 한 거라고 했다.

구급대가 현장에 도착했을 때 54세 남성이 가슴부위를 부여잡으며 통증을 호소하였다. 보호자는 뷔페를 다녀온 후부터 통증을 호소하여 체한 것 같다고 했다. 하지만 환자는 배가 아닌 흉통을 호소하고 있었다.

환자는 평소 고혈압으로 약을 복용하고 있었다. 가슴이 아픈 것은 이번이 처음이고 1시간 전부터 따끔거리는 양상이라 했다. 협심증으로 의심되는 응급상황을 감지하고 즉시 들것을 이용하여 구급차로 이동했다. 근거리의 경희대병원으로 향했다. 정유현 대원은 환자에게 산소공급을 해주면서 생체징후를 측정한 결과 혈압이 135, 맥박 117회, 호흡 28회, 산소포화도 94%로 체크하였다.

이송 도중 의료지도를 연결하여 산소 공급과 니트로글리세린을 투여하라는 지도를 받아 응급처치를 하고 맥박 70회, 산소포화도 99%로 안정된 환자상황을 의료진에게 인계하였다.

대원들은 환자가 응급처치를 받는 것을 지켜본 후 빨리 건강이 회복하길 바라면서 돌아섰다. 며칠 후 환자 아들이 감사의 표시를 전하려고 소방서를 방문하였다.

"정말 감사합니다. 아버지를 살려주셔서 감사합니다. 시간이 조금만 늦었어도 생명에 지장이 있었을 것이라는 의사의 말을 듣고 감사한 마음에 찾아 왔습니다."

대원들은 당연한 일을 한 것이지만, 한 가족의 삶에 커다란 도움이 되었다는 말에 보람을 느꼈다.

정유현 대원은 "항상 출동을 나가면 주변사람들의 말 때문에 혼란스러운 상황이 종종 있어요. 그때 단순 복통으로 오인하지 않고 환자에게서 보이는 행동과 대화를 통해 응급상항으로 처리했던 것이 적중했어요."라고 말했다.

구급대원들은 어떤 상황에서든 긴장할 수밖에 없다. 순간의 판단이 생명을 좌우하기 때문이다.

2.

나이가 들수록 병원을 찾는 횟수가 늘어난다고 한다.

서울 강동소방서 길동119안전센터 대기실, 2012년 5월 21일 새벽 5시경 가정집에서 할머니가 쓰러지셨다는 수보가 접수되었다. 새벽이라 많이 피곤하고 힘들었지만 대원들은 도움을 요청하는 할머니를 위해 현장으로 즉시 출동하였다. 그 정도 연세에 발생할 수 있는 질병이 뭐가 있을까라는 생각을 했다. 혈압이면 뇌출혈, 뇌경색, 당뇨라면 저혈당이 의심되었다. 가능한 모든 상황을 생각하면서 필요한 준비물을 챙겼다.

80세쯤 되어 보이는 할머니께서 침대위에 누어 비명을 지르고 계셨다. 보호자인 아주머니와 여학생이 옆에서 울고 있었다. 김천호대원은 응급상황이라 급히 보호자에게 물어 보았다.

"할머니 평소에 혈압이나 당뇨 있으세요?"

"어머님은 고혈압도 있고 당뇨도 있어요, 새벽에 화장실 가려고 일어났는데 어머님께서 비명을 지르고 계셨어요."

혈당을 측정해보니 수치가 32mg/dl 나왔다. 정상 혈당이 대략 80~120 정도이니까 위험한 상황이었다. 환자 상태가 더 악화되는 것을 방지하기 위해 50%포도당 용액을 투여하였다. 보호자들은 지금 우리가 무슨 일을 하는지 모르는 상태였다. 주사를 준비하면서 보호자에게 저혈당에 대한 설명을 하였다. 그제서야 조금 알아듣겠다는 듯 구급대원의 말에 어느 정도 수긍하는 것 같았다.

"아주머님, 할머니께 응급처치를 했으니 이제 의식이 돌아올 겁니다. 상태가 안 좋으니까 병원 응급실로 가셔야겠어요."

보호자는 가까이에 있는 강동 경희대학병원으로 이송을 요구했다. 병원에 가는 동안 저혈당에 대한 증상과 대처방법을 설명해주며 보호자들을 안심시켰다. 할머니는 의식이 회복되어 눈물을 흘리며 연신 감사하다고 하셨다. "소방관 총각… 고마워~ 정말 고마워." 환자는 보호자들과 대화를 나눌 수 있을 정도였다.

할머니의 혈압도 180에서 140까지 떨어졌고 혈당도 정상수치로 안정되었다. 병원에 인계하고 돌아서는 구급차를 보며 아주머니와 손녀딸은 계속 손을 흔들었다.

　대원들은 귀소하던 중 하늘에 떠오르는 아침 태양을 보며 남을 도울 수 있는 직업을 가진 것에 보람을 느꼈다. 매번 겪는 일이지만 환자가 회복되는 모습을 보면 가슴 뿌듯한 일이 아닐 수 없다. "사랑은 봉사"라는 단어를 떠올리며 힘들고 어려운 사람들을 위해 더 많은 사랑을 나누리라 다짐하였다.

이쪽으로 빨리 빨리! ▼

여기가 어디지?

2012년 10월 25일 오전 10시경 환자발생 신고가 접수되었다. 구로소방서 독산119안전센터 구급대가 출동하면서 전화를 연결했다. 환자는 주민센터 직원으로부터 심폐소생술을 받고 있었다. 급박한 상황에 현장까지 3분이 채 소요되지 않았다.

환자는 주민센터 집기류를 정리 하다가 갑자기 쓰러졌다. 구급대는 70세 환자를 인계받으며 자동제세동기AED 패치를 연결하고 산소공급과 흉부압박을 실시하였다. 리듬분석 결과 심실세동ventricular fibrillation 즉 심근경색이었다.

200회 흉부압박을 실시한 후 전기충격 1회를 시행하였다. 전기 충격과 함께 환자의 가슴이 뛰어 올랐다. 거짓말같이 심장리듬이 돌아오고 자발 호흡이 시작되었다. 심정지후 맥박과 호흡이 돌아오기까지 약10분이 걸리지 않았다. 놀라운 일은 환자를 구급차에 태우고 병원으로 이송하던 중 발생하였다.

모니터에 맥박과 호흡이 안정되어 가는 걸 확인하고 안도의 한숨을 내쉬려는 찰나 "억" 소리와 함께 환자가 벌떡 일어나서 앉는 것이었다. 갑작스러운 일이라 당황스러웠다. 우스갯소리로 저승사자를 만나고 돌아온 것 아닌가라는 생각이 들었다. 환자도 놀란 얼굴로

"여기가 어디지, 여기가 어디야." 하며 혼자 중얼거렸다.

강남성심병원 응급실에 환자를 인계하면서도 심정지환자라고 연락받고 대기하던 의사들이 환자가 앉아서 들어오자 깜짝 놀라 "그 환자 인가요, CPR심폐소생술 환자가 맞아요?" 몇 번을 되물었다.

황대희 대원은 자동제세동기AED에 기록된 심전도 그래프를 뽑아서 의사에게 전달하고 돌아오면서 조기 심폐소생술이 얼마나 중요한지 새삼 깨닫게 되었다.

최근 나는 환자의 아들로부터 그의 근황을 들을 수 있었다. 그는 심근경색 진단을 받고 몸에 스텐트 4개를 삽입 한 후 경과가 좋아서 바로 일반 병실로 옮겨졌다. 설상가상으로 5일째 되는 날 갑작스런 뇌출혈이 발생하여 뇌수술을 받았다. 평소 당뇨가 있었는데 악화되어 합병증으로 나타난 것이다.

외과 중환자실에서 40일간 입원치료 받고 현재는 회복되어 재활요양병원에서 치료중이다. 의식이 완전 회복되진 않았으나 산소 호흡기를 제거했다. 현재는 자발호흡이 가능하고 손도 움직인다고 하였다.

환자가 쓰러졌을 때 옆에 있던 주민센터 직원이 심폐소생술을 하여 초기 경과가 좋아 생명을 살릴 수 있었다. 심정지 환자를 발견 시 가장 가까이에 있는 사람이 심폐소생술을 실시 할 수 있는 사회 분위기가 만들어졌으면 하는 바람이다.

구급대가 환자를 이송하면서 응급처치한 기록이다.
1) 10:00 센터수보
2) 10:03 현장 도착

소방사 황대희 호흡 맥박확인후 기도개방 및 구인두기도기 삽입, 비재호흡 마스크 산소 공급, 소방장 원유성 흉부압박 실시

3) 10:04 소방사 김경환 AED전원 키고 패치부착.

소방사 황대희 심전도 리듬분석 확인

4) 10:05 제세동 적응증(VF 확인)심실세동으로 1차 shock (200J)

5) 10:06 지속적인 흉부압박 실시 비재호흡 마스크 산소 공급

6) 10:10 호흡확인, 경동맥박촉지돌아옴 (자발순환 및 자발호흡)

맥박 90~100회 심전도 그래프 확인

7) 10:12 현장에서 병원으로 구급차 이송함

8) 10:14 구급차내에서 의식회복 자발적으로 일어나 앉은 후 대화

가능 상태

9) 10:15 안면마스크를 이용 산소공급 심전도 모니터

(맥박90~100회 유지)산소포화도 95%대 유지

10) 10:16 강남성심병원 응급실 의료진에 환자 인계

 심근경색 증상은?

심근경색은 심장의 혈관이 막혀서 피가 공급되지 않는 증상으로 3시간 안에 혈관을 뚫어줘야 한다. 심장의 혈관이 막힌 상태가 오래 지속될수록 사망 위험이 높아 3시간 이내를 골든타임으로 본다.

가슴 통증이 30분 이상 지속되거나 5분 간격으로 2, 3회 이상 반복되면 구급차를 타고 응급실로 가야 한다.

전화기電話機에도 전류電流가 흐를까

　겨울이 지나고 봄이 성큼 다가온 2012년 3월 중순 늦은 저녁시간이었다.

　전기에 감전된 환자라는 수보를 받고 관악119안전센터 구급대원들은 긴장과 두려움으로 출동차에 몸을 실었다. 무전을 통해 사건 내용을 들으면서 점점 긴장감은 커져갔다.

　곽효정 대원이 출동 중 신고자와 전화 연결을 했다. "남편이 전화선 플러그를 콘센트에 연결하다가 갑자기 쓰러졌다."며 불안한 목소리가 떨고 있었다. 바닥에 쓰러진 후 마비 증세와 언어장애를 보인다며 구급차 출동을 재촉했다.

　현장에 도착했을 때 51세의 환자는 거실 바닥에 앉아 있을 정도로 의식이 양호했지만 우측 다리와 팔에 마비증상이 와서 거동이 불가능한 것으로 보였다. 신속히 들것을 이용하여 구급차로 환자를 옮겼다. 환자 발생지역에서 가장 인접한 병원으로 긴급하게 이송을 했다.

　감전의 경우 전기가 몸의 어느 부위로 침투하여 어느 장기와 기관을 통과하고 빠져나갔는지에 따라 인체에 미치는 영향이 다르다. 환자의 경우 의식이 있는 것으로 보아 매우 위험한 상황은 피한 것 같았다. 대원들은 만일의 상황에 대비하여, 이송중 환자상태를 세밀히 관찰하였다.

동공반응은 정상이었으며, 호흡은 분당 16회, 혈압은 140/90mmHg, 맥박 82회, 체온 36.1℃, 산소포화도 99%로 활력징후는 양호한 편이었다. 그러나 이송중 환자의 우측 마비가 더욱 심해지면서 언어장애상태가 심각해졌다.

가슴 통증을 호소하여 혹시 발생할지 모를 심 정지에 대처하기 위하여 서울종합방재센터에 의료지도를 요청하였다. 그리고 자동제세동기를 이용하여 심전도를 감시하였다. 불안한 마음으로 응급실에 도착하였다.

병원 관계자가 환자를 인계받고 조금만 더 늦었다면 위험할 수 있는 상황이었다고 말해 순간 대원들도 아찔하였다.

나는 환자가 회복되었는지 궁금하여 사고를 신고한 부인에게 전화를 했다. 부인은 사고가 나던 날 이야기를 상세하게 들려주었다. "국회의원 선거 여론조사 전화가 자주 와서 전화선을 콘센트에서 뽑아두었어요. 밤10시가 지나서 퇴근한 남편이 소파를 들어내고 쪼그리고 앉아 전화선을 꽂을 콘센트를 찾고 있었습니다. 순간 남편이 "검은 것이 흐르네." 하면서 비틀 거렸어요. 남편의 말과 행동에 깜짝 놀라 감전되었다고 119에 신고했었지요."

출동한 대원들도 전화기에 전류가 흐를 수 없는 일이라 반신반의하며 환자를 병원으로 이송하였던 기억이 난다. 환자는 병원에서 정밀검사 결과 뇌출혈로 판명되었다.

내가 무슨 신경 쓰는 일이라도 있었습니까라고 물었을 때 남편이 모텔을 운영하는 지배인인데, 직원을 다스리기 위해 신경을 많이 쓰는 편이라고 했다.

　무슨 일이든 깔끔하게 처리해야 직성이 풀리는 성격은 자신을 괴롭힐 수 있다. 며 칠 전부터 머리가 아프다며 정밀 진찰 받을 생각을 하고 있었지만 미루다가 쓰러졌다고 했다.

　환자는 전기에 감전되었다는 부인의 말에 그것이 아니라는 말을 하고 싶었지만 안면이 마비되어 입이 떨어지지 않았다고 했다. 정신은 멀쩡한데 몸이 말을 듣지 않은 것이다. 그는 병원에 입원하여 2개월이 지난 후 겨우 말을 할 수 있었다. 재활 전문병원으로 옮겨 치료한지 8개월이 지났는데도 목발을 짚고 겨우 다닐 정도라고 한다.

　이 세상에 가장 중요한 것이 건강이라고 입을 모으지만 건강할 때는 허투루 듣는다. 부인은 평소 건강관리가 중요하다는 것을 새삼 깨달았다면서 "건강에 주의 하십시오." 라는 말을 남겼다.

생명生命의 포옹抱擁

2012년 12월 22일 성탄절을 앞둔 토요일, 서울 강동소방서 성내 119안전센터 대기실에 "구급대원은 사무실로 와주세요."라는 방송이 흘러나왔다. 어르신 내외분과 아들 부부와 아이들까지 한 가족이 사무실에 와 있었다. 구급대가 심폐소생술을 하며 병원으로 이송한 환자라고 하였다. 대원들은 그제야 얼굴이 기억났다.

11월 29일 저녁 9시경 환자 호흡곤란 지령을 받고 출동 했던 기억이 났다. 센터와는 300여m 떨어진 가까운 거리였다. 71세의 환자는 거실 쇼파에 기대 앉아 의식·호흡·맥박이 없는 심정지 상태였다. 구급대는 심폐소생술CPR을 실시하며 병원으로 이송 중 심전도를 분석해보니 처음의 심전도와는 다른 정상적인 리듬을 보였다. 혈압은 160/80으로 나타났고, 맥박은 60회 호흡도 정상이었다. 그러나 의식이 없는 상태로 아산병원에 인계 되었다.

그 후 다시 평범하던 일상으로 돌아왔고 어르신의 안부가 궁금하였다. 그런데 예상치도 못하게 건강하신 모습으로 가족들과 인사를 오신 것이다. 가족이 신속하게 신고하여 조기 심폐소생술을 받아 뇌 손상이 없었던 모양이다.

생명을 살려준 고마운 사람들에게 빨리 인사오고 싶었지만 심폐소생술 중 생긴 늑골 골절로 인하여 몸을 가누기 힘들어 늦었다고 했다.

김용성 대원은 가끔 주취자들에게 욕도 먹고 119구급대를 하인 대하듯 하는 사람들 때문에 회의감이 들 때도 있지만, 어르신처럼 이렇게 찾아와 주는 분들이 있어 감사함과 자긍심을 느낄 수 있다고 했다.

그들이 다녀간 후 환자의 건강이 궁금하여 전화했을 때 부인이 받았다. 강동소방서 예방과장이라는 신분을 밝히고 요새 건강은 어떤지 묻자 회복 중이라고 했다.

"무슨 신경 쓰는 일이라도 있었습니까?" 하고 물었더니

"집안 리모델링 공사를 2개월 동안 한 적이 있었어요."라고 대답하며 집 지은지 30년이 되어 추워서 1억 7천만 원을 들여 수리를 했다고 말했다. 성격은 어떠시냐고 물었더니 "원채 꼼꼼해요, 말도 못해요, 자상해요"

운동은 꾸준히 하셨느냐 라는 물음에 "운동은 늘 하는 편이에요, 일주일에 남한산성과 검단산에 두 번 정도 오르며 건강을 챙깁니다, 그리고 아침마다 아산병원까지 4km 되는 거리를 걸어 다닙니다."라고 했다.

우리집 아저씨가 옆에 있는데 바꿔드릴게요, 하면서 전화를 바꾸어 주었다. 죽은 사람 살려 주어서 고맙다는 그의 목소리는 건강했다. 병원에 열흘 간 있다가 퇴원했다면서 쓰러진 날도 대전 초상집에 다녀와 거실에서 지인과 통화를 한 후 쉬고 있었는데 정신을 잃었다고 했다.

생명의 소중함은 위기가 닥쳤을 때 비로소 느끼게 되는 마지막 희망 같은 것이다. 그와 아름다운 인연을 가슴에 넣어 두었는데 얼마

전 그의 딸이 서울시 홈페이지에 감사의 글을 올려 대원들의 마음을
다시 한 번 따뜻하게 해 주었다.

안녕하세요. 저는 강동소방서 성내 119안전센터 민경세 김용성 대원을 칭
찬 하고자 합니다. 저희 아버지께서는 71세 이십니다. 저는 딸이구요.

2012년 11월 29일 저녁 9시쯤 아버지는 전화통화를 하신 후 바로 쓰러지
셔서 심정지가 오셨습니다. 친정어머니는 바로 119로 신고 하셨고. 3분 만에
강동소방서 성내안전센터의 민경세 김용성 대원님이 출동하였습니다.

119대원님들이 오셨을 때는 심장이 완전히 멈춘 상태였습니다. 심폐소생
술을 시행하니 바로 얼굴에 붉은 기운이 돌면서 심장이 다시 살아나셨습니다.
빠른 출동과 빠른 대처로 심장이 다시 뛰었습니다. 의식은 없으셨구요. 바로 아
산병원응급실로 이송되었습니다.

의사 선생님께서도 심정지가 5분이 넘으면 위험하다면서 다시 깨어나
시기 힘들다 하셨는데 다행히 119구급대원 덕분에 저희 아버지가 3분 만에
심폐소생술을 받아서 예후가 좋을 것이라고 하였습니다.

그래도 나이가 있으시니 지켜보자 하였고 3일 만에 의식을 회복 하시고
심장의 수술까지 받으셔서 기적적으로 다시 살아 나셨습니다. 병원에서도 정
말 기적 같은 일이라고 했습니다.

가족들 모두 그렇게 생각하고 있구요. 정말로 이번일로 119대원님들께 감사
를 어찌 전해 드려야 할지 몰라서 이렇게 글을 올립니다. 정말 우리 아버지
의 생명의 은인들이십니다. 나라에서 표창을 주었으면 좋겠습니다.

아버지가 퇴원하시고 강동 소방서 성내 119안전센터로 찾아가서 감사하
다는 말씀도 드렸는데 그 분들께 정말 감사 하다는 말씀을 다시 한 번 더 드리

고 싶습니다.

  사진은 우리 아버지와 119대원님들입니다. 감사합니다.

구급대가 환자를 이송하면서 응급처치한 기록이다.

1) 21:18 센터수보

2) 21:22 현장도착

    소방사 김용성 호흡 및 맥박확인후 기도개방 및 airway(구인 두기도기)

    삽입 비재호흡 마스크 산소공급, 소방교 민경세 흉부압박실시

3) 21:25 소방사 김용성 AED전원 키고 패치부착, 심전도 리듬분석 확인

4) 21:25 제세동 미적응증(PEA 확인)

5) 21:26 병원 이송중 흉부압박 실시, 비재호흡 마스크 산소공급

6) 21:30 병원 도착전 호흡확인/경동맥박촉지돌아옴(자발순환및 자발호흡)

    BP 160/80 맥박 80회 심전도 그래프 확인

7) 21:31 서울아산병원 도착후 환자인계

천천히 먹을수록 보약

나는 어릴 때부터 음식을 먹을 때면 귀가 따갑도록 들었던 말이 있다. "급히 먹으면 체한다, 천천히 꼭꼭 씹어 먹어라."라고 하시던 할머니의 음성이 아직도 귀에 생생하다. 음식을 먹다가 기도가 막히면 병원에 가기도 전에 죽을 수 있다는 말을 이해하는데 많은 시간이 필요했다.

2012년 10월 9일 11시 30분 종로 3가 국수식당 환자발생 안내방송을 듣고 종로119안전센터 구급대가 출동했다. 식당이라고 하니까 구급대원들 생각이 머무른 것은 식사 중 음식이 기도를 막아 호흡을 못하고 얼굴이 새파랗게 질린 청색증 상태에 있을 것이라는 추측이었다.

대원들이 도착했을 때 환자는 식은땀으로 온 몸이 젖었지만 의식은 뚜렷하였다. 국수를 먹던 중 3초 정도 몸을 부들부들 떨며 앞으로 쓰러져 음식물을 토해낸 후 정신을 차렸다고 신고자가 말했다.

71세 환자는 지난밤 과음을 하고 아침 해장을 하기 위해 국수집에 갔다. 속이 좋지 않은 상태에서 국수를 빨리 먹다가 기도가 막힌 것이다. 토한 것이 다행이라 할까. 환자는 현기증과 두통을 호소하였다. 걸어보라고 했는데 비틀비틀 거리며 제대로 걷지 못하고 자꾸 넘어졌다.

몇 년 전 유명방송사 오락프로그램에서 출연자가 떡을 먹다 기도가 막혀 뇌사상태에 빠져 사망한 일이 있었다. 찹쌀떡을 빠른 시간 내에 누가 제일 많이 먹는가 하는 게임이었다. 생각만 해도 어처구니없는 일이다. 안전 불감증이 불러온 사고라고 할 수 있다.

명절 때면 떡을 먹다가 기도가 막혀 응급실을 찾는 경우도 있다. 나이가 많은 어르신들은 떡을 드실 때 조심해야 한다.

응급처치법은 환자가 의식이 있으면 등 뒤에서 명치와 배꼽 사이를 주먹으로 강하게 당겨주고, 의식이 없으면 환자를 눕히고 명치와 배꼽 사이를 손바닥으로 강하게 올려 쳐 준다. 영아의 경우엔 아기의 배를 허벅지에 올려놓고 턱을 잡고 등을 5회 쳐준다.

최근 5년간 서울에서 음식이 기도를 막아 생명을 잃은 사람이 76명이나 된다. 그중 대부분이 60대 이상인 것으로 나타났다. 사망자 중 절반이 80대 이상으로 나이가 많을수록 사고 위험이 높다.

가장 많은 사고를 일으키는 음식은 떡이다. 80세 이상의 어르신들은 치아상태가 좋지 못하고, 노환 등 지병으로 씹고 삼키는 능력이 떨어져 떡을 드실 때 각별히 주의해야 한다. 평소 음식물을 잘게 썰어 여러 번 씹는 생활을 습관화하고, 기도가 막혔을 때 응급처치법을 미리 배워 두는 게 좋다.

뭘 잘못 먹었어요

무심코 먹은 음식이 사고로 이어질 수 있다.

"켁켁, 아이고 이 양반이 왜 이래?"

"며늘아가 며늘아가 이리 와봐라"

여든이 넘으신 아버님이 목을 쥐어 잡고 기침을 하고 계시는데, 집 안에는 연로하신 어머님과 며느리, 그리고 다섯 살 아들 뿐이다. 어머님은 옆에서 발을 동동 구르고만 있다. "왜 그러노, 뭘 먹었어요? 말 좀 해봐요!"

며느리도 눈앞이 깜깜해지면서, 어찌해야 할지 모르고 있는데, 어머님께서 급한 마음에 아버님 입을 쩍 벌리고 손가락을 넣어서 구역질을 해보라고 시도하고 있었다.

그 때 며느리는 문득 복지관에서 배운 하임리히법이 생각났다. "어머니 이리 나와 보세요, 그렇게 하면 안돼요! 더 위험해요."

아버님 기침 세게 해보세요. 더더더…"

며느리가 시아버지의 등 뒤에서 주먹을 쥐고 명치 위로 다섯 번 쓸어 올리니 입으로 곶감 씨가 툭하고 튀어나왔다.

"아이고, 애기가 아부지를 살렸네."

"아가 어떻게 했노 잉?"

"예, 배운대로 했어요."

"어디서 뭘 배웠는데?"

"복지관에서 봉사활동 하다가 어르신과 함께 소방 교육을 받았어요. 짧은 시간에 배운 하인리히법을 위험한 상황에서 활용하게 되었네요. 어머니."

며느리는 소방관의 말이 생각났다. "사고는 예고된 게 아니에요. 항상 우리 주위에 머무르고 있어요. 우리는 그것 때문에 항상 조심하고 예방 차원에서 안전교육을 받아야 합니다. 사고는 일기 예보처럼 우리한테 알려주지 않거든요."

"아버님, 큰 일 날 뻔 했어요. 제가 만약 응급처치를 배우지 못했다면, 아버님 어떻게 되셨을지 생각만으로도 끔찍합니다."

사고란 예고 된 게 아니고 누구에게나 불시에 들이닥치는 불청객이다.

 중증외상 환자는 1시간 안에 응급치료를 받아야 한다.

　교통사고나 추락사고 등으로 중상을 입은 중증 외상 환자는 사고 후 1시간 안에 응급 수술 같은 필수적인 치료를 받지 못하면 상당수가 목숨을 잃는다.

　생명을 건진다고 해도 1시간 이내 제대로 치료를 받지 못하면 팔다리를 온전히 쓰지 못 하거나 뇌가 손상되는 후유 장애가 생길 위험도 높다.

　우리나라는 매년 각종 사고로 12만 5,000여 명의 중증 외상환자가 발생하고 이 중 1만 1,000여 명이 사망한다. 의료진들은 이들 사망자의 32%는 골든타임인 1시간 안에 응급 치료를 받았다면 목숨을 건질 수 있었을 것으로 추정한다.

제7부 선택選擇

쪽방 촌 사람들

쪽방 촌에는 희망을 가슴위에 올려놓고 사는 사람들이 많다.

2012년 5월 31일 오후 6시 집안에 사람이 쓰러져 있다는 신고를 받았다. 용산구에 있는 쪽방 촌으로 용산소방서 후암119안전센터 구급대가 출동했다. 남산 쪽방 촌에는 보금자리가 없는 사람들이 모여 산다. 빌딩 숲 사이 햇볕 한줌 들지 않는 1평 남짓한 방에는 희망이 자란다. 하루 8천원이면 머리를 눕힐 수 있는 공간을 얻을 수 있다. 2평짜리 방은 20만 원이면 한 달 동안 안식처가 되어준다.

쪽방촌 사람들은 대부분 막노동이나 폐지를 모아 팔아 생활한다. 대부분 최저생계비인 35만 원으로 생활을 꾸려나간다. 적은 돈으로 먹고 입는 것을 해결하려면 하루 3끼 밥은 생각할 수 없다.

쪽방 촌에 들어서자 퀴퀴한 냄새가 골목어귀에 마중 나와 있었다. 신고자가 허름한 집으로 안내했다. 출입문이 잠겨있어서 다른 출구를 물었는데, 2층 옥외 계단을 이용하여 창문으로 출입한다고 하였다.

말이 창문이지 유리가 없어 스티로폼을 테이프로 붙여 반만 막아놓은 상태였다. 스티로폼 너머 어두침침한 방안을 들여다보니 2평 남짓한 다락방에 74세 어르신이 하의를 벗고 누워 있었다. 너저분한 가구 속에 파묻혀 미동도 하지 않았다. 그는 8천 원짜리 일세방에서 폐지를 팔아 근근히 살았다고 한다.

정승현 대원이 "할아버지, 괜찮으세요?"라고 묻자 힘겹게 몸을 돌려 창 쪽으로 멍하니 바라보았다. 바지를 벗은 하체는 앙상한 골반뼈가 고스란히 드러나 있었다. 기력이 약해 문을 열어주지 못할 것 같았다. 유리창 대신 붙어있는 스티로폼을 뜯고 방안에 들어갔다. 벽 쪽에는 곰팡이가 집을 지어 살고 있었다. 악취로 비위가 상했다. 방 안 가득 눅눅한 습기가 차 있었다.

환자를 향해 몸을 숙이고 건강상태를 체크하였다. 괜찮으시냐고 물어보니까 어리둥절한 표정으로 어떻게 들어왔냐고 되물었다. 이웃들이 신고하여 출동하였다는 말에 고개를 저으며 괜찮다고 하신다. 기력이라곤 전혀 없어 보이는데 괜찮다는 말의 뜻을 어떻게 이해해야 할까. 잠깐 사이에 곰팡이 냄새로 숨이 콱 막혀온다.

온갖 잡동사니로 한사람이 내려가기도 좁은 계단이다. 비좁은 계단을 찾아 내려가 문을 열었다. 사람 하나 겨우 빠져나올 수 있는 창문으로 환자를 들것으로 이동하는 것은 코끼리를 냉장고에 넣는 것처럼 어려운 일이었다 .

그 사이 구조대가 도착했다. 도와 줄 수 있는 구조대가 온 것이 그렇게 반가울 수가 없다. 다른 구조대원은 창문 밖에서 대기하고 정승현 대원이 구조대원 한명과 쪽방으로 들어갔다. 환자는 힘없는 눈으로 고개를 저으며 "나 혼자 내일 병원에 갈거요. 돌아들 가세요."라고 말하며 그냥 가라고 하였다.

그러나 버려진 절망 속에서 내일은 오지 않을 것 같았다. 10분 넘게 설득하였지만 허락을 하지 않았다. 강제로 옷을 입혀 환자를 구급차에 태워 국립의료원으로 이송하였다.

　이 세상에 소풍 나온 그는 홀연히 떠나고 싶었을까. 그대로 방치해 두면 얼마 지나지 않아 생을 마감할 것 같았다. 지금도 남산 자락에는 고행하듯 하루를 사는 사람들이 많다.

　그들에게 세상이 따뜻한 기억으로 함께 할 수는 없는 것일까.

부부 夫婦

　며칠 전 집사람이 "우리 죽을 때 같이 죽어요."라고 했다. 벌써 그런 얘기를 할 나이가 되었나 싶어 적이 놀랐다. 부부가 함께 살다 혼자 남으면 허전하기 때문에 던진 질문일까. 주위에 혼자된 어르신들이 힘겹게 살아가는 것을 보면서 많은 생각을 한다.

　부부로 산다는 것은 서로에게 스며지는 것이다. 내력도 성격도 다른 남녀가 고락을 함께 하며 아주 조금씩 닮아간다. 생각하는 것, 좋아하는 것, 말투, 얼굴까지 비슷해진다. 서로의 결함과 상처까지도 받아들인다.

　서양이나 동양이나 부부가 한평생을 함께하기란 여간 어려운 일이 아닌 듯하다. 서양에서 50년을 함께한 부부애를 기념하는 '금혼식'을 성대하게 치르는 것만 봐도 그렇다. 우리는 50년이 아니라 60년, 즉 한 갑자를 경하했다. 회혼연回婚宴이 바로 그것이다.

　'그렇게 살다가 부부가 함께 늙고 죽어 한 무덤에 묻히자.'라는 사랑의 맹세를 해로동혈이라 한다. 많은 부부들의 소망은 같은 날 죽는 것이다.

　1912년 타이타닉호가 침몰할 때 뉴욕 메이시백화점 주인 스트라우스의 아내는 여자들에게 우선 내어준 구명정에 오르지 않았다.

"우리 부부는 40년을 함께 살아왔는데 이제와 따로 떨어져 살 수 없습니다."라고 하였다. 그녀는 구명정이 부족해 타지 못한 남편과 함께 가라앉는 배에 남았다. 사랑이 깊어 죽음까지 공유할 만큼 완전한 사랑이 있을까. 미국 워싱턴공항 찰스 스넬링 회장은 6년 동안 치매를 앓아 온 아내의 손과 발로 살다 함께 떠났다. 그가 아내를 수발하는 것은 60년 동안 받은 내조의 빚을 갚는 일이라고 했다. 자식들에게 보낸 편지에 행복에 대한 희망이 사라진 뒤까지 살지 않기로 했다는 글이 쓰여 있었다고 한다.

2012년 5월 20일 오전 8시 30분 아침, 출근하자마자 구급출동 수보가 내려졌다. 종로소방서 숭인119안전센터 구급대가 출동하였다. 현장에 도착했을 때 60대 부부가 어찌할 줄 모르고 있었다. 파킨슨병을 앓고 있는 남편과 투석환자인 부인은 행동의 자유를 잃어 도움을 신청했던 모양이다.

김성일, 신동진 대원이 문을 열고 들어가자 "미안합니다."라고 인사를 했다. 부인은 고관절통증으로 남편과 병원을 같이 못 가는 게 마음이 아팠는지 눈가에는 이슬이 맺혔다. 앙상한 두 손으로 대원의 손을 잡으며 "저 양반 잘 부탁드립니다."라는 말을 하였다. 오히려 김성일 대원이 더 미안해서 고개를 들 수 없었다. 좀 더 친절히 이송해야겠다는 마음을 가질 수밖에 없었다.

남편은 이송 중에도 부인을 향한 안타까운 마음을 토로하였다. 어제 저녁 갑자기 허리가 아파서 아내를 제대로 간호해주지 못했다고 한다. 이송 중에도 집에 혼자 있는 아내 걱정에 마음이 불안한지 창밖을 보며 생각에 잠겼다. 서로 거동이 불편하지만 불평 없이 배려하며 살아가는 60대 부부를 보고, 구급대원들은 부부가 함께 사는 의미에 대하여 다시 생각하게 되었다.

부부의 요즘 근황이 궁금하여 내가 전화 연결을 하였을 때 부인은 23년 전부터 투석을 받아왔다고 한다. 부인은 엎친 데 덮친 격으로 눈 위에서 미끄러져 고관절 수술을 3번이나 받았다고 했다.

투석을 일주일에 3번씩 받는다는 말에 치료비용이 많이 들겠다고 했더니 20년 전에는 한 달 치료비가 80만 원 정도였지만 요즘은 국가에서 지원하여 월 10만 원으로 줄었다고 했다.

보조금으로 정부로부터 매달 9만 원이 지원되는데 그것도 감사할 일이라고 하였다. 우리나라가 복지가 이만큼 좋아졌다는 말도 잊지 않았다.

남편은 9년 전부터 파킨슨병 치료를 받고 있는 중이라고 했다. "투석하러 가실 때 구급차를 많이 이용하십시오."라는 말에 구급차는 위급한 사람이 타야 되지 않겠느냐고 겸손하게 말했다. 다른 생계 수단이 없어 경제적으로 어려울 텐데 병마와 싸우면서도 늘 기쁜 마음으로 사는 것 같아 아름다웠다.

이렇듯 결혼은 일생을 함께 걷는 일이다. 쉽게 만나고 쉽게 헤어지는 세상에서 현대판 필레몬과 바우키스들은 가슴 저릿한 위안일 것이다.

사랑으로 살기에도 모자라는 시간에 우리는 얼마나 많은 세월을 쓸데없는 감정 다툼으로 허송하고 있는가. 사랑은 사랑할 때만 가치가 있다.

주취자酒醉者의 행포行暴

장맛비가 내리고 있었다.

2012년 8월 21일 오후 11시 서울지하철 6호선 새절역에서 발작 증세를 보이는 환자를 경찰관이 발견하여 119에 신고했다. 환자가 엎드린 채 괴성을 지르며 일어나지 않는다고 했다. 서대문소방서 북가좌119안전센터 이승규, 김세진 구급대원이 출동했다.

구급대가 현장에 도착하자 소나기가 쏟아졌다. 승강장에 한 남성이 누워 있었다. 환자의 별다른 외상흔적은 없었다. 의식을 확인하기 위해서 환자를 깨웠다. 환자의 동공은 약간 산대되어 있었고 뭐라고 중얼거리고 있었다. 응급상황은 아님을 판단하고 환자의 의식 상태를 한 번 더 확인하기 위해서 옆으로 옮겼다.

환자의 토사물이 옆에 있던 경찰관과 구급대원 옷에 튕겼다. 순식간이라 피할 겨를도 없었다. 구급대원은 환자의 기도가 막히지 않을까 걱정하며 거즈와 식염수로 응급처지를 했다.

경찰관은 토사물 냄새를 피해 물러나 있었다. 환자에게 말을 걸어보았다. 술을 마셨느냐고 몇 번 물어보았지만 계속 소리만 지르며 발버둥 쳤다. 환자는 거친 음성으로 술을 엄청나게 많이 마셨다고 대답했다. 주위에 사람들이 삼삼오오 모이기 시작했으나 구경만 할 뿐이었다.

단순 만취자로 보였지만, 잠재적인 병이 있을 수도 있고 돌발적인 의식저하가 올 가능성이 있었다. 환자는 횡설수설하면서도 집 전화번호는 말하지 않았다. 환자를 병원으로 이송하기 위하여 엘리베이터로 옮겼다. 다시 토사물을 쏟아내며 땅바닥에 주저앉아 고래고래 고함을 지르며 난동을 부렸다. 구급대원과 경찰관이 협력해서 환자를 구급차에 태우느라 진땀을 흘렸다.

소나기는 그치지도 않고 줄기차게 퍼붓고 있다. 구급대원 마음에도 비가 내리고 있을지 모른다. 가족들도 포기하는 주취자를 구급대원은 포기할 수가 없기 때문이다.

환자를 안정시키고 기본적인 검사를 하려는데 전혀 협조가 되지 않았다. 보호자와 연락을 취하려고 환자 가방 안을 살펴보니 휴대폰이 있었다. 휴대폰이 잠겨 있어서 풀어줄 것을 요구했지만 안하무인이었다. 지적장애가 있는 것으로 보였다.

가까운 거리에 있는 응암동 서부병원으로 갔으나 의료진이 없다는 이유로 거부되어 다시 연희동 동신병원으로 갔다. 환자를 여러 차례 입원 시킨 적이 있어 관계자를 알고 있는 터라 받아 주었다. 병실침대에 눕혀도 소란을 피우자 간호사는 왜 집으로 돌려보내지 않았느냐며 통명스럽게 말했다.

환자가 의료진에게 협조하지 않고 난동을 부리면 다른 응급환자를 집중적으로 치료하기가 어렵다는 것이 병원 관계자의 설명이었다. 그리고 보호자가 없으면 접수와 수납이 되지 않아 곧바로 치료를 할 수 없다고 하였다. 보호자와 연락이 되어야 입원 수속을 밟는데 경찰관도 답답하였다.

구급대원은 기본적인 응급처치를 하고 경찰에게 인계하면 되지만 임무를 떠넘기는 것 같아 난처했다. 그렇게 새벽2시가 지났다. 그때 환자의 어머니로부터 전화가 왔다. 늦도록 들어오지 않는 아들이 염려되어 전화를 한 것이다. 30분이 지나서 구로동에 사시는 어머니가 병원에 도착했다.

어머니는 구급대원들에게 밤늦도록 고생한다며 고맙다는 인사말을 잊지 않았다. 보호자에게 환자를 인계하고 병원응급실을 나오는데 경찰관이 "구급대 선생님 대단하십니다. 주취자 행패를 참아가며 끝까지 책임을 다한 대원들이 존경스럽고 멋있습니다."라고 했다.

이번 일을 계기로 직업의 사명감이 뭔가를 확실하게 깨우쳐 주었다면서 앞으로는 소방대원들을 적극적으로 돕는 경찰이 되겠다고 했다. 주취자 이송은 어려운 업무 중 하나다. 그러나 적극적으로 업무를 수행 할 때 사회가 밝아진다는 생각으로 출동한다.

 서울 시내 대형병원들이 119 구급환자를 거부한 이유

서울 대형 병원들이 119 구급대를 통해 실려간 응급 환자를 거부한 건수가 2010년 257건에서 2011년 476건, 올 9월 현재 774건이었다.

병원에서 응급 환자를 거부한 이유는 응급실 부족이 419건, 전문의 부재 280건, 중환자실 부족 32건, 입원실 부족 31건, 수술실 부족 9건, 환자·보호자의 변심 2건, 주취자 1건 등이었다. 2010년부터 현재까지 전체적으로도 응급실 부족(46%)과 전문의가 없다는 이유(44%)로 거부되는 건수가 가장 많았다.

선택選擇

구급대는 환자의 증상에 따라 적합한 병원으로 이송하는 것이 중요하다.

마포소방서 상암119안전센터 대기실, 2012년 2월 17일 오전 7시 37분 야간근무를 마치고 아침교대 시간 무렵 구급출동이 접수되었다. 지령지에는 어르신 호흡곤란 증상과 함께 중증이란 문구가 적혀 있었다. 호흡곤란은 응급처치가 가장 어려운 환자에 속한다.

현장에 도착하면 의식이 없거나, 심정지 상태의 환자를 접하게 되어 출동하는 구급대원들도 긴장할 수밖에 없다. 신고자와 환자의 상태에 대하여 통화하면서 현장에 도착했다.

70세인 최씨 할아버지는 거친 호흡으로, 말을 겨우 할 정도로 의식 저하를 보였다. 산소포화도는 정상 수치보다 낮은 70%로 중증환자였다. 휴대용 산소를 투여하며 구급차로 이동하였다. 이상동 대원이 활력징후를 체크하였는데 혈압이 200/150으로 아주 높고, 맥박은 120회로 빨랐다. 몸의 모든 기능이 정상이 아니었다.

아들은 단호한 목소리로 아산병원으로 이송할 것을 요구하였다. 아산병원에서 2년 전 위암수술 한 적이 있고, 모든 검사기록이 있다고 했다. 하지만 출근시간대이고 아산병원까지는 1시간 이상 소요되는 장거리였다. 이상동 구급대원은 보호자에게 시간이 지체되면 생명이 위험할 수 있으니 가까운 대학병원에서 응급치료 받기를 강력히 권유하였다. 하지만 보호자는 완강히 거부했다.

그 사이 환자 의식 상태는 급격히 나빠져 산소포화도가 저하되기 시작하였다. 강변북로 진입직전 마지막으로 보호자에게 이대로 아산병원 가면 환자분의 생명을 잃을 수도 있다고 고승우대원이 설득 했다. 아니 애원을 했다.

그제서야 보호자는 못이기는 척 신촌 연세 세브란스병원으로의 이송에 동의하였다. 구급차는 꽉 막힌 도로에서 사이렌을 울리고 중앙선을 넘나들며 10분도 되지 않아 응급실에 도착하였다.

병원에 도착하자 심한 호흡곤란을 겪고 있는 어르신을 중증응급구역으로 옮겨서 전문응급처치에 들어갔다. 의사는 조금만 늦었어도 생명이 위험했다고 말했다. 의료진의 말을 들은 보호자는 구급대원에게 다가와 고집 부려서 미안하다고 사과를 했다.

구급대원들은 병원선정에 있어 항상 어려움을 겪는다. 환자나 보호자가 원하는 병원이나 집 가까운 병원으로 이송하는 것이 원칙이다. 아주 위급한 환자의 경우 구급대원 경험으로 판단하여 가장 적합한 병원에 이송하기도 한다. 그 과정에서 보호자가 원하지 않을 경우 선택의 기로에 선 대원들은 외줄타기를 하는 심정이 된다.

어렵게나마 보호자를 설득해 환자의 생명을 살릴 수 있어 천만다행이었다. 보호자의 요구대로 먼 거리에 있는 아산병원으로 선택했으면 어떻게 되었을까. 인명은 재천이라는 말이 있지만 때로는 나를 돕는 손길에 의해 생명이 연장되기도 한다는 생각을 한다.

나는 환자의 근황이 궁금하여 아들에게 전화로 물었다. 아버지는 2개월간 병원에 입원했다가 퇴원하였고 지금은 신장이 좋지 않아 가까운 병원에서 투석을 한다고 했다. 우리 구급대원들에게 바라는 점이 있느냐고 물었을 때 너무나 친절히 대해주어서 감사하다는 말과 가까운 병원으로 간 것이 천만다행이었다고 고백했다.

조금만 참으세요 ▼

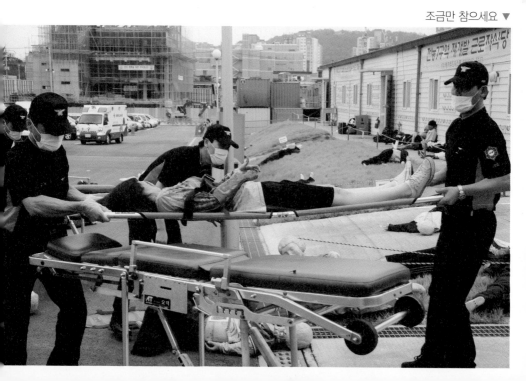

어느 보헤미안의 눈물

1.

우리의 삶이 끊임없는 풍랑 속에서 단련된다 해도 풍랑은 언제나 달갑지 않다. 풍랑이 다가오면 우리는 숨을 곳을 찾는다. 어떻게 하면 이런 수동적인 사고를 극복하고 용기 있게 풍랑을 넘어갈 수 있을까.

2012년 1월 24일 저녁, 공원 내의 음주자 이송을 요청하는 경찰의 신고가 들어왔다. 중랑소방서 면목119안전센터 구급대가 현장에 출동했다. 그는 55세의 남성으로 행려환자로 보였다. 경찰은 시립의료원으로 이송하려던 중 거동이 불편하여 119에 의뢰했다고 설명했다.

몇 번의 이송으로 구급대원에게는 낯이 많이 익은 환자였다. 그는 시립의료원에 입원과 퇴원을 반복하며 매일 상습적으로 공중전화를 이용해 신고한다는 걸 경찰을 통해 알게 되었다. 구급대원들은 화가 나고 괘씸한 마음이 들었지만 환자의 발은 신발을 신기도 힘들 정도로 부종이 심하였다.

영하로 뚝 떨어진 추운날씨에 보금자리가 없는 행려자를 방치할 수는 없었다. 김주환 대원은 이송 중 생체징후를 측정하며 먼저 이야기를 꺼냈다. "아저씨 이런 식으로 매일 술 마시고 경찰차와 구급차를 부르시면 이 동네에 긴급 자동차 출동공백이 생겨요. 5~10분 안에 병원에 가야 할 사람들이 도움을 받지 못해 생명을 잃을 수도 있어요."라고 말하자 잠시 생각을 하는 듯하더니 그가 입을 열었다.

환자는 평생 목수 일을 해서 남부럽지 않게 살았는데 4년 전 큰 교통사고를 당했다고 했다. 그는 1년 동안 병원에서 누워 지낸 뒤 퇴원하였지만 후유증으로 인하여 거동이 불편하고 전신에 걸친 만성통증으로 일상생활 적응에 실패했다. 오직 술로만 연명해오며 모든 재산을 탕진하고 거리로 나오게 되었다고 한다. 그래도 때마다 도와주시는 분들이 있어 얼어 죽지 않고 살았다고 고백했다. 이번에 입원하게 되면 병원의 권유대로 부랑인 사회복지시설에 입소하여 술도 끊고 다시 살아보겠다며 눈물을 흘렸다.

사연을 들은 대원들은 연민의 정을 느껴 작은 용기의 말이라도 전해주고 싶었지만 그저 "치료 잘 받으세요."라는 한마디만 하고 헤어졌다.

사람이란 어쩌면 단 한순간의 생각으로 삶을 송두리 채 잃어버릴 수 있는 지 모른다. 행려 노숙자들은 구급대원들의 업무를 힘들게 하고 사회에 피해만 주는 사람들로 치부하고 있지는 않는가. 얼마나 그들의 덧난 상처를 싸매 주려 했는지 곰곰이 생각해 볼 때 부끄러움이 앞섰다.

그들에게 내미는 작은 도움과 관심 그리고 용기를 붇돋아 주는 따스한 말 한마디가 119의 정신이 아닐까?

2.

어떤 일이든 최선을 다해야 한다. 행려환자 이송도 마찬가지이다.

강동소방서 천호119안전센터 구급대 사무실, 2012년 4월 24일 오전 11시 "서울 성내동 163-16번지 앞에 쓰러진 노숙자 추정"이란 안내방송이 들려왔다. 구급대는 노숙자라는 말에 단순히 시립병원 이송이겠지 하는 생각을 하며 현장에 도착했다. 구급차를 자주 이용하던 60대 남성 노숙자였다. 건물 앞 인도위에 누워서 있었는데 흔들어 의식을 확인하니 대원들을 멍하니 쳐다보았다.

"아저씨, 어디가 아프세요?"

"온몸이 다 아파."라고 대답하고 다시 눈을 감았다. 감긴 눈에는 눈물이 맺혔다. 구급대는 경찰에 노숙자 병원으로 이송한다는 것을 알렸다.

윤지연 대원은 환자 의식이 저하 된듯하여 혈당을 측정하였는데 525mg/dl이 나왔다. 깜짝 놀라 반대쪽 손을 다시 체크했더니 551mg/dl이 나왔다. 정상 혈당이 70~130mg/dl인데 비해 아주 높은 수치였다.

당뇨환자는 혈당관리에 소홀하게 되면 합병증이 올 수 있고, 생명이 위독할 수 있다. 노숙자이다 보니 건강관리가 어디 쉽겠는가. 윤지연 대원은 그 순간 아차 싶었다. 노숙자라고 너무 방심했구나! 하는 생각이 들어 환자를 강동성심병원으로 신속하게 이동시켰다.

이송하는 구급차 내에서 활력징후를 측정하고, 산소를 투여하면서 병원에 도착했다. 의료진의 첫마디가 "노숙자네요."라고 한다.

"혈당이 551mg/dl이고 의식장애가 있습니다."라고 인계하니 의료진도 분주해졌다.

윤 대원은 환자인계 후 병원에서 구급일지를 쓰면서 부끄러운 한숨이 나왔다. 지위고하를 막론하고 어떤 환자에게도 소홀함 없이 처치하자는 신임자 시절 다짐은 어느 순간부터 사라지고 타성에 젖어 나태해진 것이다.

사람의 생명을 다루는 직업인의 가장 큰 적은 자만과 나태함, 그리고 섣부른 판단이다. 혈당측정을 하지 않고 경찰을 기다려 시립병원으로 이송했다면 환자는 더 위험해 질 수도 있었을 것이다.

노숙자는 어떤 병원에서도 치료가 가능하지만 현실은 그렇지 못하다. 구급대는 현장에서 항상 경찰을 기다려야 하고 경찰이 도착하면 함께 원거리에 있는 시립병원으로 이송해야 하는 것이 현실이다.

생명에는 귀천이 없다는 말을 다시 한 번 마음에 새겨본다.

 노숙인은 위기대응 통합콜 "1600-9582"를 이용하세요

서울 시내 노숙인 당사자나 보호가 필요한 노숙인을 발견한 시민 누구나 이용할 수 있는 '위기대응 통합콜(1600-9582)'이 생긴다. 알코올중독이나 정신질환이 있는 거리노숙인들을 위해 정신과 의료진 7명으로 구성된 정신과 전문상담팀 '스트리트 닥터'도 처음 도입하기로 했다.

서울시 노숙인은 2011년 9월 기준 4,340명으로, 이 가운데 576명(13%)은 노숙인 시설을 이용하지 않는 거리노숙인이다. 거리노숙인 가운데 22%가 심각한 알콜의존증세를 보이고, 10%가 중증정신질환으로 시설입소를 거부하고 있는 것으로 나타났다.

May I help you?

우리나라를 찾는 외국인에게 무엇을 보여 줄 것인가.

2년 전 볼일이 있어 명동거리를 걸은 적이 있다. 길거리에는 선물 꾸러미를 든 외국인 관광객이 대부분을 차지하고 있었다. 명동거리는 일본, 중국 관광객들로 붐빈다는 이야기를 들었지만 이렇게 많은 줄은 몰랐다.

2012년 11월 28일 오전 7시 41분, 청소를 마치고 아침식사를 할 시간이었다. "종로구 명륜동여학생 두통"이라는 출동지령을 받고 종로소방서 종로119안전센터 대원들은 텅 빈 속을 달래며 구급차에 몸을 실었다. 신고자는 어눌한 말투로 '환자는 계속 구토를 하고 있다.'고 했다.

현장에 도착했을 때 8평 정도 되는 지하 방안에서 코가 찡할 정도로 쾌쾌한 냄새가 났다. 22세의 환자는 침대에 엎드린 채 계속 구토를 하고 있었다. 두 여학생은 중국에서 온 유학생이었다. 학생들은 한국말을 배운지 얼마 되지 않아 말을 잘 하지 못했다.

조중용 대원은 영어라면 자신이 있었지만 중국어로는 소통이 되지 않아 핸드폰 통역서비스를 요청했다. 한국관광공사 안내센터 02-779-4116번으로 중국어 통역을 신청했다. 현장에서 환자와 대화가 이루어져야 그에 따른 이송방법을 결정할 수 있다.

구급대원들은 환자가 한국에서 구급차를 이용하는 것이 처음이자 마지막일 수 있다는 생각이 들어 우리나라 환자를 돌보는 것 이상으로 친절한 서비스를 했다.

조중용 대원은 "종로는 서울의 중심이고 전통과 볼거리가 많아 외국인들이 많이 오는 곳인 만큼 구급대원으로서 최선을 다 해야 했다. 불쾌한 나라가 아닌 최상의 서비스국가라는 이미지를 홍보하고 싶었다."라고 말했다.

나는 학생이 건강을 회복한 후 전화로 몇 가지 물어 보았다. 학생은 전날 상한 음식을 먹어 식중독을 일으켰다고 했다. 고향은 중국 산둥이고 한양대학교 3학년에 재학 중이었다. 한양대학교에 재학 중인 중국학생이 몇 명이냐고 물었더니 800여 명이나 된단다. 이제 우리나라도 다문화 이민자뿐만 아니라 유학생들을 위한 정책 서비스가 필요한 시대에 와 있다. 이들에게 좋은 면모를 보여 줘야 한국을 다시 찾을 것이다.

유학생들도 우리나라를 좋아해서 찾는 외국인들이다. 119구급대원들이 외국 손님들에게 친절을 베푸는 것도 국위를 선양하는 것이라는 생각을 해본다.

외국 관광객 觀光客 안내는 119로

외국관광객 안내전화는 어떻게 해야 할 것인가.

날씨가 좋은 날이면 주말 평일 할 것 없이 여의도 한강 시민공원은 항상 사람들로 붐빈다. 여름 낮 기온이 높은 탓인지 밤에는 더위를 식히러 한강을 찾는 사람들이 많다. 근래 한강변에 자전거도로를 만들어 자전거 사고도 심심찮게 발생한다.

2012년 6월 19일 오후 6시 20분경 "영등포구 여의도동 국회의사당 주변 자전거 도로상 자전거사고" 영등포소방서 여의도119안전센터에 구급대 출동 지령이 내려졌다. 신고자와 통화로 사고 내용을 물었다. 자전거사고가 아니라 어떤 아주머니가 누워있다고 빨리 와달라고 했다. 여의도 공원으로 차량이 진입하자 마주 오는 시민들이 환자의 위치를 알려주었다.

한국말을 전혀 못하는 일본인이 쓰러져 있었다. 순간 박상희대원은 당황했다. 영어권 외국인은 많이 만나봤지만 일본인은 처음이었다. 다행히 신락성 대원이 일본어를 구사할 수 있어 상황을 파악할 수 있었다.

그녀는 여의도공원 산책 중 왼쪽다리가 저리더니, 갑자기 오른쪽다리로 번졌다고 했다. 심장이 두근거리고 빨리 뛰는 증상심계항진,心悸

元進이 나타났다. 64세의 나이로 심장약을 복용중인데 그날은 빡빡한 여행 일정으로 급하게 나오느라 약 복용을 깜박 잊었다고 했다. 구급차 내에서 활력징후를 측정하고, 산소를 공급하면서 여의도성모병원으로 이송했다.

환자를 병원에 인계하면서 자세한 환자의 상태를 설명했더니 담당의사는 치료에 많은 도움이 되겠다면서 임무를 마친 대원들에게 고맙다는 말을 되풀이 했다. 해외여행 중 병원을 찾을 일이 생겼을 때 의사소통이 되지 않는다면 정말 난감할 것이다. 이제는 외국인에게 질 높은 서비스를 제공하기 위해 구급대원들도 어학공부를 많이 해야 할 것이다.

외국인이 서울에서 여행 중일 때는 국번 없이 119만 누르면 응급출동부터 전문의 상담까지 의료서비스를 받을 수 있다. 24시간 전문의 5명이 교대로 상주하고 있다. 센터에 전화가 접수되면 응급·비응급에 따라 환자구급 서비스가 이뤄진다.

비응급환자는 기본 상담을 받고 필요 시 전문의 상담을 받게 된다. 응급상황으로 판단되면 접수 즉시 출동하여 병원으로 이송한다.

의료 서비스 이외에 영어, 일어, 중국어, 몽골어, 베트남어 5개 외국어 의료안내서비스도 24시간 제공된다. 외국인 의료서비스는 유관기관인 120다산콜센터, 서울 글로벌센터, 외국인 진료소는 서울소방방재센터와 협력 체계를 이루어 서비스를 제공하고 있다.

한국 여행 중 통역이 필요할 때 한국관광공사와 문화관광부에 전화하면 서울에서는 외국어 안내를 받을 수 있다. 한국관광공사에서는 영어, 일본어, 중국어 통역서비스를 하고 문화관광부 전화1588-

5644에서는 영어, 일본어, 중국어는 물론이고 러시아어, 베트남어, 아랍어, 스페인어, 스웨덴어 등 18개 국어 통역 서비스를 받을 수 있다. 그런데 의료에 관한 안내번호는 서로 다르다.

외국인이 많이 찾는 인사동거리에는 외국인 전용 119안내전화 부스가 5군데 설치되어 있다. 영상으로 얼굴을 보면서 통화할 수 있다.

외국인들이 낯선 나라의 콜센터 전화번호를 알기 어렵기 때문에 서울 이외의 다른 지역에서도 외국어 통역서비스를 누구나 알고 있는 119로 통합 운영하는 것은 어떨까.

올해 사상 처음으로 우리나라를 찾은 외국인 관광객이 1,000만 명을 돌파했다고 한다. 관광산업의 질적 성장에 관해 다양한 담론들도 쏟아져 나오고 있다. 외국인 관광객 수가 1,000만 명 시대를 맞았지만 아직 갈 길은 멀다. 한국은 외국인 관광객 방문 세계 24위로 아직까지 아시아 국가 중 홍콩이나 태국, 마카오, 싱가포르 등에도 뒤진다. 특히 단순한 양적 팽창보다는 관광 상품의 질적 향상을 통해 재방문율을 높여야 한다는 목소리가 높다.

2012년 한국문화관광연구원 설문조사에서 한국 여행 시 '언어 소통이 되지 않는다'를 전체 불편 사항 중 1위로 꼽았다. 외국 관광객을 유치하기 위해 구급서비스가 필요한 시대에 구급대원들이 간단한 외국어를 습득하는 것은 관광 서비스 품질을 높이는 길이라는 생각을 해본다.

개성個性은 경쟁력이다

1.

사람이 외모에 신경 쓰는 것은 상대방을 위한 배려이기도 하다.

"서초구 방배동 가정집에 호흡곤란과 마비 증세의 20대 남자"라는 지령이 접수되어 서초소방서 구급대가 출동했다.

구급대원은 보호자에게 전화하여 전후 상황을 파악했다. 과호흡 증세로 의심되어 보호자에게 기본적인 응급처치를 지도하면서 현장에 도착했다. 어머니가 20대 초반으로 보이는 아들의 팔·다리를 주무르면서 걱정하고 있었다.

어머니는 몇 시간 전 귀가한 아들이 피곤하다고 말하자 왜 외박을 하고 늦게 다니냐며 야단을 쳤다고 했다. 어머니와 말다툼을 하던 중 갑자기 아들이 쓰러지자 어머니가 당황하여 119에 신고한 것이다.

환자는 서울에서 고등학교를 졸업하고 연예계 쪽으로 진출하기 위하여 연예기획사에 들어갔으나 적응하지 못했다. 아들이 외모에 신경을 많이 쓰자 어머니가 얼굴 성형도 시켜줬다고 했다.

이승관 대원이 보기에 눈과 코 뿐만 아니라 턱까지 성형 흔적이 있었다. 요즘 들어 남자들도 외모를 가꾸고 성형수술을 한다고는 하지만 바로 눈앞에서 환자를 대한 것은 처음이었단다. 사회가 겉모습으로 사람을 평가하기 때문에 빚어진 현상일지도 모른다. 과도한 성형은 생명을 위협할 수도 있다는 생각에 안타까운 마음이 앞선다.

나는 환자의 근황이 궁금하여 어머니에게 전화를 해보았다. 어머니는 반갑게 전화를 받았다. "그날 병원에서 치료받고 바로 퇴원했어요, 그동안 큰 키 때문에 스트레스를 심하게 받았었나 봐요."라고 하였다

그는 키가 2m를 넘는 장신이다. 아르바이트를 해도 키 때문에 오래 근무하기가 힘들다고 한다. 얼마 전 제과점에 입사를 했는데 얼마 있지 못하고 나와야 했다. 키가 커서 가게 간판을 가리게 되고 고객들에게 위협감을 준다는 이유이다. 어머니는 하나뿐인 아들의 몸이 약하고 성격이 예민해서 늘 걱정이라고 했다.

식당일을 하는 어머니는 외모에 신경 쓰는 아들을 위해 대출을 받아서 성형수술까지 해주었단다. 키가 작아서 고민을 하는 사람들을 많이 봤지만 큰 키 때문에 스트레스를 받는 고민은 처음 들었다. 그러나 그의 큰 키는 경쟁력이 될 수도 있으므로 생각을 바꿀 필요가 있다.

어느 연예인은 "요즘 눈, 코 성형수술을 안 하면 예의가 아니다."라고 말한다. 그 만큼 성형수술이 일반화 되었다. 우리나라 여성 성형수술률이 세계 1위라고 한다. 지하철이나 길거리, 심지어는 움직이는 버스 광고까지, "유행따라 고치세요. 고치기전과 고친 후 자신감을 드려요."라는 문구를 볼 수 있다. 이는 마치 우리에게 성형할 것을 종용하는 것 같은 느낌을 준다.

성형이 자신감을 준다는 말은 언청이나 화상 환자, 얼굴이 기형인 사람들에게나 어울릴 듯한 표현이다. 멀쩡한 얼굴을 뜯어고쳐 생긴

'자신감'은 조금만 나이 들면 금방 사라질 것이다.

무절제한 성형수술은 후유증을 불러 올 수 있다. 타고난 우리 몸은 모두 다 명품이다. 뜯어고쳐 훼손할 필요가 있을까.

2.

성형수술 후유증으로 고생하는 사람들도 많다.

한 여대생이 양악수술을 받은 뒤 1년 반 동안 수술부작용으로 스스로 목숨을 끊었다. 양악수술을 받는 사람이 늘면서 피해도 급증하고 있다. 그는 턱이 돌아가고 눈물샘이 막혀 눈물이 계속 흘러 고통스러웠다. 양악수술은 위턱과 아래턱이 맞물리지 않아 음식을 제대로 씹지 못하든지 얼굴 기형이 심한 사람의 고통을 덜어 주기위한 수술이다. 위턱과 아래턱을 깎는 것이다. 처음에는 치료를 목적으로 시술됐으나 요즘엔 미용 성형으로 유행하고 있다. TV와 인터넷을 통해 양악수술을 받고 얼굴이 갸름하게 예뻐진 연예인들의 사례가 널리 알려졌기 때문이다.

최근 병원의 과잉 선전과 여기에 현혹된 사람들의 잘못된 판단으로 성형수술이 유행하게 되었다. 수술을 하는 연령대도 중고생으로까지 낮아지고 있다. 한 해 수천 명이 양악수술을 받는다고 한다.

양악 수술은 전신마취를 하고 위턱과 아래턱뼈를 잘라내 턱의 위치를 다시 맞추는 대수술이다. 수술이 잘못되면 부작용으로 얼굴 윤곽이 수술 전보다 더 삐뚤어지거나 입술, 턱의 감각이 무뎌지고 턱관절 장애나 청력에 이상이 오기도 한다. 심지어 뼈의 혈액순환이 안 돼 인체 조직이 썩어 들어가는 일도 생긴다.

그럼에도 불구하고 우리 사회의 외모 지상주의는 열병처럼 번져가고 있다. 턱 수술의 부작용으로 고통을 겪는 건 환자들에게 위험성을 충분히 알려주지 않은 채 수술부터 권하는 병원 측의 책임도 크다. 미국, 일본에서는 수술 전 '교정치료, 수술, 수술 후 교정치료' 3단계 방식이라 한다. 우리나라는 수술 전 교정치료를 생략하고 대부분이 먼저 수술부터 시행하기 때문에 부작용이 생긴다. 이런 부작용을 막으려면 오랫동안 축적된 국제표준에 따를 필요가 있다.

외모를 사회경쟁력으로 여기는 사회인식도 문제이다. 한 연구기관에서 전국 10대 이상 남녀 700명을 대상으로 조사한 결과 응답자의 70%가 "외모가 사회생활에서 경쟁력으로 작용 한다."고 답했다. 외모지상주의에 대해서는 '남의 눈을 의식하는 문화' 때문이란 대답이 가장 많았다.

미의 기준이 서구적 외모에 맞춰져 있다는 것도 문제다.

외모마저 유행에 휘둘려 개성을 죽이고 있다. 요즘 서구에선 앞니가 벌어진 것을 매력으로 내세우는 모델들이 인기를 끌고 있다. 한국 같으면 의아해 할 수 있겠으나 이를 개성으로 앞세운 모델들의 가치관이 신선한 충격을 주었다. 뉴욕에서 활동하는 모델 혜박은 낮은 코, 쌍꺼풀 없는 눈, 얇은 입술의 동양적 외모로 세계 톱모델의 자리에 올랐다. 그는 성공 비결을 "남과 다른 것이 나만의 경쟁력"이라고 소개했다.

있는 그대로의 자신을 소중하게 여길 때 약점이 아니라 개성이 된다.

탄생誕生은 또 다른 희망希望이다

1.

2012년 6월 14일 오후 9시 32분경, 임산부의 양수가 터졌다는 구급 수보가 접수되었다. 서울 창동119안전센터 구급대가 현장으로 출발하였다. 서울방재센터 의료지도팀의 출산이 임박한 임산부를 병원으로 이송해야 한다는 내용이었다. 구급대원들은 아기를 받아 보지 않았기 때문에 긴장할 수밖에 없었다. 하지만 출산에 대한 응급처치 교육을 받은 적이 있어 대원들은 자신감을 갖고 출동하였다.

현장에 도착하였을 때 34세의 산모 홍씨는 양수가 터진 상태로 거실바닥에 누워있었다. 구급대원이 초산인지 물었을 때 산모는 두 번째 아이라고 말했다. 금방 아이가 나올 것 같다고 말해서 출산준비를 했다. 산통이 한 차례 지나자 산모는 걸을 수 있다면서 병원에 가기를 원했다. 대원들은 산모를 이불에 싸서 들것으로 계단을 내려와 구급차에 태웠다.

산모가 구급차에 타자마자 출산준비를 했다. 이불 위에 멸균 수술포를 깔고 멸균장갑을 끼고 분만세트를 준비했다. 순간 산모가 "아이가 지금 나올 것 같아요."라고 말하자, 한숙경 대원은 산모의 하의를 탈의하였다. 산모가 산통으로 힘들어 하자 산소를 주기 시작했다. 그러던 순간 아이머리의 1/3이 보이기 시작하더니 산통이 끝나자 아이의 머리가 자궁내로 다시 들어갔다. 잠시 후 산모는 또 한 번 산통을 시작하였고, 아이 머리가 보이기 시작했다.

구급차 내에서 출산을 할 상황이었다. 산모에게 깊은 심호흡과 동시에 아랫배에 힘을 줘 보라고 유도하였다. 아이 머리가 완전히 나오자 한숙경 대원은 머리를 잡고 왼쪽으로 돌리고, 정지영 대원은 윗배를 아래로 쓰러내리듯 누르자 아이의 어깨부터 몸 전체가 산모로부터 미끄러지듯 완전히 빠져 나왔다. 남자아이였다. 아이는 나오자마자 힘찬 울음을 터트렸다. 10여분이나 지났을까! 짧은 시간이었다.

아이의 입과 코에서 분비물을 제거하고 멸균 거즈로 얼굴을 닦아주었다. 아이를 보온포로 싸고, 산모와 아이가 연결되어있는 탯줄을 잘랐다. 그야말로 손발이 척척 맞았다. 그 순간 구급차는 햇빛 산부인과에 도착하였다. 간호사는 아이가 3.38㎏으로 아주 건강하고 산모도 건강하다고 말했다. 구급대원들은 한 생명이 탄생하는 순간 그 자리에 함께 했다는 것에 감사했다. 그리고 산모와 아이가 건강한 것에 감격의 눈물을 흘렸다.

내가 이송 상황을 알아보려고 전화를 했을 때 한숙경 대원은 그날이 생일이었는데 구급차 안에서 최고의 선물을 받았다고 하면서 기뻐했다. 산모 홍씨는 119구급대를 이용하지 않았더라면 차 안에서 본인이 아이를 받아 낼 뻔했다면서 가슴을 쓸어내렸다.

화재현장의 출동명령은 긴장으로부터 시작되어 씁쓸하게 마무리 되는 경우가 많지만 이번 출동은 대원들 마음에 뿌듯함을 안겨주었다.

2.

2012년 1월 26일 새벽 2시경 서울 성동구 용답동에 구급출동 하라는 수보가 접수 되었다. 임산부가 양수가 터져 분만직전의 상태에 있다는 것이다. 전농119안전센터 구급대가 출동하였다.

임산부 권씨는 아기가 거꾸로 있어 둔위분만을 해야 할 상항이라 병원에 수술날짜까지 받아놓은 상태였다. 자연분만은 위험하기 때문이었다. 친정어머니는 어차피 수술을 해야 하므로 좋은 날짜를 택해 아이를 태어나게 하고 싶었던 모양이다.

그래서 철학관을 찾아 갔다. 1월 27일 오전 10시에 출산을 하면 "최소한 장관 이상 될 수 있다."고 하였지만 아기는 수술 날짜보다 하루 먼저 세상에 태어나 할머니의 기대에 미치지 못했다.

최준열 대원은 20년 동안 구급대에 몸 담아온 베테랑 직원이다. 정상적인 분만은 10이 차례 경험하여 자신이 있었으나 둔위분만은 이론적으로만 알고 있는 상태였다. 둔위분만은 분만 때 태아의 머리보다 엉덩이 쪽이 먼저 나오는 것으로 정상분만보다 자폐스펙트럼장애 ASD가 발생할 위험이 높다.

어쨌든 신속하게 병원으로 이송하는 수밖에 없었다. 들것으로 가파르고 폭이 좁은 2층 계단을 조심스럽게 내려왔다. 임산부가 자주 다니던 병원은 장안동 소재 린산부인과인데 이송하는데 5분이 걸렸다.

병원입구에 막 도착할 무렵 임산부는 진통이 오는지 고함소리가 더욱 커진 상태였다. 병원 내 엘리베이터 입구에 막 도착하자마자 다행히 아기의 다리가 산모로부터 빠져나오기 시작하였다. 엘리베이터 안에서 분만을 유도하여 문이 열리는 순간 마지막으로 아기의 머리가 힘들게 빠져 나왔다. 엘리베이터 문밖에서 미리 대기하고 있던 간호사에게 건강한 아기와 산모를 인계하였다. 대원들은 무사히 자연분만 한 산모와 건강하게 태어난 아기에게 고마움을 느꼈다.

이 글을 쓰면서 내가 아기의 건강을 전화로 물었을 때 친정어머니는 산모가 병원에서 3일후 건강한 모습으로 아기와 함께 퇴원하여 잘 지내고 있다고 하였다. 장관자리는 놓쳤지만 다행히 아기가 아주 야무지고 건강하다며 희망에 부풀어 있었다. 좋은 날짜를 잡기위해 철학관을 두 군데나 찾아갔으나 출산 날짜가 다르게 나왔단다. 친정어머니의 "말짱 도루묵이지요."라는 말에 내가 "앞으로 장관 이상은 할 것"이라고 말해 주었다.

사람의 출생일을 인위적으로 조절한다는 것은 신의 영역을 침범하는 것 아닐까. 하늘의 시간을 사람이 마음대로 조율할 수 없는 것 같다.

아기야 울지마 ▲

제8부 삶이 눈물이라지만

아름다운 사연事緣

1.

안녕하세요. 소방방재청장님,

저는 장위3동에 사는 주민 최○○이라고 합니다. 지난 10월 7일에 저의 친구의 남편이 갑자기 가슴이 아프다며 쓰러진 일이 있었습니다. 장위 119구급대원의 도움으로 친구 남편의 건강이 회복되어 구급대원들을 칭찬하고자 이 편지를 씁니다.

친구 남편이 쓰러져 급히 연락을 받고 도착하였을 때 이미 장위 119구급대원들이 도착하여 환자를 살피고 있었고 빠르게 들것으로 차에 태운 뒤 병원으로 이송하였습니다. 조마조마한 마음으로 친구에게 전화를 해보니 구급대원들이 빨리 도착하여 여러 가지 기구들을 이용해 환자의 상태를 확인하고 신속하게 경희대 병원에 데려다주었다고 했습니다. 쓰러진 친구 남편은 급성 심근경색으로 수술을 받고 지금은 회복하여 퇴원하게 되었습니다.

그때를 생각하면 아직도 가슴이 철렁하다고 친구는 말합니다. 위급한 상황에서 어찌할 바를 모를 때 119구급대는 구세주라는 생각을 해봅니다. 빠르게 병원으로 이송되어 수술도 잘 받고 건강을 회복한 모든 것이 장위 119구급대원들 덕이라고 생각합니다. 생명의 은인은 김만선, 류희수, 조현재 세분으로 기억합니다. 정말 119구급대가 있어 살기 좋은 나라라고 생각합니다.

위 글은 서울 성북구 장위동에 사는 최씨가 2011년 10월 30일 소방
방재청장 앞으로 보낸 감사의 편지이다. 친구 남편의 불행한 일에 대
하여 감사의 편지를 쓴다는 것이 쉽지 않은 것 같아서 글을 쓴 분에게
전화를 해 보았다. 40년간 이웃에서 친형제처럼 살았기 때문에 감사
의 편지를 쓸 수 있었다고 말했다.

친구 남편은 70세의 나이에도 불구하고 소일거리로 오토바이 택배
를 했다. 그날따라 몸이 좋지 않아서 집으로 일찍 돌아와 갑자기 쓰
러져서 가족들은 무척 당황했다고 한다. 수화기 너머 그녀의 목소리
가 진심어린 마음으로 다가왔다.

사람은 나를 알아주는 사람이 있다는 것만으로도 행복감에 젖는
다. 그녀는 연신119구급대원의 친절함에 감사하다는 말을 잊지 않았
다. 환자는 경희대 병원에서 일주일간 치료를 받고 퇴원하여 건강을
되찾았다고 한다.

오늘은 소방관이라는 직업을 가진 사람으로서 행복하고 흐뭇하다.

2.

119 소방안전센터 서교동 소방공무원님들께 감사 올립니다.

불철주야 비가 오나 눈이 오나 화재사건과 위험에 빠진 사람들을 구하기
위해 몸을 아끼지 않는 것에 대하여 존경의 마음을 갖습니다. 내 자식과 내
가족을 돌보는 정성과 열정으로 위험을 무릅쓰고 뛰어다니며 고생하는 소방 공무
원님들께 한없는 감사의 마음을 올리고 싶습니다.

저는 2011. 5. 18 신촌 장로교회 언덕길 건널목에서 교통사고를 당했습니다.
119에서 출동하였고 저는 고려병원으로 보내달라고 떼를 썼지만 무슨 연유인지

대원들은 연세 세브란스병원으로 보내주었지요. 그때 대원들의 행동에 불만을 품 었는데 알고 보니 연세 세브란스병원이 우리나라에서 제일가는 유능한 병원 이었습니다. 119구급대원들의 친절에 다시 한 번 고개가 숙여집니다. 능력 있 는 분들은 어리석고 미련한 바보들에게 끌려 다니지 않고, 지휘하고 리드한다 는 사실을 다시 한 번 깨달았습니다.

좋은 병원을 선택하여 환자가 고생 안하고 쉽게 치료받고 빨리 회복 할 수 있도록 안내해 주셔서 얼마나 감사한지 모릅니다. 119 소방공무원님들에게 빚 을 진 사람으로서 이 세상은 아직 살만하다는 생각을 해봅니다. 생명의 도움 과 위기의 공포에서도 119 소방공무원님들의 격려를 잊을 수가 없습니다.

위의 내용은 신씨 아주머니가 민원인이 '시장에게 바란다'에 올린 글이다. 나는 이 글을 읽고 어떻게 다쳤으며 병원에서 완쾌는 잘 되 었는지 궁금해서 전화를 해 보았다. 그녀는 51년생이라 하였다. 사고 내용은 특이 했다.

좁은 골목길을 걸어가고 있는데 낡은 봉고차가 그녀의 왼쪽발등을 밟고 지나갔다. 공교롭게도 그녀의 손가락이 문손잡이에 끼어서 질 질 끌려가고 있었다. 뺑소니 하려는 것을 직감적으로 느껴 차를 세우 라고 소리쳤지만 차는 계속 언덕 위 골목길로 향하고 있었다. 끌려가 다 정신을 잃고 그녀는 쓰러졌다.

옆에서 이 광경을 지켜본 행인이 차를 세우라고 소리치자 운전자 는 막다른 골목길 언덕 위에서 차를 세우고 내렸다. 당황한 운전자는 브레이크를 채우지 않았다. 브레이크가 풀린 차는 후진하면서 다시 그녀의 오른쪽 발을 타고 넘었다.

경찰이 출동했고 운전기사는 잡혔다. 그 사이 구급차가 도착해서 양 발과 목에 부목을 대고 환자를 병원으로 이송하였다. 발가락은 골절 되고 다리에는 실금이 갔다. 그후 연세병원에서 치료를 받고 완쾌 되었다.

그녀는 10여 년 전에도 어떤 사고로 곤경에 처했었는데 성동소방서 고기연 소방관으로부터 도움을 받았다는 이야기를 하면서 감사의 뜻을 전했다.

이 세상에 살면서 많은 은인들을 만난다. 그녀에게 있어 소방공무원은 생명의 은인처럼 느껴 질 것이라는 생각을 해본다.

3.

저는 은평구 갈현동에 사는 주부입니다. 늦은 결혼과 고령임신(43살)인 탓에 하늘이 주신 선물이라 여기며 행복한 마음으로 어느덧 9개월의 만삭의 몸이 되었지요. 출산을 기다리며 친정에 머물던 중 친정엄마가 갑작스런 의식불명 상태에 빠져 신속하게 119를 불렀습니다. 119의 도움으로 엄마는 병원에서 치료를 받고 무사히 귀가를 했어요.

그 때 녹번119안전센터 대원들께서 만삭인 제 몸을 보시곤 좋은 차량(벤) 119차량을 이용할 수 있고 아기 낳으러 갈 때나 태어난 후에도 100일 까지 부담 없이 이용할 수 있다며 뜻밖에 좋은 소식을 전해주셨어요. 그 동안 남편이 출근한 탓에 혼자 택시를 불러 병원에 다니며 불안했는데 꼭 필요한 정보를 주셔서 얼마나 감사한지 모릅니다.

제가 아기 낳을 달쯤에 빈혈 수치가 높아 이틀에 한번 꼴로 철분주사를 맞으러 병원에 다녔어요. 그때도 병원까지 안전하게 데려다 주고 진료하는 동안 기다렸다가 집까지 데려다 주실 때 한국 복지정책에 대하여 따뜻한 감동을 받았어요.

구급차에는 여성이 타고 계셔서 육아에 대한 정보와 응급처치 요령, 필요물품까지 좋은 정보를 주셨어요. 집에 오는 내내 편안함과 미소를 지으며 즐겁게 올 수 있었고 너무 친절하셔서 감동이었습니다.

녹번 119대원들 최승구, 김현선, 이병진 님. 저를 배려해주고 신경을 써주셔서 감사합니다. 저는 무사히 건강한 아기를 낳았습니다. 감사한 마음의 편지를 이렇게 출산 다음날 병실에서 씁니다. 이런 제도가 계속 이어졌으면 좋겠습니다.

이 글은 수혜자인 최씨 산모가 2011년 5월 26일 서울시장 앞으로 보낸 편지 내용이다. 내가 아기가 어떻게 자라는지 안부전화 했을 때 17개월인데 잘 크고 있다면서 무척 반가워하였다.

친정어머니의 건강을 묻자 심장이 두근거리는 증세가 있어 그 뒤로 구급대를 몇 번 더 이용하였는데 요즘은 건강이 많이 좋아졌다고 했다. 아버지도 몸이 굳어지는 증세로 10년 동안 침대에 누워 지내는 바람에 구급대를 여러 번 이용했다고 한다.

가족들이 부를 때마다 친절하게 달려와 준 119구급대원들의 노고에 감사하다는 말을 잊지 않았다.

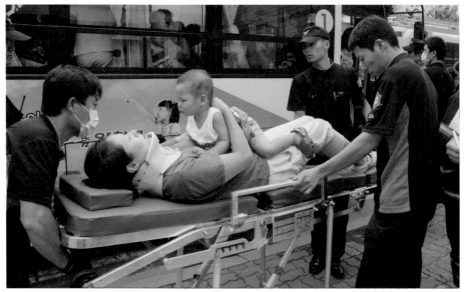

엄마 많이 아파? ▲

긍정肯定은 외롭지 않다

의료기술은 나날이 발전하지만 중환자 병동에는 이름 모를 병으로 신음하는 사람들이 많다. 그중 근육병은 시간이 경과할수록 손가락 하나 움직일 수 없게 되는 끔찍한 질환이다. 행동이 자유롭지 않아 간병인이 하루 종일 곁에서 환자를 돌봐야 한다. 인공호흡기, 가래제거기 같은 의료기기를 늘 달고 다녀야 하는 치료법이라 일반병원에서 진료를 기피하는 경우도 있다.

선진국처럼 24시간 전문 간병인 제도와 요양시설 운영이 필요하지만 우리 복지망은 아직 이들의 고통을 덜어주기에 역부족이다. 가족들이 일을 중단하고 환자를 돌보다 가세가 기울어 온가족이 아픔을 겪게 되는 경우도 있다.

이런 가정을 위하여 정부는 예산을 얼마나 확보하고 있을까.

의료비 지원 대상 희귀 난치성 질환은 2001년 4종에서 2012년 134종으로 지난 11년 새 폭발적으로 증가했다. 그러나 같은 기간 예산은 87억 원에서 315억 원으로 늘었을 뿐이다. 정부가 환자 단체나 의료계의 요구를 받아들여 대상 질환을 크게 확대하면서도 예산은 소폭 늘렸으니 환자에게 돌아가는 혜택이 충분치 못하다.

복지 혜택은 질환의 경중에 따라 등급을 나눠 치명적인 희귀 난치병을 앓고 있는 환자에게 실질적인 혜택이 돌아가도록 해야 한다는 생각이다. 복지 재원을 무작정 늘릴 수는 없겠지만 난치병 관리에 집중할 필요가 있다. 가정이 건강해야 나라가 건강해진다는 생각을 해본다. 모자라는 재원을 충당하기 위해서는 민간의 동참을 이끌어 낼 방안도 있지 않을까.

다음은 고엽제로 하반신이 마비되어 어렵게 살아가고 있는 환자의 119의 작은 친절에 대한 감사의 편지이다.

용산소방서 이태원119안전센터 구급대 직원들께 감사드립니다. 저는 이태원1동에 사는 김○○입니다. 다름이 아니오라 저희 남편이 2012년 11월 21일 당뇨로 인한 저혈당이 와서 의식이 없어지고 혈압이 높아져 위급한 상황이었습니다.

119에 응급전화를 했는데 신속하게 출동하였습니다. 저희 집은 2층이고 옛날 주택이라 계단도 협소했습니다. 들것도 사용할 수 없었습니다. 이태원119안전센터 구급대원님께서 손수 등에 업으시고 차량까지 이동하셨는데 응급조치과정도 침착하게 정말로 사랑으로 정성껏 보살피는 모습이 너무 너무 감사했습니다.

방송으로 보던 것과는 다르게 정말 감동하여서 글을 올리게 되었습니다.

둔촌동 보훈병원까지 먼 거리를 정성껏 모셔다 주셔서 위험한 고비를 넘기고 치료를 잘 받고 있습니다. 우리나라 복지 혜택에 감사를 드립니다. 용산소방서 모든 분들께 감사드리며 좋은 일 많으시기를 기도합니다.

내가 서울 강동소방서 예방과장이라는 신분을 밝히고 안부 전화를 했을 때 보호자는 무척 반가워했다. 소방관들의 노고에 감사한다면서 남편은 응급조치를 받고 퇴원했다고 말했다. 그녀는 119구급차를 몇 번 이용하여 68세의 남편이 위기를 넘겼다고 했다.

구급차를 부르는 무슨 이유라도 있느냐는 물음에 남편은 월남전에 참전하였는데 10년 전부터 고엽제로 몸이 아프기 시작했다. 어느 날 갑자기 쓰러져서 구급차를 이용한 적이 있고, 3년 전 위 천공수술을 할 때도 구급차의 도움을 받았다고 했다. 수술 후부터 하반신이 마비되어 거동이 불편하게 되었다. 하지만 그녀의 남편자랑은 남달랐다. "우리 그이는 수필을 쓰는 작가예요, 상반신은 움직이기 때문에 글을 쓰는 데는 아무 문제가 없어요."라고 말했다.

사고가 있기 전 그녀의 남편은 상당히 건강했다. 성균관에서 동양철학을 5년간 공부하고, 신문사 편집국장을 할 정도로 활동적이었으나 고엽제 영향으로 몸이 아프고부터는 신경 쇠약 증세를 보이며 친구조차 만나기를 꺼린다고 했다.

간호하느라 힘들겠다고 했더니 그녀는 의외로 "나는 행복합니다, 하늘같은 남편이 늘 곁에 있기 때문입니다. 다른 친구들처럼 훨훨 날아다닐 수는 없지만 여행을 다니며 산다고 꼭 행복한 것은 아니잖아요."라고 말하는 목소리에는 기쁨이 넘쳤다. 너도 나도 나다니는 외국여행이라지만 그녀에게는 사치라며 부러워하지도 않았다.

동병상련同病相憐이라고 어려운 사람들을 돕고 싶어 2년 전부터 자원봉사단체에서 일을 하고 있단다. 복지 사각지대에 있는 어르신들을 돕고 있다는 그녀는 항상 긍정적인 삶의 자세를 지니고 있는 것 같았다. 기쁨이라고는 찾아보기 어려운 환경에서도 그녀의 목소리는 무척 밝았다. 어려울 때도 부부의 도를 지키며 평생을 반려자로 살아 가는 모습이 이 시대에 꼭 필요한 것 같다.

어떤 노력도 하지 않을 때 행복은 찾아오지 않는다. 행복해지고 싶 다면 우리는 이전에는 하지 않았던 무엇인가를 시작해야 한다. 생각 을 바꾸었다면 태도도 행동도 바뀌어야 한다. 무엇을 시작한다는 것 그것이 행복의 시작이다. "어려운 사람들을 도우며 열심히 사십시 오."라는 나의 말에 그녀는 "선생님의 전화가 위로가 되네요."라는 인 사말도 잊지 않았다.

미군은 베트남전쟁 중 적의 은신처를 없애기 위해 정글에 맹독성 혼합 제초제를 대량 살포했다. 젊은 시절 월남전에 참전했던 이들이 이제 60세을 넘어 투병생활 끝에 생을 마감하고 있다. 더 큰 문제는 이들의 비극이 본인으로 끝나는 게 아니라 자손으로 번져 2, 3세까지 선천성 기형과 말초신경병을 대물림한다는 점이다.

그런 고통 속에서도 그녀는 행복조건에 자신을 내려놓지 않고 스 스로 지은 '행복하우스'를 만들어 가고 있다. 인생은 그리 길지 않아 서로 사랑하고 마음을 나누며 살기에도 부족하다.

날이 어두워지면 내 마음의 방에도 가끔 어둠이 찾아든다. 이럴 때 일수록 마음의 불을 밝히고 가까운 곳의 희망부터 찾아내는 습관이 필요하다.

효도孝道, 그 깊은 우물

    이웃 주민이 지나가다 쓰러진 환자를 발견하고 신고 했다. 양천소방서 신월119안전센터 구급대가 현장에 도착했을 때 환자는 엘리베이터 안에서 의식을 잃고 쓰러져 있었다. 59세인 환자는 혼미한 상태로 오른쪽 팔, 다리에 힘이 없어 보였다.

    구급대가 기본검사를 했을 때 뇌졸중 증세로 의심되었다. 그래서 가까운 거리에 있는 홍익병원(2km)을 선정하지 않고 거리가 조금 멀었지만 뇌혈관전문센터가 있는 이대목동병원(6km)으로 이송하였다. 뇌졸중은 전조증상이 나타난 후부터 3시간 이내에 뇌혈관을 촬영하여 적합한 처치를 하면 예후가 좋기 때문이다.

    참 아슬아슬하게 건져낸 생명의 소중함에 감사했던 일이 있었다. 다음은 환자의 부인이 보내 온 감사글이다.

    제 남편을 살려주신 양천소방서 신월119안전센터 구급대원 분들을 칭찬하고 싶어서 글 올립니다. 제가 인터넷을 잘 하지 못해서 고마움을 표시하는데 시간이 좀 걸렸습니다. 2012년 11월 3일 오후 1시쯤 구급대원이 저에게 전화를 하였습니다.

    현재, 아파트 입구에 쓰러져 있던 제 남편을 응급처치 하면서 병원으로 이송중이라고 하였습니다. 대원들은 남편 핸드폰에 입력된 번호로 연락을 하였습니다. 구급대원은 저에게 환자의 상태는 뇌경색이 의심되고 오른쪽 사지 편마비가 왔다고 하면서 남편의 주민등록번호와 인적사항을 물었습니다. 너무 경황이 없던 제가 대답을 하지 못하자 저의 딸에게 전화를 걸어 주민등록번호를 알아낸 구급대원은 병원의 접수를 마치고 제게 남편을 인계해주고 돌아갔습니다.

환자를 병원까지 신속하게 이송하여 주신 것만도 너무 고마운 일인데 접수까지 해주었습니다. 구급대원들의 신속한 응급처치와 이송 덕분에 남편이 50분 만에 혈전용해제를 맞을 수 있었고 기적처럼 깨어나서 현재 중환자실에서 일반병실로 옮길 수 있게 되었습니다.

병원 원무과 직원에게 알아보니 구급대원의 이름은 이은주 씨라고 합니다. 요즘 공무원들은 음료수 조차 받지 않으니 이 감사한 마음을 이렇게라도 꼭 전해드리고 싶어서 글을 남깁니다.

얼마 전에 방송되었던 골든타임이라는 드라마가 있었는데 그 드라마를 보면서 우리나라도 저렇게 환자를 사랑하고 환자의 입장에서 치료하고 신속하게 처리해줄까 하는 생각을 잠시 해본 적이 있는데, 그것은 기우였습니다. 그런 일이 제게 일어났습니다.

현재 제 남편은 빠른 상태로 회복중이고 일상생활에도 전혀 문제가 없습니다. 불철주야 가리지 않고 시민의 발이 되어 생명을 구해주시는 모든 구급대원 분들에게 다시 한 번 감사의 마음을 전해드립니다. 제 남편의 생명을 살려주시고 또 일상생활의 장애가 없도록 빠른 처리를 해주셔서 다시 한 번 감사의 말씀을 전해드립니다.

감사의 편지를 읽고 환자의 근황이 궁금하여 전화를 했더니 자녀가 받았다. 아버지는 위급한 상황을 넘기고 재활병원으로 옮겨 치료 중이라고 했다. 아직까지는 단어를 취합하는 능력이 없어 말을 하는 데 어려움이 있지만 언어치료를 6개월 정도 받으면 회복될 것이라고 하였다.

그만하기 다행이라면서 "병원에서 의사가 뇌경색으로 쓰러진지 3시간이 지나면 머리를 열어야 된다고 했어요. 다행히 구급대원이 빨리 응급처치를 해주어서 얼마나 감사한지 몰라요, 앞으로 살아가는 데 활동장애는 없을 거라고 해요, 정말 고맙습니다."

최근 과로가 있었는지 물었더니 치매가 있는 노모를 집에서 모시고 있었는데 지금은 요양원으로 모셨다고 했다. 아흔 노모를 모시고 효도를 하려고 했지만 여건이 따라 주지 않았던 모양이다.

아무리 사랑하는 가족이라도 병수발 기간이 길어지고 환자가 가족을 알아보지 못하면 자녀들의 스트레스는 극에 달한다. 이런 저런 걱정으로 상심했고 지병인 고혈압과 당뇨가 건강을 악화시켰다고 했다.

스트레스는 '죽음의 천'을 짜는 실이나 다름없다. 중요한 것은 균형 있는 삶이다. 그것을 아는 사람은 자기 자신 뿐이다. 건강은 건강할 때 지키는 것이 좋다. 혹 쓰러졌더라도 조기 응급조치를 어떻게 하느냐에 따라 이후의 건강은 달라진다.

나는 가끔 진정한 효도는 어디까지여야 하는가를 생각해 본다. 지나친 효도가 환자를 힘들게 하는 경우를 보게 된다. 환자가 재산과 명예를 많이 쌓은 사람이라면 자녀들 사이에 효심경쟁이 붙는다.

"병든 부모님을 팽개칠 수는 없지 않느냐."라고 말하면 이의를 제기할 사람은 그리많지 않을 것이다. 그러나 사랑이 흐르지 않는 가족은 죽음을 앞에 둔 부모님을 중환자실에 모시고 의견 대립이 날카로워 진다.

효와 불효는 사랑의 깊이와 비례한다. 화목한 집안은 환자에게 시선을 맞추고 그를 중심으로 간병한다. 환자가 생각해 온 삶의 방식을 존중하고 평화로운 인생 마무리를 도와준다. 우리가 기억할 만한 효도 방식이 아닐까.

 뇌졸중腦卒中의 치료 효과를 높이기 위해서는?

뇌혈관이 막히는 허혈성 뇌혈관병 치료의 핵심은 늦어도 3시간 안에 병원에 도착하는 것이다. 혈전(피떡)이 뇌에 혈액을 공급하는 뇌혈관을 막으면 뇌세포가 빠르게 손상되는데, 손상된 뇌세포는 다시 살릴 수 없으므로 얼마나 빨리 치료하느냐가 운명을 결정하는 셈이다.

혈전을 녹이는 약물을 3시간 이내에 투여해서 혈액 흐름을 정상적으로 들려야 치명적인 뇌 손상을 막을 수 있다. 혈전을 빨리 녹일수록 치료 효과가 높아진다. 뇌경색 증상인 반신마비, 언어장애, 시각장애, 어지럼증, 갑작스런 심한 두통 같은 증상이 나타나면 119에 신고해서 구급차를 타고 병원으로 즉시 가야 한다.

삶이 눈물이라지만

늘 귀한 일을 하시는 소방대원분들
정말 감사드립니다.
목숨을 내려놓고자 하는 사람들을 위해
목숨을 걸고 일하시는 당신들을
존경합니다.
부끄러움과 죄책감으로 감사하다는
인사 한번 못하는 그들이지만,
늘 감사한 마음으로 두 번째 삶을
살고 있습니다.
정말 소중한 일을 하고 계시다는
자부심을 가지셔도 좋습니다.
일하느라 힘드실 때마다
'당신은 대한민국의 숨은 보석'이라는
생각으로 좀 더 힘써 주세요.
그리고, 삶을 포기하고자 하는 그들에게
'당신은 소중한 사람입니다'라고

말해주신다면

그들이 두 번째 삶을 좀더

힘차게 살 수 있을 것 같습니다.

추운 날에도 고생 많으시네요.

다행히도 구조된, 그리고 안타깝게

구조되지 못한

숭고한 영혼들을 대신해

제가 대신 머리 숙여

감사의 인사를 드립니다.

감사합니다.

감사의 편지 - 어느 평범한 서울 시민

이 글은 2012년 11월 5일 30대 한 여성이 서울 영등포 수난구조대를 방문하여, 신분을 밝히지 않은 채 주고 간 감사의 편지이다. 친한 친구가 한강에서 뛰어 내렸다가 수난구조대원들에게 구조되어 현재 제2의 삶을 살고 있다면서 편지를 전하고 황망히 사라졌다.

수난구조대는 2012년 10월 17일 새벽 1시 10분경 마포대교 북단 하류 100m 지점에 물에 빠진 사람이 있다는 시민의 신고를 받고 출동하였다. 구조대원들이 칠흑같이 어두운 강물로 뛰어들었다. 수색을 시작한지 3분 만에 강물에서 표류 중이던 36세의 여성을 물 밖으로 건져냈다.

김범인 부대장은 담요를 덮어주며 "당신의 삶은 소중합니다."라고 말하자 그녀는 허탈하게 웃다가 하염없는 눈물을 흘렸다. 그녀에게 왜 뛰어내렸냐고 여러 차례 물었지만 미안하다는 말만 되풀이했다. 한강 남단에 대기 중인 연미119구급차로 병원에 이송하였다.

생을 마감하려는 사연도, 감사 인사를 하려는 사람이 자기 자신이라는 것도 밝힐 용기 없는 여성이었다. 구조대원에 의해 얻은 그녀의 두 번째 삶은 따뜻할까.

그녀가 주고 간 편지는 한 편의 시를 읽은 느낌이다. 삶의 의지가 담겨 있어 다행이다. 누구에게나 삶의 요동은 있다. 현실에서 한발 떨어져 삶의 실상을 바라보면 쉽게 좌절할 필요도 없고, 한 순간의 만족감에 도취할 필요도 없다.

산다는 것은 운명을 헤쳐나가는 작업이다. 겨울의 허허벌판에 실오라기 하나 걸치지 않은 나목을 바라보며 생명의 소중함을 생각한다. 모든 것을 바친 나목의 모습이야말로 생명의 숭고함의 표상이다.

생명의 소중함을 깨닫고 두 번째의 삶을 살겠다는 그녀의 다짐에 소방인의 한사람으로서 보람을 느낀다. 그리고 이렇게 편지를 써 본다.

"지금도 많이 힘드신가요. 당신은 혼자가 아닙니다.

인생을 살아가다 보면 자살생각이 들 때가 많습니다. 자살을 생각하고 혹은 자살을 시도했다고 해서 당신에게 결함이 있는 것은 아닙니다. 단지 당신이 현재 스스로 감당하기에 벅찰 만큼의 어려움에 처해 있고, 심리적인 고통에 처해 있다는 증거일 뿐입니다.

현실이 고통스러울 때는 그 고통이 평생 지속될 것만 같습니다. 하지만 시간이 지나가고 주변의 전문가에게 도움을 받으면 고통을 극복할 수 있고 자살할 생각도 사라질 것입니다."

세상 사는 일이 바람이지만, 그냥 한 차례 지나가는 맞바람쯤은 누구나 견뎌 낼 수 있다. 거친 바람이 지나가면 꽃망울 터트리는 계절이 돌아오지 않던가.

한강 수난 구조 ▶

눈물은 눈물을 베지 않는다

약초도 독이 될 수 있다

2012년 10월 14일 백운119안전센터 대기실, 출동 벨이 울리며 내려온 지령은 모르는 약을 복용 후 구토 증세를 보인다는 내용이다. 출동 중 신고자와 전화를 연결했을 때 어머니가 믹서로 알 수 없는 것을 갈아드셨고 구토증상을 보이는데 이상하다고 했다.

구급대가 3분 만에 현장 도착했을 때 믹서에는 짙은 풀색의 약초가 있었고 보호자조차도 어떤 것인지 얼마나 드셨는지를 몰랐다. 환자는 바닥에 앉은 채로 고개를 푹 숙이고 입술은 파랗게 청색증을 보였다. 무의식無意識, 무호흡無呼吸, 무맥박無脈搏, 동공마저 산대되어 반응이 없는 심정지心停止 상황이었다.

최영서 대원이 정신없이 흉부압박을 하는 동안 자동제세동기가 도착했고 김영일 대원이 패치를 붙여 분석하니 심전도상 파형이 나타나 무맥성無脈性 전기활동이 의심되었다.

현장에서 조금이라도 심장의 손상을 줄이기 위해 5분 동안 쉴 새 없이 심폐소생술을 실시했다. 들것에 환자를 싣고 구급차로 향하는데 협소한 계단의 경사 때문에 쉬운 일이 아니었다. 흉부압박을 할 수 없는 1분 1초가 아까운 상황에서 이동을 방해하는 계단이 야속하게 느껴졌다.

구급차에서 제세동기로 분석했을 때 심장의 리듬은 보이지만 맥박이 뛰지 않았다. 다시 심폐소생술을 하며 중앙대병원 응급실로 향했다. 병원에 인계하는 도중 부정맥을 나타내는 모니터기의 알람벨소리가 요란하게 들렸다. 심장은 돌아 왔으나 의식은 돌아오지 않았다. 대원들은 환자가 꼭 회복되기를 기원하며 병원을 나섰지만 소생 가능성을 확신할 수가 없었다.

한 달이 지났을 때 완쾌된 환자와 가족들이 백운119안전센터에 방문하여 감사하다는 인사를 하고 돌아갔다. 아들은 구급대원들이 나에게 어머니를 선물해 주었다며 고마움을 평생 잊지 못할 것 같다고 하였다. 어머니를 모시고 여행을 다닐 것이라며 못다 한 효도를 할 것이란다. 아들의 말에 가족들은 웃음과 행복이 묻어 났다.

최영서 대원은 "그 동안 팀을 이뤄 일 해온 동료들의 도움이 없었다면 과연 환자를 살려낼 수 있었을까요! 구급이송에 팀워크의 중요성을 실감했어요."라고 말했다.

구급대원들은 많은 응급 환자들을 이송하지만 생명이 경각에 달린 단 한명이라도 살려 가족들의 품으로 돌려보내려는 마음이다. 그 하나만으로도 119구급대의 존재 이유로 충분하다는 생각이 들게 하는 출동이었다.

환자의 아들인 조씨가 감사의 편지를 서울시 홈페이지에 올렸다.

심장이 멈췄던 어머니가 살아나셨습니다.
동작소방서 백운119안전센터 구급대 여러분 감사합니다. 지금도 잊혀지지 않는 날입니다.

2012년 10월 14일 일요일 오후 8시 경이었습니다. 아버지의 급한 연락으로 사당5동으로 달려갔을 때 어머니는 민간요법으로 잘못 드신 약으로 인해 혼미해진 정신과 심한 구토를 하고 계셨습니다. 병원에 갈 준비 중에 의식을 잃으셨습니다.

119에 연락했습니다. 연락한지 3분여 만에 구급대가 도착해서 어머니의 상태를 보았을 때 이미 어머니의 심장은 멈춘 상태로 입술이 파래지는 청색증을 보였습니다. 구급대가 빠르게 제세동기를 부착하고 심폐소생술을 해보았지만 심장이 뛰지 않았습니다. 여러 명이 어머니를 구급차에 옮겼고 제가 구급차에 동승해서 중앙대병원으로 갔습니다. 출발하면서 구급대원이 어머니의 심장마비는 사망상태와 가깝다고 했습니다.

절망과 슬픔, 말로 표현할 수 없는 고통스러운 시간이었습니다. 그렇지만 구급대원은 포기하지 않고 계속해서 심폐소생술을 했습니다. 종교도 없는 제가 세상에 존재하는 모든 신들께 빌었고 부탁했습니다.

제발 어머니의 심장을 뛰게 해달라고, 눈물 흘릴 여유도 없는 정말 생각하기도 싫은 시간이었습니다. 제 기도가 통한 것은 아니지만 병원에 도착했을 때 어머니의 심장이 다시 뛰기 시작했습니다. 구급대원의 포기하지 않는 끈기와 의지로 저의 어머니가 살아나신 것 같습니다.

병원 도착 후 응급실에서 계속되는 심폐소생술과 위세척 응급치료를 마치고 중환자실에서 2주 동안 치료했습니다. 일반병실로 옮겨 2주 동안 치료하고 현재는 퇴원하여 거동은 조금 불편하지만 건강하십니다.

동작소방서 백운119안전센터 구급대 여러분 정말 고맙습니다. 특히 끝까지 포기하지 않고 어머니의 심장을 다시 뛰게 해주신 최영서 대원, 김영일 대원, 윤재중 대원 정말 고맙습니다.

살기 힘들다는 서울이라고 합니다. 하지만 어머니의 사고로 돌이켜 보면 서울은 정말 살기 좋은 도시라는 생각을 했습니다. 저도 구급대원을 칭찬하지만, 서울시 관계자 여러분들도 이분들을 칭찬해주시면 정말로 고맙겠습니다. 이글을 쓰면서 그때를 생각하니 다시금 감사의 눈물이 나오네요.

서울시 홈페이지를 보던 중에 구급대의 활동상을 볼 수 있었다.

내가 전화로 소방관이라는 신분을 밝히고 환자의 안부를 물었을 때 그는 반가운 목소리였다. "잘못된 민간요법은 최악의 상황으로 이어질 수 있다는 것을 알았어요, 구급대원들이 아니었으면 어머니를 잃을 뻔 했어요."라고 말했다. 관절염으로 고생하는 69세의 어머니는 초오草烏라는 약초를 산에서 캐서 믹서기에 갈아 드셨다가 쓰러졌다고 했다. 어머니는 약초에 대한 지식을 어느 정도 알고 있는 편이라 했다.

나중에야 알았다며 초오는 덩이뿌리로 류마티스성 관절염이나 신경통에는 좋지만 근육 마비와 의식장애를 일으켜 사망에 이를 수 있는 독성이 강한 약재라고 한다. 조선시대 죄인에게 사약을 내릴 때 사용한 약재이고 보면 한의사의 처방없이 함부로 복용해서는 안 될 독약이다.

오용된 약재 때문에 심정지가 발생한 것 같다면서 돌아가실 뻔한 어머니를 살린 구급대원들에 감사하다는 말을 몇 번이고 되풀이 하였다. 모든 사람들이 어머니와 같은 사고를 당할 수 있기 때문에 알려야 한다는 생각을 갖고 있었다. 나는 두 번에 걸쳐 통화를 했는데 그의 어머니에 대한 지극한 효행심을 엿볼 수 있었다.

오래된 기억 속에서 나는 어머니를 찾았다. 불현듯 어머니가 왜 돌아가셨는지 확실히 알 것 같았다. 그동안 한약재에 원인이 있었다고 나름대로 생각하고 있는 터였지만 이번 일을 통하여 확신을 갖게 되었다. 나는 몸살과 감기 기운이 있는 어머니를 모시고 서울 경동시장 한약상에 갔다. 약재상이 조제해 주는 한약을 드시고 그날 저녁 갑자기 돌아가셨다. 병원에서 뇌졸중이라 하였는데 지금 생각해보면 한약재를 잘못 드신 것 같다. 약재에 대한 무지로 인하여 어머니는 일찍 삶의 끈을 놓지 않았을까. 56세에 돌아가셨으니 가슴 아픈 일이다.

다음은 구급대원이 환자를 병원에 인계하기까지 시간대별 응급처치 기록이다.

2012. 10. 14. 20:19 구급출동

1) 20:22 : 건물 앞 현장 도착.

2) 22:23 : 소방사 최영서 환자가 있는 안방으로 이동. 환자 의식, 호흡, 맥박 없음.

3) 22:25 : 소방사 최영서 심폐소생술을 시작함. 소방교 김영일에게 AED 요청함.

4) 20:28 : 소방교 김영일 심폐소생술 실시함. 소방사 최영서 AED부착하고 확인함.

5) 20:29 : 무맥성 전기활동(PEA).

6) 20:35 : 소방교 김영일, 소방사 최영서 흉부압박(5cycle) 다시 실시한

후 구급차로 이동

7) 20:35 : 구급차에서 의식, 맥박, 호흡 없어 흉부압박 계속해서 실시
하면서 병원 이송

8) 20:40 : 병원도착. 환자인계

9) 20:40 : 응급실에서 심장리듬은 돌아 왔으나 의식은 돌아오지 않음

생명을 놓기 직전에

　도움의 손길은 죽어가는 생명도 살린다. 자살하는 이유가 여러 가지 있겠지만, 갑작스러운 불의의 사고를 당하면 감당할 능력이 없어 극단적인 방법을 선택하게 된다.

　사람들의 '배고파 죽겠다', '아파 죽겠다', '힘들어 죽겠다' 하는 말은 고통의 과장된 표현이다. 죽을 만큼 힘들다는 말이다. 그런데 50년대 후반에 어린 시절을 보낸 나는 보릿고개를 알고 있다. 그 어렵던 시절에도 죽겠다는 말이 지금처럼 흔하지 않았다. 빈손이라도 노력을 하면 성공을 할 수 있다는 희망을 안고 살았다.

　돈의 시대인 지금은 일확천금을 노리는 사람들이 주식이나 사업을 하다 실패하면 깊은 수렁에 빠져 절망하고 만다. 열심히 일해도 안 된다는 허탈감, 가장으로서의 경제적 부담도 큰 짐이다. 요사이의 죽겠다는 이야기는 배가 고파서 죽는다기보다는 빠르게 변하는 세상에 적응하지 못하는 외로움이라 할까. 각박한 세상인심 탓이라는 생각을 해본다.

　엊그제 부산의 한 다세대주택에서 6년 전에 자살한 것으로 보이는 50대 남성 시신이 백골 상태로 보일러실에 놓여 있었다는 충격적인 기사를 보았다. 현관문 앞에는 각종 고지서와 독촉장이 쌓여 있었고 안방 달력은 2006년 11월을 가리키고 있었다. 이런 끔찍한 사건이 며칠 전에도 있었다.

부산의 한 아파트에서 주인의 요청으로 세입자 강제 퇴거를 위한 절차를 진행하기 위해 법원 집행관이 잠긴 문을 열고 들어갔다가 8개월 전에 자살한 30대 여성을 발견했다고 한다.

자살의 이유는 성적 때문에, 빚 때문에, 애인 때문에, 이유도 갖가지이다. 이웃, 가족, 친지와의 유대관계와 인연이 끊어져 버린 사회를 '무연 사회'라고 한다는 데 우리 사회가 무연사회로 급속하게 변하고 있다. 외로움을 어떻게 달랠 것인가 하는 것이 인생의 과제이다.

2012년 1월 1일 새벽 3시경 송파구 단독주택에서 화재가 발생했다. 소방차가 출동하여 20분 만에 불은 꺼졌으나 냉장고, 세탁기, TV, 서랍장 등 가재도구가 잿더미로 변했다.

화재를 입은 집 부인은 이웃집에 놀러가고, 43세의 남편은 늦게 잠자리에 들었다. 잠결에 작은 창문을 여는 듯한 소리가 났다. 바람이 불어서 그런 것으로 생각하고 다시 누웠다.

잠시 후, 작은 방에서 '우당탕'하는 소리가 나, 도둑이 든 것으로 생각하고 방문을 열자 불길이 확 달려들어 정신없이 밖으로 나왔다. 가만히 생각해보니 옆방에서 잠자고 있는 아들이 생각났다. 다시 불난 집안으로 들어가 깊은 잠에 빠진 아들을 깨워 밖으로 피신했다.

이 과정에서 그는 천장에 기어오른 불꽃이 등에 떨어져 화상을 입었다. 아들은 우측 발목에 화상을 입어 병원으로 이송되었다. 화재를 진압한 후 발화원인을 점검하던 중 슬레트지붕이 불길에 구멍이 나 하늘이 보였다. 화재 증거물이 발견되지 않아 원인 미상으로 처리되었으나 방화일 가능성도 있었다. 창문이 제거되고 비슷한 시간대에 두 곳에서 방화가 있었기 때문이다.

　구변모 화재조사주임은 화재조사 과정에서 거주자가 생활이 어렵다는 것을 알았다. 오래된 슬레트지붕의 단독주택을 임대보증금 2,500만 원에 월 5만 원씩 임대하여 3명의 가족이 함께 살았다.

　거주자는 생선, 과일을 파는 화물차 노점상으로 수입이 일정하지 않았다. 부인은 음식점에서 시간제 근무를 하며 맞벌이를 하였으나 가족 월수입 160여 만 원으로 턱없이 부족하였다. 대출금 상환과 생활비를 충당하려면 더 많은 수입이 필요했다.

　전세자금을 대출받고 상환하지 못한 체 마이너스 대출까지 받아 이자 부담이 가중되었다. 설상가상으로 화재피해까지 입어 가족들의 의식주가 문제였다.

　거주자는 스스로 복구하기가 불가능해 보였다. 아무리 열심히 살아도 희망이 보이지 않을 때 사람들은 삶을 포기하는 극단으로 치닫게 된다. 그는 생활이 어려운 나머지 자살까지 생각한 모양이다. 다행스럽게도 119서울사랑 기금 1560만 원을 지원받아 제기 할 수 있었다. TV, 냉장고, 세탁기, 가구와 생필품도 새로 장만하고 하늘이 보이는 슬래트지붕을 새로 보수하여 안정을 찾았다.

　가족들은 감사한 마음을 잊을 수 없어 서울시 홈페이지에 글을 올렸다.

저는 송파구 마천동에 거주하는 심OO라는 사람입니다.

지난 1월 1일 새벽 3시경 저의 집은 원인모를 화재로 인해 순식간에 잿더미가 되었습니다. 자다가 아이와 함께 몸만 빠져나왔고 소방서에서 빨리 출동을 해 진압을 하였지만 순식간에 집은 잿더미가 되었습니다. 워낙 옛날 집이다보니 지붕도 다 타서 하늘이 보일 정도였습니다.

저는 아들을 구하러 들어갔다가 등 쪽에 화상을 다행히 조금 입고 바로 병원으로 실려 갔습니다. 그 후로 저희 세 식구는 오갈 데 없는 신세가 되었습니다. 그나마 잠은 이웃들의 도움으로 각자 뿔뿔이 헤어져 해결을 하였습니다. 집사람은 하루도 빠짐없이 눈물로 지냈고, 저는 저대로 앞으로 살아갈 날이 깜깜했습니다.

집은 월세보증금이 고작 이천오백이고 은행채무와 카드빚은 사천정도였습니다. 더구나 화재로 인한 이 집에 대해 원상복구의 의무가 있는 저로서는 아무리 궁리를 해보아도 살아갈 희망은 보이질 않았습니다.

결론은 자살. 몇 번이고 결론은 자살로 굳혀져 갔습니다. 그런데 걸리는 게 한 가지 있었습니다. 집사람은 그렇다 치더라도 세상에서 가장 소중한 우리 아들 이 아이는 어떡하지 라는 생각. 아이 때문이라도 그래도 열심히 살아보자 라는 생각을 해보아도 도저히 금전적으로 너무 힘들어 재활의 의지가 생기지 않았습니다.

그러던 즈음 송파소방서에서 한 통의 전화가 왔습니다. 제게 기적이 시작되는 순간이었습니다. 담당소방관인 구변모 주임님은 너무도 진솔된 걱정을 해주시며 서울시 사회복지협의회, 소방재난본부, S-오일 등에서 저의 안타까운 소식을 접하고 도움을 주신다는 것이었습니다. 그 후로 구변모 주임님의 지속적인 관심과 노력덕분에 서울시 사회복지협의회에서 소방서 직원 분들과 실사를 나오게 되었고, 저와 첫 대면을 하게 되었습니다.

복지협의회 분들과 소방서 직원 분들이 집을 둘러보더니 너무 안타까워하시며 도움을 주기로 결정이 났습니다. 순간 눈물이 왈칵 쏟아지는 걸 애써 참으며 연신 감사하다는 말 밖에는 나오질 않았습니다. 정말이지 가식이 전혀 없는 진솔한 모습과 친절함에 더욱 가슴이 메어졌습니다.

제가 형편이 이러다보니 약간의 무시와 불친절이 있지 않겠나하는 저의 생각은 이 분들의 모습에서 그런 오해를 조금이나마 했었다는 제 자신을 너무도 부끄럽게 만들었습니다. 세상이 아직은 이렇게 아름답고 살아갈만한 곳이구나 라는 생각을 이분들이 심어주셨습니다.

그리고 공사를 진행함에 있어서도 자원봉사자 분들의 헌신적인 모습이 너무 보기 좋았고 감사드립니다. 우여곡절 끝에 집이 완공되었고 너무도 호텔같이 좋아진 저의 집은 저의 마음에 재활의 불씨를 지펴주었습니다. 무엇보다 가장 감사한건 집의 복구가 아닌 자살까지 생각하던 극단적인 저의 정신을 복구 해주었다는 것입니다. 엄청난 불행으로 이어질 뻔 했었는데 저의 가족 전체 를 살려 주셨습니다. 진심으로 감사드립니다.

또 화재로 인한 잔해물이 너무도 어마어마해서 엄두도 나질 않았었는데 마 천소방서 구변모 주임님 외 의용소방대 수십 명이 오셔서 그 힘든 일을 서로서로 밝은 모습으로 도와주셨을 때 이 분들이 바로 천사구나라는 생각이 들었습니다. 또 한 차량과 인력을 지원해주신 송파구청 청소행정과에 진심으로 감사드립니다.

처음부터 끝까지 저의 가족의 안락한 보금자리를 위해 최선을 다해주신 서울 시 사회복지협의회, 소방재난본부, 마천소방서, S-오일 등 진심으로 감사드립니 다. 복지협의회 담당직원 분들 너무도 진심어린 관심과 배려는 감동이었습니다.

앞으로도 저처럼 소외되고 힘든 계층을 위해 지금처럼만 해주신다면 세상은 더욱더 밝고 아름다워질 것 같습니다.

2012년 3월 14일   심OO 올림

서울 마천동 주택화재 복구 ▲

가족家族의 배려配慮는
생명生命도 연장시킨다

가족들의 환자에 대한 관심과 배려는 새 생명의 끈이 된다.

2012년 6월 28일 오전 10시, 상도119안전센터 구급대는 환자를 병원에 이송하고 돌아오는 길에 또 다시 출동명령을 받았다. 김승현 대원은 신고자와 통화를 했다.

"환자 상태는 어떠세요, 연세는요?", "81세고요, 아버님이 정신을 잃었다가 다시 의식을 회복했는데 어지럽다고 해요." 다행히 가슴통증이나 호흡곤란 증상은 없었다. 환자를 구급차에 탑승시킨 후 심전도 검사를 했다. 맥박은 분당 40회로 천천히 뛰었고, 심실세동이 발생할 수 있는 위험한 부정맥이었다.

보호자에게 5분 거리에 있는 보라매병원으로 이송을 안내하였지만 인공심박동기 시술을 할 수 있는 고대구로병원으로 이송을 요구했다. 고대병원은 이동거리가 멀어서 서맥徐脈으로 인한 심정지가 발생할 수 있음을 보호자에게 설명해 주었다. 먼저 정맥로를 확보해야 했다. 구급차가 빠른 속도로 주행했기 때문에 차가 흔들렸다. 차량이 잠시 멈춘 사이 신속히 바늘을 찔렀고 다행히 성공적이었다.

심전도와 혈압을 체크하면서 불안해하고 있는 보호자와 환자를 안정시키던 중 구급차가 병원 응급실에 도착했다. 의사에게 심전도 리듬 페이퍼를 전달하자 응급상황임을 알고 빠르게 입원수속을 하였지만 침상을 만드는 과정에 시간이 지체되었다. 환자에게 심전도 패치를 부착하여 처치가 이루어지는 것을 확인하고 차량으로 돌아왔다.

10여일이 지난 후 가족으로부터 전화가 왔다. 환자는 수술 후 무사히 퇴원했고 지금은 건강하다는 감사의 인사를 전했다. 김승현 대원은 환자가 새 삶을 찾고 건강을 회복하는 것을 보면 표현할 수 없는 희열과 자부심이 생긴다고 말했다.

그리고 몇 달 후 나는 환자의 가족이 서울시 홈페이지에 올린 감사의 편지를 읽었는데, 며느리의 효심에 감동을 받았다. 내가 안부 전화를 했을 때 여성이 전화를 받았다.

"환자의 따님이세요, 며느님이세요?"
"며느리예요."
"편지를 상당히 잘 쓰셨습니다."
"잘 쓴 게 아니고요. 감사한 마음으로 쓴 겁니다."

그날 구급차에 두 사람이 탈수 없어 동서가 보호자로 탔다고 했다. 병원 구급차를 이용하려다가 늦을 것 같아서 119구급대를 불렀는데 빨리 이송되어 심장수술을 받았다며 감사한 마음을 꺼내 놓았다. 친절하게 이송해준 김승현 대원에 대한 감사의 마음을 전해달라고 부탁했다.

집안의 화목은 부모의 생명도 연장시킨다는 생각이 들었다.

상도119안전센터 구급대 김승현 대원은 아버님 생명의 은인이십니다!!

지난 6월 28일에 있었던 일입니다. 우리나라에도 이처럼 엑설런트한 구급대원이 있다는 것을 국민들에게 널리 알리고 싶어서 이 글을 올리게 되었습니다.

저희 아버님께서는 올해 81세이신데, 아침에 세수를 하시고 오시면서 어지러움을 호소하시면서 몸이 안 좋다며 침대에 누우셨습니다. 그런데 아버님의 동공이 마치 죽은 사람의 눈동자처럼 정지되었습니다. 온몸은 땀으로 흠뻑 젖어 차갑게 식어있고, 경련을 심하게 하시고 호흡곤란으로 의식불명이 되셨습니다.

저는 너무도 놀라서 아버님을 흔들어 깨웠고 얼마 뒤 의식은 돌아오셨지만, 아무래도 전날에도 실신을 하셨기 때문에 이러다가는 정말 돌아가시겠다싶어 119에 급히 연락을 했습니다. 잠시 뒤에 119구조대원 세분이 집으로 오셨습니다.

아버님께서는 어제 평소 다니던 병원에 내원하셨는데 심전도검사를 하니 응급사태라 했습니다. 이렇게 맥박이 불안정하고 안 좋은 부정맥사례는 처음 본다며 다급하게 서울대응급실로 보내셨습니다. 심폐소생실에서 응급조치를 받으시고, 인공심박기 시술을 받으셔야 하는 상황이었지만, 병실이 없어서 집에서 가까운 병원으로 전원을 보내셨습니다. 그러나 근처 3차병원을 모두 알아보았지만 병실은 커녕 응급실에 베드조차도 없는 상황이었습니다. 할 수 없이 아버님께서는 몸이 괜찮아지셨다며 집으로 돌아오셨습니다.

그런데 다음날 아침에 이런 일이 생긴 것입니다. 아버님께서는 고대구로병원으로 가자고 하셨지만, 대원들께서는 위급상황이니 최대한 가까운 병원으로 가자고 저희에게 상세히 설명을 해주셨습니다. 그렇지만, 전날 아버님께서 주치의 선생님께 이런 부정맥 사례는 최악의 상황이기 때문에 최대한 서울대 병원이나 고대병원에 가야 된다고 하신 말씀을 기억하시고 무조건 고대구로병원으로 가자고 하셨습니다. 아버님과 저의 동의를 받고 구로병원으로 향했습니다.

구급차 안에서 맥박과 혈압을 체크하니 맥박이 30~40 밖에는 안 나왔고 의식은 있으셨으나 일분일초를 다투는 상황인지라 김승현 대원이 계속 심전도 검사를 하시면서 심하게 흔들리는 차안에서 아버님의 팔에 링거주사를 꽂으셨습니다. 그 모습을 보시고 아버님께서 괜찮으니까 병원에 가서 합시다라고 말씀하셨지만 김승현 대원님께서는 불편하시더라도 병원 도착 후 신속한 응급조치를 위함이라며 아버님을 안정시켜 주셨습니다.

그 모습에 눈물이 핑 돌았습니다. 아버님 때문에 정신이 없는 와중에도 아버님도, 저도 생명을 살리고자 최선을 다하시는 김승현 대원의 모습에 감동을 받아 가슴이 찡했습니다. 아버님 셔츠에 튀긴 피 한 방울까지도 소독약을 묻혀 닦아주시는 모습에 참으로 놀랐습니다. 피 한 방울 섞이지 않은 남남인데도 마치 내 아버지한테 하듯이 이렇게 최선을 다하면서도 한 치의 실수나 허둥댐이 없이 침착하게 응급조치를 하는 모습이 환자와 보호자를 안심시켰습니다.

고대구로병원 응급실에 도착했으나 환자가 너무도 밀려있고 응급실에 베드가 없어서 잠시 실랑이가 있었지만 김승현 대원님께서 끝까지 최선을 다해 힘써 주셔서 심폐소생실로 갈 수 있었습니다.

예전에도 몇 차례 119를 부른 적이 있기는 했지만, 김승현 대원님은 응급실로 모시고 온 후에도 병원을 떠나지 않으시고 한참이나 계시다가 심전도기계 모니터를 확인하신 후에 가시는 모습을 보고 가슴이 뭉클했습니다. 잠시 후에 심정지가 되어 경보음이 울리고 의료진들이 모두 황급히 집합하여 의학드라마에서나 보던 전기충격기로 심장에 충격을 주어 다시 아버님을 소생시키셨습니다.

그리고 병실에 입원하고 수술 날짜를 잡아 지난 7월 3일에 인공심박기 시술을 성공적으로 마치셨고, 경과가 좋아 오늘 7월 6일 오후에 퇴원을 하셨습니다. 정말 며칠간 생과 사의 갈림길에서 죽음의 문턱을 여러 번 넘기신 아버님과 저를 비롯한 가족들 모두 정신이 없었습니다.

그때 신속하고 정확한 응급조치를 취해주시지 않으셨다면 아버님께서는 지금 어떻게 되셨을까 상상조차 하기 힘든 정도입니다. 모두가 허둥대는 상황에서 너무나도 침착하게 설명을 해주시고 환자와 보호자를 안심시키시고 심하게 흔들리는 차안에서 실행하시는 응급조치가 감탄할 정도로 최고였습니다.

전 세계 어디에 내놔도 손색이 없는 실력이라고 생각합니다. 이런 전문적인 실력을 갖추고 환자와 보호자의 마음까지 섬세하게 살피고 응급실까지 후송한 이후에도 자리를 떠나지 않았습니다. 응급차 안에서 찍은 심전도를 출력해서 의료진에게 전달하고 아버님의 상태가 안정되었는지 확인하시고 가시는 모습이 마치 의사 아들이 친아버지를 살리는 장면이 연상될 만큼 인간미가 물씬 풍기는 모습이었습니다.

지금 아버님께서는 아무런 후유증도 없이 건강한 상태로 퇴원을 하셨습니다. 이 모든 것이 상도119구급대 김승현, 양경민, 정종란 대원 덕분입니다. 모두 진심으로 감사드립니다. 김승현 대원께 어떤 방식으로든 감사의 표현을 하고 싶어 이렇게 서울시 칭찬합시다 게시판에 글을 올리게 되었습니다. 정말 감사합니다.

2012년 7월 6일   이○○

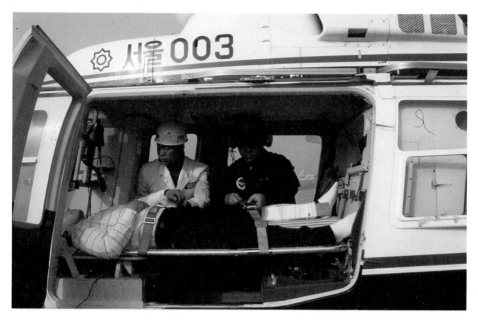

보육원保育院에서 자란 남매男妹

보육원에서 자란 남매의 셋집에 불이 났다.

불은 2010년 5월 20일 새벽 1시 30분경, 다가구주택 지하1층의 보일러실에서 시작되었다. 불은 소방차가 출동하여 7분 만에 꺼졌으나, 5,200여 만 원의 재산피해를 냈다. 세탁기, TV, 냉장고, 의류와 가재도구를 잿더미로 만들었다.

거주자인 26세의 조씨는 오빠와 함께 살고 있었다. 영아시절부터 남매가 모두 보육원에 맡겨져 부모 얼굴도 모르고 일가친척도 없었다.

나이가 들면서 부모를 찾고자 노력을 해 보았지만 허사였다. 청소년기를 겪게 되면서 올바르지 못한 길을 가는 경우도 있지만 그들은 흔들리지 않고 성실한 생활로 고등학교까지 마쳤다. 20세가 되자 퇴소하여 두 칸짜리 월세 방을 임대하여 살게 되었다.

그녀는 4년 전부터 회사에 다녔는데, 90만 원의 급여를 받아 생계를 유지하고 있었고, 회사에서 1,100만 원을 대출받아 보증금 1,000만 원에 월세 29만 원에 살고 있었다. 오빠는 일이 있을 때마다 공사현장에서 막노동을 하는 치지라 실질적인 가장 역할은 동생의 몫이었다.

강동소방서 김종석 화재조사주임은 화재 원인 조사과정에서 남매의 어려운 사정을 알고 서류를 작성하였다. 서울시 사회복지협의회

119사랑기금 지원대상자로 추천하여 500만 원을 지원받았다. 집수리와 가재도구 일체를 마련하여 새로운 환경에서 새 삶을 찾게 해 주었다. 소방공무원, 의용소방대원이 청소와 도배를 해 집안이 깔끔하게 단장되었다.

도움을 받은 그녀는 감사한 마음으로 서울시 홈페이지에 글을 올렸다.

강동소방서 분들께 진심으로 감사드립니다.

지난 5월 20일 화재로 인해 너무 많은 도움을 받아 감사의 마음을 전하고 싶어 이렇게 늦게나마 글을 올립니다.

예상치 못한 화재로 저희의 전 재산인 월세집을 잃고 앞이 막막했던 저희에게 한줄기 희망이 되어주신 강동소방서 김종석 주임님, 소방공무원 여러분들과 의용소방대원분들께 진심으로 감사드립니다.

오빠와 저는 어렸을 적부터 보육원에서 자랐습니다. 성인이 되어 보육원에서 나와 어렵게 마련한 월세집 화장실에서 갑작스레 불이나 너무 놀란 나머지 집에서 뛰어나와 119에 신고를 하였습니다. 10분도 안되어 소방차가 왔습니다.

황급히 불을 꺼주시고는 소방관 아저씨 중 한분께서 다가오셨습니다. 이만한 게 다행이라며 저희를 안도시켜주려 하셨지만, 너무 한순간에 일어난 일이라 어떠한 생각도 할 수 없었습니다.

화재가 진압되고, 집에 들어가 보니 그을음은 생각했던 것보다 온 집안을 검은색으로 뒤덮어, 저희를 너무 허무하게 만들었습니다. 그때, 김종석 주임님께서 다가와 신상조회를 해보니, 부모님 없이 어렵게 자란 자식 같은 저희들에게 도움을 주고 싶다 하셨습니다. 하지만 어릴적부터 동정을 받아온 저희는 선뜻 그 고마운 마음을 받아들이기가 어려워 망설였지만 김종석 주임님의 따뜻한 전화 한통에 진심이 전해져 도움을 받기로 하였습니다.

그날부터였습니다. 강동소방서 소방관들과 의용소방대원분들, 저희의 사정을 아시고는 도움이 되고 싶다며 발 벗고 나서서 무더운 날씨에도 불구하고, 그을음으로 뒤덮인 저희 집 복구청소에 너무나도 큰 힘이 되어 주셨습니다. 아직까지도 감동이 잊혀 지지 않습니다.

정말이지 한순간에 무너진 저희를 토닥여주신 많은 분들 덕분에 막막했던 제 가슴이 뻥 뚫렸습니다, 세상은 나 혼자라고 생각했었는데, 혼자서는 아무것도 할 수 없다는 걸 알았습니다. 도움을 받은 만큼 주위에 나보다 더 어려운 사람들에게 두 배로 베풀며 열심히 살겠습니다. 진심으로 감사드립니다. 그리고 사랑합니다.

2010년 6월 30일   조OO

아이가 큰일 났어요

누구나 한번쯤은 어릴 때 크고 작은 사고를 겪으면서 자란다. 뛰어가다가 돌부리에 걸려 넘어져 무릎에 상처가 나기도 하고, 집안에서 놀이기구를 가지고 놀다가 손가락이 끼어 다치기도 한다.

어린이의 안전사고는 어디에서 많이 일어날까. 가장 안전해야 할 집안이 오히려 안전사고의 위험에 노출되어 있다. 자기중심적인 생활에 익숙한 아이들이 자유롭게 행동하면서도 판단력이나 주의력이 떨어져 상처를 입게 된다.

집안에서 사고가 많이 발생하는 이유는 가구나 전기기구를 배치할 때 아이의 안전을 고려하지 않기 때문이다. 무리하게 베란다를 확장하거나, 운동기구, 상자 등을 베란다 난간에 놓아 두는 것도 위험하다.

세 살배기 아이가 방문이 세게 닫히는 바람에 손가락이 잘린 사고, 3층 베란다에서 놀던 네 살배기 아이가 추락해 떨어진 사고는 어른들의 부주의에서 비롯된다. 이런 사고는 우리 주변에서 쉽게 볼 수 있다. 2012년 한국소비자보호원이 삼성서울병원 등 전국 17개 병원에서 수집한 어린이 안전사고를 분석한 자료에 의하면 62%가 집안에서 일어난 것으로 밝혀졌다. 의자나 책상 등 가구 모서리에 부딪혀 다친 사례가 가장 많았다.

2012년 4월 19일 오전 9시 40분쯤 시민들의 신고로 서초119안전센터 구급대가 출동하였다. 법원 올라가는 대로변에서 엄마와 함께 장난감 구급차를 갖고 놀던 4세의 어린이가 넘어져 이마에 상처를 입고 피를 흘리고 있었다. 구급대는 어린이를 응급처치한 후 서울성모병원으로 신속하게 이송하였다.

길거리에서 갑자기 사고를 당한 엄마는 구급대원들의 신속한 처치로 안전하게 치료를 받을 수 있었던 기억을 서울시 홈페이지에 감사한 마음으로 표현했다.

서초소방서 119구급대원님에게 감사합니다.

119 구급차는 탈 일이 없을 것만 같았던 저에게 조정희 김봉수 소방대원님에게 감사의 말씀을 드립니다.

아침 법원 올라가는 대로변에서 4살 제 아이가 넘어졌습니다. 단순히 넘어진 거라 생각하고 일으켜 보니 이마에서 피가 철철 흐르고 있었습니다. 아침에 출근하시던 시민들도 놀라 휴지를 주시며 119 구급차를 불러 주셨지요.

차가 막혀 구급차가 눈앞에 보이는데도 움직일 수 없는 구급차를 보고 있는데 조정희 소방대원님이 걸어서 오더니 지혈하고 있는 제 아이 이마를 먼저 확인하시곤 휴지 데고 있으면 안 좋으니 얼른 치우라 하시더군요.

아이를 안고 구급차에 오르는데 바닥에 떨어진 우리아이 장난감차를 주워 차에 오르며 울고 있는 제 아이에게 너도 소방대원이 되고 싶니 하시며 장난감 구급차를 주셨습니다. 4살배기 아들은 경찰차 소방차 구급차를 엄청 좋아라 합니다. 침대에 눕힌 아들의 상처를 보시고 응급처치를 해주시고는 이마의 상처는 그렇게 염려하지 않아도 된다며 눈가 쪽이나 귀 쪽으로 찢어졌으면 더 위험했다고 말씀해주시니 마음이 조금 놓이더군요.

병원까지 가는 동안 걱정하는 저에게 여러 사례를 들며 이것저것 말씀해주시니 오히려 이만큼 찢어진 우리아이가 더 다행이구나 하는 생각 까지 들었습니다.

병원에서 8바늘이나 꿰매고 잠들어 있는 우리 아들을 보니 오늘 저에게 도움 주셨던 많은 분들이 생각이 나더군요. 출근 하시다말고 구급차 불러 주시고 올 때까지 걱정해주신 이름 모를 젊은 여성분께도 감사드리고, 놀라 있는 저를 안심시켜 주시며 병원까지 이송해준 소방대원님께 정말 감사합니다.

119 구급차에 별 관심이 없던 제가 도움을 받고 보니, 단순히 아픈 사람 병원에 이송해주는 수단이 아니라 아픈 상황에서 119 구급차를 기다리는 마음은, 구급차라는 이유만으로도 마음이 안심이 되는 차였습니다.

밤낮 없이 전화만 받으면 출동해야 하는 구급대원님! 정말 진심으로 당신들의 감사함을 느낍니다. 차가 막히는 도로를 조금이라도 빨리 병원까지 가시려고 운전하신 김봉수 소방대원님, 경황없는 저에게 치료 잘 받으라며 수줍게 건네시던 그 인사말도 제가 너무 감사해 성함 여쭤보니 잘 안 알려 주시더군요.

아이 둘 키우고 있는 아이엄마라 보니 감사함에 구구절절 올립니다.

2012년 4월 20일 김OO

소방혼을 위한 수필적 스토리텔링
근래에 발생한 30대 대형사고

소방혼消防魂을 위한 수필적 스토리텔링
- 전세중의 "어느 소방관의 이야기"를 읽고

박양근(부경대 교수, 문학평론가)

불길 속으로 들어간다는 건 뭘까. 보통사람에게 그것은 죽음으로 가는 바보짓이다. 그러나 소방관에게는 죽음을 맞이하면서 "늘 푸른 나무"가 되는 순교의 길이다. 추모비 "소방혼"에 적힌 문구처럼 "불길을 헤집고 처연히 사라져간 영혼"들이 가꾸는 나무숲 덕분에 우리 시민들은 오늘도 평안하게 잠자고 일하고 휴식을 취한다. 그럴 때 소방관들은 직업적 소명에 따라 "순수한 열정과 빛나는 투혼"으로 거룩한 사명에 목숨을 바치고 있다. 그들이 사라지지 않는 푸른 영웅들이다. 그 영웅들의 생애를 그린 수필집이 "어느 소방관의 이야기"라 하겠다.

그 점에서 "어느 소방관의 이야기"는 소방혼에게 헌정하는 스토리텔링이다. 스토리텔링은 단순히 읽고 듣는 재미를 위한 글이 아니다. 진정한 스토리텔링은 재미에 앞서 독자에게 무엇인가 일깨워주어야 한다. 희생을 위한 시련과 고난을 이겨온 사람이 기록한 것만이 그 감동과 지혜를 전해준다. 더군다나 감동의 말하기는 화려한 언어가 아니라 성실한 몸으로 이루어진 메시지일 때만 가능하다.

이렇게 엮어진 수필집에는 평설이 필요하지 않다. 설명할수록 군더더기가 되기 쉽다. 소방관들이 불 속으로 뛰어드는 모습만큼 감동적인 언어는 달리 없다. 죽음을 두려워하지 않고 시커먼 연기가 가득

찬 지하로 들어가는 행동만큼 가슴을 먹먹하게 하는 단어를 찾기 어렵다. 순직하여 영혼이 된 동료의 영정을 메고 행진하는 얼굴만큼 가슴 아픈 표현은 어디에도 없다. 오직 동료와 함께 목숨을 걸고 불길과 물속으로 뛰어든 소방관만이 그들의 이야기를 제대로 담아낸다. 달리 말하면, 평설이나 서평이 필요 없는 에세이집이라는 뜻이다

"어느 소방관의 이야기"의 저자는 전세중이다. 그는 경북 울진의 유교 집안에서 태어나 한양대학교를 졸업하고 1984년 소방관으로 임용되어 30년 가까이 재난현장에서 일생을 보냈다. 서울소방재난본부 광나루안전체험관장을 거쳐 현재 서울강동소방서 예방과장으로 재직하면서 누구보다 투철한 사명감으로 국민의 안전을 책임지고 있다. 그러면서 시, 동시, 시조, 수필, 칼럼을 통해 문학적 재능을 발휘하는 가운데 소방관 에세이집 〈아름다운 도전〉을 위시하여 기행수필집 〈인도여행〉, 동시집 〈걸어오길 잘했어요〉, 시집 〈봄이 오는 소리〉 등 다수의 저서를 발표한 문인이기도 하다.

전세중 소방관이 정년을 맞이하면서 펴낸 에세이집 〈어느 소방관의 이야기〉는 8부로 구성되어 있다. 작품마다 화재예방, 화재진압, 인명구조, 구급활동, 안전교육 외에도 자잘한 시민의 불편까지 해결해주는 체험이 현장감 있게 적혀 있다. 하수구에 빠진 노인의 틀니를 찾아주는 미담부터 말벌을 제거하고 취객이나 치매 노인을 찾아내는 수고까지 시민의 손발이 된 실화는 감동적인 눈물을 흘리게 하지만 때로는 시민들의 어처구니없는 행동에 웃음을 자아내기도 한다. 아무튼 그의 수필을 읽으면 소방관은 불을 끄는 사람이라는 생각을 가

졌던 우리의 무지에 놀랄 수밖에 없다. 구급 앰뷸런스와 소방차가 지나갈 때 비로소 소방관이 있구나하는 무관심도 고치게 된다. 24시간 동안 펼치는 소방관들의 활동을 알면 그들이 생명의 불침번이고 슈퍼맨임을 인정할 수밖에 없다. 이렇듯 이 책은 시민 독자들에게 소방직책을 알려주는 실화 전기집이라고 하겠다.

〈어느 소방관의 이야기〉는 직업수기이면서 생명존중의 가치관을 가르쳐준다는 점에서 남다른 문학성을 지닌다. 생명존중은 인간에게 가장 소중한 보편적 가치이다. 생명을 존중하는 직업이라면 의사, 교사, 종교인을 먼저 떠올리기 쉽다. 그런데 소방관이야말로 가장 가까운 거리에서 생명과 재산을 지켜주는 일을 한다. 무엇보다 그들은 자신의 생명을 위험 속으로 던진다.

우리가 큰일을 할 때에 방심은 금물이다라는 말을 한다. 이 말은 정신을 집중해서 일을 그르치지 않도록 만반의 준비를 해야 한다는 뜻이리라. 계획을 세우면 몇 번이고 생각하고 잘못된 점이 무엇인지를 찾아내야 한다. 무엇이든 자신감을 갖는 것은 좋지만 그것이 넘치면 자만이 된다.

〈자만의 그루터기〉에서

방심하거나 자만하면 우리는 행동을 망치기 쉽다. 그 점을 자주 목격하는 전세중은 안전 예방의 필요성을 타이르고 있는 것이다. 만일 안전이 지켜지면 화재와 사고가 일어날 확률은 눈에 띄게 줄어들 것이다. 전세중 소방관은 시민안전체험관장을 거친 만큼 누구보다 안전에 대한 무지와 안전불감증으로 생긴 사고에 대하여 안타까움을 표현한다.

안산에서 체험관까지는 한 시간 삼십분 정도 걸린다. 작년에도 두 번 다녀갔는데 학부모님들도 좋아하고 아이들도 좋아하는 체험이라 또 왔다고 하였다. 영어를 가르쳐 주는 것보다 수학을 가르쳐 주는 것보다 자신을 지키는 안전체험이 중요하다는 원장의 교육철학이 남달랐다.

우리는 책을 읽는 것만으로는 현명해질 수 없다. 여러 가지 다양한 경험은 지혜를 더하기 때문에 생각을 유연하게 만든다.

참교육이란 무엇일까. 아무리 하찮은 일이라도 해보지 않으면 능력이 떨어진다. 순간적으로 해결해야 하는 일은 체험하지 않으면 당황하여 일을 그르치기 쉽다. 안전체험은 우리 인생의 기초를 쌓는 것이기 때문에 살아가는데 꼭 필요한 교육이다.

〈안전 나무 한 그루 분양합니다〉에서

재난예방과 체험교육은 때와 장소를 가리지 않고 필요하다. 〈불 그림자〉는 가정집에서 베란다에 페인트 칠 하려는 가운데 시너 통을 엎지르고 라이터를 밟아 스파크가 발생하면서 눈 깜짝할 사이에 시뻘건 화염이 방 전체를 휘감아 가족이 피해를 입은 사건이다. 〈빌려줄 수 없는 것〉은 여성 운전자가 빛을 받기 위해 차안에서 기다리다가 추위를 피하기 위해 부탄가스 난로를 켜두었다가 밀폐된 공간에서 산소가 부족해지면서 질식되었다가 산소호흡기에 의존하며 보름을 보내고 한 달간 병원에서 치료 받은 후 퇴원한 사건을 다룬 것이다.

시민과 학생들에게 스스로 문제 해결 능력을 키워주는 다양한 안전체험프로그램을 통하여 지진과 풍수해 등 재난이 발생했을 때 소화기 사용과 응급구조를 능동적으로 실시할 수 있을 것이다.

전세중의 소방관 이야기는 사실을 바탕으로 한다. 소설처럼 꾸며낸 이야기가 아니다. 그는 있는 그대로 기록한다. 소방관들만이 알고 있는 지식이 아니라 화재, 인명구조, 예방교육처럼 실용적인 기록이므로 누구에게나 흥미롭고 유익한 읽을거리로 자리한다. 수필을 개인의 전기라고 부른다. 개인의 전기로서 수필은 당연히 당사자의 체험에 한정하므로 독자와 공유할 수 있는 영역이 줄어든다. 이 점을 잘 알고 있는 전세중은 인간에게 보편적인 생명 문제를 다루면서 사건 해결 과정과 그 후일담을 적는 기법으로 사실성을 높이고 있다. 사건마다 날짜와 장소와 참가한 직원의 이름을 구체적으로 밝히는 기록은 신문기사의 육하원칙을 따른다. 이러한 수필 한 편 한 편은 주인공의 생사를 다루는 드라마를 연상시켜준다. 자전적 성격과 체험록과 보고서 양식을 합친 새로운 형식의 산문을 만들어낸 것이다.

당일 출동 당직관은 Y진압계장이었다. 사태의 심각성을 직감한 진압계장은 지휘차 안에서 무전으로 출동 각대에 활동 요령을 전달하였다.
도착 즉시 상황보고 하라, 인명구조 우선하라, 연소방지 주력하라, 소화전을 점유하여 중단 없이 방수하라, 특수차 부서 위치를 확보하라, 관계 기관에 통보하라.
사이렌을 울리며 테헤란로를 지나, 지하철 공사장 두세 곳을 통과하고 몇 개의 교차로를 지났다. 출근 시간대라 차량 정체가 심각하였다. 할 수 없이 중앙선을 넘어 반대 차선을 역주행하여 내달렸다.
순간 그의 뇌리 속에서 작전 개념과 수십 년간 공직 생활이 이 한 건의 화재에 운명이 걸렸구나 하는 급박한 상황이었다.
〈한편의 드라마〉에서

대규모 화재를 진압하기 위한 출동상황을 그려낸 위 장면이 영화보다 더 긴박감을 준다. 출동 당직자가 영화감독처럼 사태를 종합적으로 분석하고 통제하고 있다. 화재와 전쟁을 치르는 작전에서는 승리를 거두어야 한다. 생사가 좌우되는 실제 현장에서는 "다시 반복"이라는 말이 없으므로 단 한 번의 실전으로 화재라는 적을 물리쳐야 한다. 이러한 출동과 진압의 실화는 천호동 상가 붕괴 사고, 국립현대미술관 공사 화재, 이천 지하 냉동 창고 화재 참사, 경북구미 불산가스 유출사고에서 거듭거듭 생동감 있게 그려지고 있다.

나아가 구조상황을 그려내는 그의 기법은 극사실주의적인 방식을 택한다. 사건 현장에 카메라를 들여 밀어 찍어나가는 듯하여 긴박감을 주다 못해 위험한 현장에 있다는 생각마저 잊도록 만들기도 한다.

구조대원 24명은 떡시루처럼 겹쳐진 콘크리트 바닥사이로 한사람씩 돌아가며 들어가 망치와 소형 착암기로 시멘트벽을 파내며 장애물을 제거했다. 더운 열기로 한사람이 작업을 오래 할 수 없어 20분씩 교대로 하였다.
추가 붕괴위험이 있었지만 요구조자를 구조하겠다는 대원들의 열정을 말릴 수가 없었다. 한여름 더위에 흐르는 땀방울과 흙먼지로 범벅된 대원들은 가로 세로 1m도 되지 않는 공간에서 사투를 벌였다. 조금이라도 빨리 생존자에게 접근해야 한다는 일념으로 대원들 손길은 분주하였다.
2층 천장을 뚫고 난 뒤, 자정이 넘어서야 1층 천정을 뚫었다. 한사람이 겨우 들어갈 수 있을만한 크기였다. 수직으로 2미터 가량 파내려갔을 때 생존자의 오른팔이 보였다. 좁은 공간이라 비교적 몸집이 작은 김윤하

여자 구급대원이 들어갔다. "많이 아프시죠" "몸은 괜찮은데 다리가 너무나 아파요" "조금만 기다려주세요 저희대원들이 최선은 다하고 있어요. 시간이 조금 걸리더라도 용기를 잃지 마셔요. 저희가 꼭 구해드릴게요."

〈잉여 노동으로는 불가능한 일〉에서

김성일, 신동진 대원이 문을 열고 들어가자 "미안합니다"라고 인사를 했다. 부인은 고관절통증으로 남편과 병원을 같이 못 가는 게 마음이 아팠는지 눈가에는 이슬이 맺혔다. 앙상한 두 손으로 대원의 손을 잡으며 "저 양반 잘 부탁드립니다" 라는 말을 하였다. 오히려 김성일 대원이 더 미안해서 고개를 들 수 없었다. 좀 더 친절히 이송해야겠다는 마음을 가질 수밖에 없었다.

그는 이송 중에도 부인을 향한 안타까운 마음을 토로하였다. 어제 저녁 갑자기 허리가 아파서 아내를 제대로 간호해주지 못했다고 한다. 이송 중에도 집에 혼자 있는 아내 걱정에 마음이 불안한지 창밖을 보며 생각에 잠겼다. 서로 거동이 불편하지만 불평 없이 배려하며 살아가는 60대 부부를 보고, 구급대원들은 부부가 함께 사는 의미에 대하여 다시 생각하게 되었다.

〈부부〉에서

소방관은 음지에서 일을 한다. 전세중소방관의 에세이에 흐르는 흐름은 구조대원과 구급대원, 교육담당자들이 각 부서에서 묵묵히 제 일을 수행하는 일에 대한 고마움이다. 그는 가능하면 그들의 실명을 밝혀 그들에 대한 감사를 조금이라도 갚고 싶어 한다.

전세중의 직업에세이는 소방 업무를 시민에게 홍보하는 역할도 한다. 문학에서는 그것을 대화라고 부른다. 누구보다 그 효과를 잘 알고 있는 그는 독자와의 소통을 가장 중요시한다. 전문용어를 사용하지 않고 누구나 알기 쉬운 대화체로 사건 내용을 일목요연하게 정리해놓는다. 수필을 문학이라고 부르는 이유도 독자의 눈높이에 맞추어 지식을 상식으로, 전문용어를 일상어로 바꾸는 기법이 필요하기 때문이다. 자신의 업무를 쉽게 구성하는 스토리텔러가 되어야 한다는 것이다. 그 점에서 전세중은 남다른 소통 능력을 지닌 스토리텔러라 하겠다.

더욱 주목할 점은 〈어느 소방관의 이야기〉는 인간주의를 바탕주의로 한다는 사실이다. 자살과 죽음에 직면한 많은 사람들과 만난 그는 삶과 죽음의 갈림길을 문학을 통하여 진솔하게 표현한다. 생명의 소중함을 새삼 일깨워주는 말이 '골든타임 4분'이다. 당연히 '제4부 골든타임 4분'은 자살하려던 사람을 구조한 사례로 이루어져 있다. 골든타임 4분은 심 정지환자가 4분 이내에 심폐소생술 처치를 받지 못하면 뇌가 손상되기 시작하는 시간이다. 119구급대는 그 시간 안에 도착하여 생존의 고리 잇기에 최선을 다한다. 그 고리 중 하나라도 끊어지면 생명을 살릴 수 없다. 조기 발견과 119신고, 신속한 심폐소생술, 적절한 제세동기 사용, 전문 응급처치, 병원의 집중치료가 그것들이다. 소방관이야말로 "불멸의 사랑"을 실천하는 꺼지지 않는 불꽃인 셈이다. 그러면서 전세중은 생명은 "빌려줄 수 없는 것"이고 인생은 마라톤이므로 "생존을 위해 악착같이 극복해 낼 수 있는 것은 오직 정신뿐"이라고 덧붙인다. 그 삶과 죽음의 현장에서 체득한 전천후 글을 소개하기로 한다.

우리는 인생이란 기나긴 마라톤 경주에 잠시 숨 고르기 할 시간이 필요하다. 나만의 정답을 찾기 위해서도 말이다. 부정보다 긍정의 마음으로 삶을 대하면 절망 속에서도 희망의 불꽃을 피울 수 있다. 세상사 다 마음먹기 나름이다. 때로 용기를 잃고 낙담할 수도 있다. 그러나 그 수렁에서 탈출하려는 노력을 하지 않는다면 결국 인생의 낙오자가 될 수밖에 없다.

〈인생은 마라톤이다〉에서

소방관은 좌절의 순간에서도 인생의 달리기를 완주하도록 해준다. 하지만 그들은 때때로 자신의 생명을 불 속에 던짐으로써 완주의 기쁨을 누리지 못하고 가족들에게 아픔을 남긴 채 세상을 떠나기도 한다. 이렇듯 오늘도 그들이 위험한 현장으로 나서게 하는 것은 무엇일까. 국가가 주는 훈장도 지위도 아니다. 오직 스스로 다짐하는 사명감이 있을 뿐이다. 한 가지가 더 있다면 그들에게 보내는 감사의 편지라 하겠다.

제8부 〈삶이 눈물이라지만〉은 그 점에서 전세중의 〈어느 소방관의 이야기〉를 읽은 독후감으로 간주된다. 감사의 편지를 보낸 사람들은 소방관의 도움을 받아 두 번째 삶을 얻은 당사자와 그들의 가족들이다. 그들에게 소방관은 생명을 구해준 수호자일뿐 아니라 마음이 불안할 때 따뜻한 대화를 나눌 수 있는 사람들이다. 그러므로 전세중은 사건을 마무리하며 반드시 그들과 대화를 나누는 것을 규칙으로 삼고 있다.

동병상련同病相憐이라고 어려운 사람들을 돕고 싶어 2년 전부터 자원봉사단체에서 일을 하고 있단다. 복지 사각지대에 있는 어르신들을 돕고 있다는 그녀는 항상 긍정적인 삶의 자세를 지니고 있는 것 같았다. 기쁨이라고는 찾아보기 어려운 환경에서도 그녀의 목소리는 무척 밝았다. 어려울 때도 부부의 도를 지키며 평생을 반려자로 살아가는 모습이 이 시대에 꼭 필요하다.

어떤 노력도 하지 않을 때 행복은 찾아오지 않는다. 행복해 지고 싶다면 우리는 이전에는 하지 않았던 무엇인가를 시작해야 한다. 생각을 바꾸었다면 태도도 행동도 바뀌어야 한다. 무엇을 시작 한다는 것 그것이 행복의 시작이다. "어려운 사람들을 도우며 열심히 사십시오"라는 나의 말에 그녀는 선생님의 전화가 위로가 되네요 라는 인사말도 잊지 않았다.

<긍정은 외롭지 않다>에서

그리고 몇 달 후 나는 환자의 가족이 서울시 홈페이지에 올린 감사의 편지를 읽었는데, 며느리의 효심에 감동을 받았다. 내가 안부 전화를 했을 때 여성이 전화를 받았다.

"환자의 따님이세요, 며느님이세요?"

"며느리예요."

"편지를 상당히 잘 쓰셨습니다."

"잘 쓴 게 아니고요. 감사한 마음으로 쓴 겁니다."

그날 구급차에 두 사람이 탈 수 없어 동서가 보호자로 탔다고 했다. 병원 구급차를 이용하려다가 늦을 것 같아서 119구급대를 불렀는데 빨리 이송되어 심장수술을 받았다며 감사한 마음을 꺼내 놓았다. 친절하게 이송해준 김승현 대원에 대한 감사의 마음을 전해달라고 부탁했다. 집안의 화목은 부모의 생명도 연장시킨다는 생각이 들었다.

<가족의 배려는 생명도 연장시킨다>에서

인간이 필요로 하는 것은 의식주에 대한 도움이지만 더 필요로 하는 것은 그들을 이해하는 대화이다. 마음을 전하는 것이 물질적 도움을 더욱 가치 있게 만든다. 소방관들은 그 점도 자상하게 챙겨나가는 것을 위에 제시한 대화로 알 수 있다. 그리고 그 고마움을 담은 감사의 편지를 소개하기로 한다.

늘 귀한 일을 하시는 소방대원분들/ 정말 감사드립니다./ 목숨을 내려놓고자 하는 사람들을 위해/ 목숨을 걸고 일하시는 당신들을/ 존경합니다./ 일하느라 힘드실 때마다/ "당신은 대한민국의 숨은 보석"이라는/ 생각으로 좀 더 힘써주세요.

〈삶이 눈물이라지만〉에서

얼마 전에 방송되었던 골든타임이라는 드라마가 있었는데 그 드라마를 보면서 우리나라도 저렇게 환자를 사랑하고 환자들 입장에서 치료하고 신속하게 처리해 줄까 하는 생각을 잠시 해본 적이 있는데, 그것은 기우였습니다. 그런 일이 제게 일어났습니다.

〈효도, 그 깊은 우물〉에서

살기 힘들다는 서울이라고 합니다. 하지만 어머니의 사고로 돌이켜 보면 서울은 정말 살기 좋은 곳이라는 생각을 했습니다. 저도 구급대원을 칭찬하지만, 서울시 관계자 여러분들도 이분들을 칭찬해 주시면 고맙겠습니다. 이 글을 쓰면서 그대를 생각하니 다시금 감사의 눈물이 나오네요.

〈눈물은 눈물을 베지 않는다〉에서

감사의 편지는 모두 마음으로 쓰여 진 글들이다. 성심과 진실로 대하는 구급대의 활동 덕분에 그들은 감사의 마음으로 편지를 쓴다. 칭찬이 고래를 춤추게 한다는 말이 있다. 어쩌면 이러한 편지를 받기 때문에 소방대원들은 무소처럼 뚜벅뚜벅 불길 속으로 걸어 들어가고 119구급대는 치타처럼 1초라도 빨리 사고의 현장으로 지금도 달려가고 있다.

세상은 본디 살만한 곳이 아니다. 누군가 힘든 일을 감당해주기 때문에 살만해진다. 119소방대원이 있어 이곳이 더욱 살만해진다. 전세중 소방관·수필가와 같은 분들에 의하여 세상이 살만하다는 사실도 비로소 깨닫는다. 그 점에서 수필집 〈어느 소방관의 이야기〉는 소방혼을 지키기 위하여 모든 것을 바친 분들에게 드리는 가장 경건한 문학이다. 저명한 작가가 아무리 뛰어난 문장으로 쓴다고 하더라도 이것만큼 숭고하고 감동적인 글은 쓸 수가 없다.

소방관들은 누구인가. 그들은 죽음의 불 속에서 생명의 불꽃을 지켜내는 분들이다. 평자 역시 그들이 지켜주는 "감시의 눈"을 받으므로 감사의 글을 쓸 수 있다고 고백한다. 덧붙여 전세중님이 소방관으로 보낸 일생에 경의를 표하면서 그의 문학적 노고에 고개를 숙인다.

근래에 발생한 30대 대형사고

　우리나라는 1960년대부터 약 30년 동안 눈부신 경제성장을 이루어 왔다. 성장의 이면에는 급속한 개발로 인한 구조적인 위험이 도사리고 있었다. 안전에 대한 무관심과 인색한 투자가 그러하다. 시간이 지남에 따라 비싼 대가를 치러야만했다.

　인위재난은 인간의 부주의에 의한 것인 만큼 좀 더 주의를 했더라면 막을 수 있는 사건이다. 이런 인위재난은 원칙을 무시하는 풍토가 사회 전체적으로 만연되어 있기 때문이다.

　우리는 위험에 노출되어 살고 있다. 현대사회가 위험사회로 불리는 것만큼 위기관리에 대비할 능력이 있어야 한다. 30대 대형 사고를 되돌아보면서 안전은 아무리 강조해도 과하지 않다는 생각을 해본다. 안전 철학을 세워야 할 때이다.

와우아파트 붕괴사고 Collapse of Wawu Condominium

　1970년 4월 8일 오전 6시 40분경 일어난 아파트 붕괴사고는 무모한 불도저식 개발방법과 낮은 공사비, 기초공사 허술, 짧은 공사기간 등 부실공사가 원인이었다. 산비탈에 축대를 쌓아 아파트를 지었고 받침 기둥에 철근을 제대로 쓰지 않았다. 해빙기에 건물 무게를 이기지 못하고 준공된 지 4개월 만에 붕괴되었다. 사망 33명, 중경상 19명의 인명피해가 발생했다.

대연각호텔 화재 Daeyeongak Hotel fire

1971년 12월 25일 성탄절 오전 9시 50분쯤 불이 나 22층 호텔을 모두 태우고 10시간 만에 꺼졌다. 불은 2층 커피숍에서 프로판가스가 누출되어 폭발하면서 일어났다. 내부는 스프링클러도 없었고 탈출용 로프도 없었다. 사망 163명, 부상 63명이 발생하여 세계 최악의 호텔 화재 사고로 기록됐다. 할리우드에서는 이 사고를 모델로 삼아 '타워링'이라는 영화를 제작하기도 했다. 이 사고로 스프링클러 설비가 의무화 되고 소방에 대한 인식이 달라졌다.

서울 시민회관 화재 Seoul Civic Center Fire

1972년 12월 2일 서울 시민회관에서 조명장치 전기 합선으로 화재가 발생했다. 시민회관을 빠져 나오려는 관객들이 입구와 계단으로 한꺼번에 몰려들면서, 어린이와 여자들이 많은 피해를 입었다. 화재는 3,000여 평을 모두 태운 뒤, 2시간여 만에 진화되었다. 51명이 사망하고, 76명이 중경상을 입었다.

서울 대왕코너 화재 Seoul Daewang Corner Fire

1974년 11월 3일 새벽 2시 47분 서울 청량리 로터리에 있는 대왕코너 6층 브라운호텔에서 불이 났다. 복도 조명등 2개가 합선되어 일어난 것으로 밝혀졌다. 6층 타임나이트클럽에서 춤을 추던 손님 등

88명이 숨지고 32명이 중경상을 입었다. 사망자들은 대부분 시골에서 무단 상경한 20대 초반의 젊은 남녀들이었다.

서울 남대문시장 화재 Seoul Namdaemun Market Fire

1977년 9월 14일 밤 남대문시장 중앙상가 C동에서 발생한 화재로 남대문시장에서 발생한 다섯 번째 대화재이다. 섬유, 포목류가 많아 불이 빠르게 번졌고, 지하를 제외한 4층 규모의 건물 전체가 전소되었다. 스프링클러 등 소방시설 미비로 개선명령 받고도 보완하지 않았는데 벌금이 적어 효과가 없었다는 문제점이 있었다. 전국 시장 661개소 가운데 50%가 보완명령을 외면한 것을 볼 때 법은 엄격해야 재난을 줄일 수 있다고 본다. 민간인 인명피해는 없었지만 소방관 1명이 순직하고 3명이 부상을 입었다.

전북 이리역 폭발사고 Iri Station Fire in North Jeolla Province

1977년 11월 11일 전북 이리시 이리역(현 익산역)에서 발생한 대형 열차 폭발 사고이다. 다이너마이트 등 40t의 폭발물을 실은 화물 열차에서 호송원이 촛불을 켜놓고 자다가 터져 반경 500m 이내의 건물이 파괴되었고 1,647세대 7,800여 명의 이재민이 발생했다. 사망자는 59명, 부상자는1,343명이었다.

경산 열차 추돌사고 Train Collision in Kyeongsan

1981년 5월 14일 오후 4시 경상북도 경산군 고산면(현 대구시 고산 3동)의 경부선에서 발생한 열차 추돌 사고이다. 서울행 특급열차가 철길에 버려진 오토바이와 충돌하여 멈춘 뒤 후진하였는데, 뒤따라오던 보급열차와 충돌하였다. 56명이 사망하고 244명이 부상을 입었다.

부산 대아호텔 화재 Daea Hotel Fire in Busan

1984년 1월 14일 부산의 대아호텔 4층 헬스클럽에서 일어난 화재 사고이다. 석유난로를 켜둔 채 석유를 붓다 넘치면서 인화되었다. 피난구유도등과 스프링클러가 작동되지 않았고 비상구 10개소가 잠겨 있었다. 외국인을 포함한 사망자 38명과 부상자 68명의 인명피해가 발생했다.

극동호 유람선 화재 Geukdongho Cruise Fire

1987년 6월 16일 오후 2시 50분경 경남 거제 남부면 다포리의 해상에서 발생한 유람선화재이다. 목조 유람선 극동호가 관광객 86명(선장, 선원 2명 포함)을 태우고 해금강 관광을 마치고 귀환하던 중 엔진 과열로 불이 나면서 침몰하였다. 관광객 51명은 구조되고 25명(남 3, 여 22)이 숨졌으며, 8명이 실종되었다.

구포역 무궁화호 열차 전복사고 Train Overturning Accident in Gupo Station

1993년 3월 28일 오후 5시 30분경 부산광역시 내에 있는 경부선 하행선 구포역 인근에서 무궁화호 열차가 전복된 사고이다. 지반이 함몰된 것을 발견한 열차가 급히 제동하다가 탈선하여 전복되었으며 73명의 사망자와 107명의 부상자가 발생하였다.

아시아나 여객기 추락사고 Asiana Airplane Crash

1993년 7월 26일에 목포로 향하던 아시아나항공 여객기가 추락한 사고이다. 악천후에도 불구하고 무리하게 목포 공항에 착륙하려다 실패하여 10여km 떨어진 해남군 마산리 뒷산에 추락하였다. 여객기의 승객 2명이 탈출하여 신고함으로써 구조가 시작되었다. 사망 66명, 부상 40명의 인명피해가 발생했다.

서해페리호 침몰사고 Ferry Sinking in the West Sea

1993년 10월 10일 전라북도 부안군 위도에서 여객선 서해페리호가 삼각파도와 돌풍으로 침몰한 사고이다. 사고 원인은 악천후 속에서 무리한 운항과 승무원 12명이 승선해야 함에도 7명이 탑승했다. 항해사 자격증이 없는 승무원이 정확한 항로를 파악하지 못했다. 피해자들은 대부분 인근 섬의 주민들로 정원의 1.5배를 초과하여 피해를 키웠다. 승선원 362명 중 292명이 사망하고 70명이 구조되었다.

성수대교 붕괴사고 Seongsu Bridge Collapse

1994년 10월 21일 오전 7시 40분경 성수대교 상부 트러스가 붕괴해 무너졌다. 이 사고는 설계, 시공, 감리, 유지관리 부실 등 복합적인 요인으로 일어났다. 1979년 완공 이후 정밀진단을 한 차례도 받지 않았다. 무학여중고 학생 9명을 포함한 32명이 숨지고, 17명이 부상을 입었다. 해외에도 크게 보도되어 건설업계에 큰 타격을 입혔을 뿐만 아니라 국가 이미지도 실추되었다.

충주호 유람선 화재 Cruise Fire in Chungju Lake

1994년 10월 24일 충북 충주호의 유람선 기관실에서 발생한 화재이다. 사망자의 시신이 불에 타고 훼손이 심해 신원확인에 어려움을 겪었다. 원인은 정원 초과와 엔진 결함에 대한 점검이 없었고 7명의 승무원이 승선해야 함에도 3명이 승선했다. 사망·실종 26명, 부상 33명의 인명피해가 발생했다. 이 사고로 1997년 8월 1일 충주소방서 수난구조대가 발족되었다.

아현동 도시가스 폭발사고 Gas Explosion in Ahyeon-dong, Seoul

1994년 12월 7일 서울 아현동의 지하 도시가스 중간공급기지 밸브 스테이션 지하에서 틈새로 방출된 다량의 가스가 환기통 주변의 모닥불 불씨에 점화되어 폭발한 사고이다. 가스누출 경보가 울렸음에도 근무자가 조치를 하지 않았다. 사망 12명, 부상 101명 인명피해와 건물 145동이 파손되었다.

대구 상인동 가스 폭발사고 Gas Explosion in Sangin-dong, Daegu

1995년 4월 28일 대구 지하철 1호선 공사 도중에 일어난 가스폭발 사고이다. 백화점 신축 공사장에서 누출된 가스가 지하철 공사장으로 유입되어 폭발하였다. 관할 구청의 허가 없이 공사를 진행했다. 학생 42명을 포함해 101명 사망, 202명이 부상을 입었다. 차량 통행을 위해 공사장 위에 임시 설치한 복공판 400m가 무너졌고, 건물 346채, 자동차 152대가 파손되면서 540억 원의 재산피해가 났다.

삼풍백화점 붕괴사고 Sampoong Department Store Collapse

1995년 6월 29일 오후 5시 55분경 백화점 건물이 붕괴된 참사이다. 501명이 사망하고 937명 부상, 사상최대의 인명피해를 가져왔다. 원인은 설계단계에서부터 시공, 감리, 관리의 모든 과정에서 부실이 드러났다. 설계도상 32인치여야 할 건물기둥이 23인치 밖에 되지 않았다.

강원도 고성 산불 Goseong Forest Fire in Gangwon Province

1996년 4월 23일 강원도 고성군 죽왕면에서 발화, 4월 25일까지 3,834 헥타르를 태웠다. 49세대 142명의 이재민을 발생시킨 건국 이래 최대 규모의 산불이다. 산림 지역의 토양이 심하게 훼손되어 원상복귀에만 최소 40년에서 최대 100년은 걸릴 것으로 예측했다.

부천 LPG충전소 폭발사고 LPG Gas Filling Station Explosion in Bucheon

1998년 9월 11일에 발생한 화재이다. 안전관리 책임자가 없는 상태에서 탱크로리 운전자가 충전작업을 하던 중 불완전하게 체결된 충전호스의 커플링이 이탈되면서 다량의 액화가스가 누출되어 폭발했다. 1명이 사망하고 96명이 부상을 입었다. 건물 20동이 전파되는 등 약 120억 원의 재산피해가 발생했다.

씨랜드 청소년수련원 화재 Sea Land Youth Training Center Fire

1999년 6월 30일 경기도 화성군에 위치한 청소년 수련원 씨랜드에서 새벽에 촛불로 추정되는 화재가 발생했다. 취침 중이던 유치원생 19명과 인솔교사 4명 등 23명이 숨지고 5명이 부상당하는 참사가 발생하였다.

인현동 호프집 화재 Beer Pub Fire in Inhyeon-dong

1999년 10월 30일 오후 인천시 중구 인현동 지하 노래방 공사현장에서 불장난으로 화재가 발생했다. 아르바이트 대학생 2명이 시너와 석유 중 어느 것이 불이 빨리 붙는가에 대해 내기를 하였다. 시너를 바닥에 뿌리고 라이터를 켜는 순간 불이 확대 되어 2, 3층으로 급속히 올라갔다. 비상구가 없는 건물에 출구가 막혀 2층 호프집을 찾은 고교생 등 57명이 숨지고 80명이 중경상을 입었다. 문제의 호프집은 폐쇄명령을 받은 무허가 업소였다.

홍제동 화재 Fire in Hongje-dong

2001년 3월 4일 소방관들이 화재진화 구조작업을 벌이던 중 건물 2층이 내려앉으면서 소방관 6명이 숨지고 3명이 중경상을 입는 참사가 일어났다. 이 사고로 2001년 8월 14일 의무소방대 설치법이 제정되었다.

경기도 예지학원 화재 Yeji Cram School Fire in Gyeonggi Province

2001년 5월 16일 경기도 광주시 대학입시학원인 예지학원 건물 옥상에 있는 옥탑 가건물에서 담뱃불로 추정되는 화재가 발생했다. 불이 나자 옥탑방에서 자율학습 중이던 학생들이 출입구 쪽으로 몰려가다 유독가스를 이기지 못해 문 앞에서 숨졌다. 10명이 숨지고 22명이 중상을 입었다.

대구 지하철 화재 Subway Station Fire in Daegu

2003년 2월 18일 대구 도시철도 1호선 중앙로역에서 방화로 일어난 화재이다. 화재가 발생한 뒤 마주 오던 전동차가 사고 역으로 진입하여 불이 옮겨 붙었다. 당황한 기관사가 문을 닫은 채로 대피하여 100여 명의 승객이 탈출하지 못했다. 192명이 숨지고 148명이 부상을 입었다. 피해액도 614억 77백만 원에 달했다. 사고 이후 스크린도어가 설치되었고 열차 시설물도 불연재로 교체되었다.

2005년 낙산사 화재 Naksan Temple Fire in 2005

2005년 4월 4일 양양군에서 시작된 화재이다. 산불은 낙산사에까지 번져 대부분의 전각이 전소했다. 21채의 건물이 불타고, 보물 제479호였던 낙산사 동종이 소실되었다. 974 헥타르의 산림을 태웠고, 412명의 이재민이 발생했다.

여수 출입국관리소 화재 Yeosu Immigration Center Fire

2007년 2월 11일 전라남도 여수시 여수출입국관리소의 외국인보호시설에서 화재가 발생, 10명이 숨지고 17명의 부상자가 발생했다. 사상자 대부분은 무비자 밀입국 혐의로 강제 출국조치를 명령받은 외국인이다. 쇠창살에 갇혀 열쇠를 찾느라 지체된 동안 연기에 질식하여 피해가 커졌다. 소방시설이 제대로 작동하지 않았던 것으로 알려졌다.

서해안 원유 유출사고 Oil Spill in the West Sea

2007년 12월 7일 충청남도 태안군 앞바다에서 홍콩 선적의 유조선 '허베이 스피리트'와 삼성물산 소속의 '삼성 1호'가 충돌했다. 유조선 탱크에 있던 총 12,547 *kl* 의 원유가 태안 인근 해역으로 유출되면서 서해안 일대의 바다가 크게 오염되었다.

경기도 이천 냉동창고 화재
Refrigerated Warehouse Fire in Icheon, Gyeonggi Province

2008년 1월 7일 이천시에 위치한 (주)코리아2000의 냉동 물류 창고에서 발생한 화재 사고이다. 내부에 우레탄폼이 도배되어 불이 빨리 번졌고 출구가 하나 밖에 없어 인명피해가 컸다. 40여 명이 사망하였으며 피해자 대부분이 중국에서 건너온 조선족 노동자들이었다.

숭례문 방화사건 Sungryemun Fire

2008년 2월 10일과 2월 11일에 걸쳐 숭례문 건물이 방화로 대부분 불타 무너졌다. 문화재 관리의 문제점이 노출되었다. 이 사건을 계기로 목조 문화재 시설 방화대책이 강구되어 안전관리체계를 개선하였다.

대조동 화재 Daejodong Fire

2008년 8월 20일 오전 5시 25분경 서울시 은평구 대조동 여인 도시나이트클럽에서 발생한 화재로 건물 2층과 3층 1,010여 m²를 태웠다. 화재에 취약한 샌드위치 패널로 지어진 건물이다. 소방관 3명이 3층 홀 내부에서 진화작업을 벌이던 중 천장에 있던 대형 조명등과 잔해가 떨어져 매몰되어 순직했다.

화왕산 억새태우기 화재 Fire in Hwawangsan PampasBurning Festival

2009년 2월 9일, 대보름맞이 화왕산 억새태우기 축제를 하던 중 가뭄으로 바싹 마른 억새에 돌풍이 불어 큰 화재가 발생했다. 관광객 및 현장 공무원을 포함한 6명이 사망하고 60여 명이 부상당했다. 행사장에는 3만 명의 관광객이 있었으나 안전요원은 400명에 불과했다.

부산 실내사격장 화재 Indoor Shooting Range Fire in Busan

2009년 11월 14일에 부산시 국제시장 '가나다라 실내 실탄사격장'에서 일어난 화재사고이다. 안전관리 소홀과 소방시설 미비가 참사를 불렀다. 일본인 7명과 한국인 3명이 그 자리에서 숨졌으며 일본인 4명, 한국인 2명이 중화상을 입었다. 이 사고로 실내사격장을 다중이용업소에 포함시켜 소방법 적용을 받도록 하였다.

119 안전 체험관의 노래

전세증 작사 | 강동수 작곡

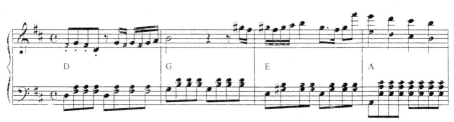

우리모두　　신＿나는　　안전체험관 에놀 러 가요
우리모두　　신＿나는　　안전체험관 에놀 러 가요

소＿ 화기쏘아보고 연기체험도　어＿릴적지킬건 안 전이래요
비 바람도만＿나고 지진체험도　미 리미리익힐건 안 전이래요

재 미 있고 즐 겁__다   1 1 . 9 놀 이 (1 1 9)
재 미 있고 즐 겁__다   1 1   9 놀 이 (! ! 9)

G   G+   F#m7   D#dim7   Em7   A7 Am7 Am6

가 고 싶__다 안 전 체 험 관 1 1 9 안 전 체 험 관
가 고 싶__다 안 전 체 험 관 1 1 9 안 전 체 험 관

G   G+   F#m7   B7   Em7   A7   D

비상구

전세중 작사 | 김유정 작곡

불 이 났어 요 불 불 불 붉게

점 점 타고 있 어요   겁 이 난 다 해도 급 하게 너 무

전세중

경북 울진군 죽변면 봉평리 출생
한양대학교 행정자치대학원 졸업
前) 서울 강동소방서 예방과장

2002년 공무원 문예대전 시조 최우수상
2003년 강남소방서 구조진압과장
2004년 농민신문 신춘문예 시조 당선
2007년 공무원문예대전 동시 최우수상
2009년 『안전체험프로그램을 활용한 외국 관광객 유치 증대 방안』이 서울시정
        우수 연구논문으로 선정
2010년 동시집 『걸어오길 잘했어요』 발간
2011년 수필집 『아름다운 도전』 발간
2006년 서울소방재난본부 광나루안전체험관장
2012년 보라매안전체험관장
2012년 기행수필집 『인도여행』 - 7박 8일간의 여정 발간
2013년 시조집 『봄이 오는 소리』 발간
KBS, MBC, SBS 등 150회 인터뷰
조선일보, 매일경제신문 등 안전칼럼 100회 기고

칼라판
어느 소방관의 이야기

2018년 8월 10일 인쇄
2018년 8월 20일 발행

지은이   전 세 중
펴낸이   한 신 규
편 집   이 은 영
펴낸곳   **문현** 출판
주 소   05827 서울시 송파구 동남로11길 19(가락동)
전 화   Tel.02-443-0211 Fax.02-443-0212
E-mail   mun2009@naver.com
등 록   2009년 2월 24일(제2009-14호)

ISBN   979-11-87505-20-4 03810   정가 20,000원